愛に溺れる籠の鳥
～悪辣《あくらつ》な義兄の執愛～

その小鳥は誘惑するような麗《うるわ》しい声音で啼《な》いていた。

私――菅原悠愛《すがわらゆあ》は、うっとりして幸福の象徴である青い鳥を見つめる。

このペットショップは住んでいるアパートから近いので、時々訪れていた。たくさんの種類のペットたちが店内にいるけれど、いつも私はまっすぐに青い鳥のもとへ赴《おもむ》く。

小さな体から紡ぎ出される可憐《かれん》な鳴き声。澄んだ空の色みたいな羽。ぱちぱちと瞬《またた》く、つぶらな黒の瞳。どれもが私の胸を高鳴らせた。

「可愛いなぁ……」

この子を飼うことができたなら、どんなに素敵だろう。

けれど籠《かご》につけられている値札を見て、私は肩を落とす。

『マメルリハ』という種類のブルーインコはとても高価で、小学生の私には手が出ない。

それに、お母さんにインコを飼いたいと打ち明けて、すでに反対されていた。うちは母子家庭のアパート暮らしなので、ペットを飼うような余裕がないことはわかっていたけれど。

「もし飼えたら、きちんとお世話するのに……」

項垂《うなだ》れたそのとき、男の人の声が耳元で囁《ささや》かれた。

「鳥が好きなの？」

突然のことに驚いて振《ふ》り仰《あお》ぐ。

端整な顔立ちの男の人が、微笑を浮かべて私を見ていた。彼は高校生くらいの年齢だろうか。制服ではないからわからないけれど、私より年上だ。

知らない人に話しかけられ、戸惑った私は身を引いた。

するとその人は、ついと私から青い鳥へ目線を移す。

「俺もね、鳥が好きなんだ。きみは、家で飼ってるの？」

彼は愛しげな眼差しを青い鳥に注ぐ。鳥が好きという共通の事柄を見出《みいだ》した私は安堵して、彼と一緒に籠《かご》の中の鳥を眺める。

「ううん。飼ってないの。この子を飼いたいけど……」

「お母さんに反対されてるの？」

「そうなの。どうしてわかったの？」

「うちもそうだからさ。ただ、父子家庭だから、父親からだけどね」

「偶然ね。私のうちは母子家庭なの」

「へえ、そうなんだ。俺たちは似たような境遇かもしれないね。きみの名前を聞いてもいいかな？俺は池上龍我《いけがみりゅうが》」

好感の持てる、爽《さわ》やかな笑みが印象的だ。

彼——龍我から名前を明かしてくれたので、私は安心して名乗った。

「私は菅原悠愛。小学六年生なの」

「悠愛か。可愛い名前だね」

私の名前を褒めてくれた龍我は、思いもかけない言葉を継いだ。

「この鳥、俺が悠愛にプレゼントしてあげようか？」

「……えっ？　でも……」

断ろうとした私の気配を察したのか、龍我は制するように私の肩に手を置くと、極上の笑みを浮かべた。

「俺が、悠愛のほしいものをすべてあげるよ」

力強い言葉と彼の笑顔に魅入られ、くらりとする。

それが、のちに私の義兄となる、龍我との出会いだった。

◆

カーテンの隙間から射し込む朝陽さえも、この陰鬱《いんうつ》な気持ちは払ってくれない。

腰まである長い黒髪をブラシで梳《す》きながら、私はスタンドミラーに映る自分の顔を見て、重い溜息を吐いた。

大きな瞳は不安そうに濁《にご》り、心なしか顔色も悪い。元々白い肌は青ざめていた。唇だけでも血色良く見せようと、紅いルージュを引いたのが失敗だった。漆黒の髪と対比する白い顔に、真紅《しんく》の唇が浮いてしまい、まるで血を啜《すす》ったかのように見える。

「幽霊みたい……。髪が黒のロングだからなおさらよね……」

今から会社に出勤するというのに、こんな貧相な顔をしていてはいけない。

短大を卒業後、就職して三年が経つ。

子どもの頃、両親の再婚により、私には義兄ができた。義父と義兄の住んでいた立派な豪邸に引っ越し、何不自由ない暮らしを送ってきたけれど、卒業を機に、このアパートでひとり暮らしを始めた。もう社会人になったのだから、実家を出て当然だと思ったのだ。

義父は優しい人で、実子でもない私を甘やかしてくれた。とても良妻とは言えない母にも、惜しみない愛情を注いでくれる。

それに、義兄も……

鏡の向こうに義兄の幻影を見たような気がして、私はぶるりと身を震わせる。

額《ひたい》に落ちかかる黒髪の隙間から覗《のぞ》く、鋭い双眸《そうぼう》。口端を引き上げた不遜《ふそん》な笑み。悪辣《あくらつ》さを思わせる微笑には、不思議と惹きつけられる――私の義兄はそんな人だった。

「お義兄《にい》ちゃん……元気かしら？」

彼とは三年ほどまともに顔を合わせていない。つまり、私がひとり暮らしをしたときから。

あまりにも過保護でしつこいので、逃げるように引っ越して連絡を絶ったのだ。義兄も仕事が忙しいだろうし、お互いにもう子どもではない。両親に何かあったら実家で会うくらいでちょうどよいのだ。大人になってからの義兄妹の距離感はこんなものだろうと思う。

恋人がいるわけではないけれど、寂しくはない。今は仕事だけで精一杯だ。

勤めている会社は大手のアパレルメーカーで、私は総務部に在籍している。雑用やお茶汲みも率先してこなし、仕事にやりがいを感じていた。

だけど、そういった充実した日々が、とあることが原因で次第に壊されていく予感を抱えている。

梳《す》いた黒髪をバレッタでひとまとめにし、不安を振り払うようにジャケットを羽織る。白のブラウスの胸元についたリボンの形を整えてから、ふと腕時計に目を落とした。

「あっ、もうこんな時間！　早く家を出ないと……」

家を出るにあたって、ひとつ不安があるのだけど、怯《ひる》んでいては仕事に遅刻してしまう。慌ててベージュ色のスプリングコートとビジネスバッグを手にし、玄関でパンプスを履いた。

そうっと扉を開けて、外を窺《うかが》う。

玄関の鍵をしっかりと締め、私は朝陽の射し込むアパートの階段を、周囲を気にしながら音を立てずに下りた。

まさか、朝はいないと思うけれど……

おそるおそる植え込みの陰を覗《のぞ》いてみるが、そこには誰もいなかった。アパート前の道路を通勤中の人や、車が通り過ぎる。いつもと変わらない、穏やかな朝の風景だ。

ほっとした私は、駅の方角へ足を向ける。

不安の原因は、ストーカーの存在だった。私の周囲で、知らない男の人がうろうろしているのだ。

帰宅するときに誰かが後ろをついてきていたり、部屋の窓のカーテンを開けたとき、道路脇からこちらを見上げている人影を見かけたこともあった。

植え込みの陰にいたその人物と目が合ってしまったときは、びっくりした。

相手も驚いた顔をしていたけれど、すぐに走り去ったので声をかけそびれてしまった。

二十代くらいの細身の男性で、黒縁の眼鏡をかけていた。

私は誰とも交際した経験がないので、別れた前の恋人ということはない。

不審に思うものの、声をかけられたり触られたりという実質的な被害はなかったので、ストーカーとして被害届を出すまでには至っていなかった。彼はアパート周辺にしか出没せず、会社の近辺やほかの場所で見かけることはない。この辺をうろついているだけなので、本当は私が目的ではないのかもしれない。

「私の気のせいなのかな……でも……」

常に誰かに監視されている気がするのは気味が悪い。理由がわからないから、なおさら。

この辺りにしかストーカーが出ないのだとしたら、アパートに問題があるのだろうか。引っ越したほうがいいだろうか。

大家さんに相談したけれど、迷惑そうな顔をされてしまった。アパートに何かあるのではという言い方をしたのが悪かったのかもしれない。

重い溜息を吐いた私の耳に、列車が車輪を鳴らす規則的な音が届いた。

今から仕事なのだから、頭を切り換えよう。

私は小走りで駅のホームへ向かった。

最寄り駅を出て、急勾配《きゅうこうばい》の坂を上れば、勤務する会社のビルが見えてくる。

普段は閑静なビル街だが、今日は何やら様相が違っていた。

「え……何……？」

ビルの玄関前に、大勢の人が詰めかけている。

どうしたのだろう。

取材用のカメラを抱えている男性が数人。スーツ姿の女性はマイクを握りしめている。彼らは報道陣だ。取材にしては妙な雰囲気だった。まだ始業時間前なのに。

それに恰幅《かっぷく》のよい男性たちが、閉まっている玄関扉に向かって怒鳴り散らしている。

怪訝《けげん》に思いながらも近づくと、それに気づいた彼らが駆け寄ってきた。

「こちらの会社の、従業員の方ですか？」

「は、はい。そうですけど……何かあったんですか？」

マイクを向けられ、困惑してしまう。

すると、報道陣を掻き分けて、怒鳴っていた男性が割り入ってきた。

「木下《きのした》社長はどこにいるんだ！　金を返してくれ！」

「えっ……？」

わけがわからず、目を瞬《しばた》かせる。

なぜそんなに切羽詰《せっぱつ》まっているのだろう。始業時間になれば社長は姿を見せると思うのだけれど。その場に詰めかけた人々は、「社長を出せ」「補償しろ」などと口々に訴えてきた。私は何も知らないので、答えようがない。

「あのっ……会社に入りますので、道を空けてください……！」

人波に揉まれながら玄関扉へ向かう。

すると、そこには一枚の貼り紙があった。

『諸事情により、本日は休業いたします』

白い用紙にはそれだけが記《しる》されている。自動ドアは開かず、硝子《ガラス》の向こう側のフロアは静まり返っていた。誰も出勤していないらしい。

今日は平日なので、休業日ではない。

昨日は通常通りに業務を終えていた。社長はもちろん、上司も休業のことなんて何も言っていなかった。

呆然とする私を取り囲んだ人々は責めるかのように、矢継《やつ》ぎ早《ばや》に文句を浴びせた。

「木下社長から何も聞いていないのか!?　倒産したら、うちが貸した金はどうなる！」

「あんた、社員だろう！　どうしてくれるんだ!?」

そう言われても、私にも何がどうなっているのかわからない。

混乱する私は押し寄せる人たちに揉みくちゃにされた。パンプスを思い切り踏みつけられて、顔をしかめる。

「いたっ……」

そのとき、背後で流麗なブレーキ音が響いた。

耳障りなはずのその音は、まるで高級な弦楽器が奏でたようで、心惹かれる。

居合わせた人々は一斉にそちらに目を向けた。

私も釣られて振り向くと、純白のオープンカーが道端に停車していた。左側の運転席から降りてきた男性が纏《まと》う、仕立てのよさそうな白のスーツが目に眩《まぶ》しい。

まっすぐな鼻梁《びりょう》に、整った形の薄い唇。サングラスをかけていても端整な顔立ちだとわかる。

長い足を颯爽《さっそう》と繰り出しながら、彼はこちらに向かってきた。

みんなは呆けたように口を開けて、突然現れた男性に注目する。

彼の正体に気づいた私は困惑した。

サングラスが外されて、切れ長の鋭い双眸《そうぼう》が私を捕らえる。

冷徹な下弦《かげん》の月を思わせる美貌だ。けれど、その繊細な容貌は儚《はかな》さとは程遠く、獣《けもの》のような雄々しさが含まれている。

彼は威圧の滲《にじ》む低い声を発した。

「悠愛、迎えに来た。行くぞ」

「お義兄《にい》ちゃん……」

彼は、義兄の龍我だ。私たちは両親の再婚により家族となった義理の兄妹である。

同居を始めて十年ほどの付き合いになるが、成人した今はふたりとも実家を出て暮らしていた。

学生のときから聡明だった龍我は、大学生時代に興《おこ》した会社を成功させた社長である。輸入販売から始まり、今では自社ブランドを持つアパレルメーカーだ。アパレル関連なので、私が勤めている会社にとってはライバル社と言えた。

私が就職してから三年ほどは疎遠で、ほとんど顔を合わせていない。

それなのに、こんな場所で再会するなんて――

オープンカーで派手に登場した龍我に、報道陣が色めき立つ。

「あなたは……ユーアイ・ファーストコーポレーションの池上社長ですね！　今回の一件について何かご存じですか？」

龍我にカメラとマイクが向けられる。

ぐい、と私の肩を引き寄せた龍我は一切動揺することなく、冷静に言い放った。

「事実関係については確認中ですので、コメントすることはありません。彼女は私の義妹《いもうと》なので連れて帰ります。失礼」

守るように私の肩を抱いた龍我が歩き始めると、人々は波が割れるかのようにして道を譲った。

オープンカーに私を押し込んだ龍我は運転席に乗り込み、車を発進させる。

純白の車は華麗なエンジン音を鳴らして、朝のビル街を駆け抜けた。

革張りの座席に身を沈めた私は俯《うつむ》いて、じっと自《みずか》らの手を見つめていた。

ハンドルを操作する龍我は朝陽が眩《まぶ》しいのか、スーツの胸元に引っかけていたサングラスをついと片手で取り、装着する。

「聞かないのか？　会社に何があったのか」

その声音には呆れた色が含まれている。

龍我は事情を知っているようだ。

「あの人たち、お金を返せだとか、倒産だとか言ってたわよね……」

一社員である私は知らなかったけれど、実は会社の経営状態は悪化していたのかもしれない。思い返すと、理由がよくわからないまま離職する社員が近頃多かった。それに弁護士を名乗る人が社長を訪ねてくることが度々あったのだ。

龍我は黒髪を風になびかせながら、淡々とした声音で説明する。

「銀行から不渡りが出た。金を返せと訴えていた人たちは債権者だ。デッドラインが今日だということを木下さんは当然わかっていたわけだから、逃げたんだろうな」

「そんな……私、全然知らなかった……」

不渡りとは、小切手や手形が支払期日を過ぎても決済できない状態のことだ。つまり会社の口座にお金がないので、業者への支払いや借入の返済が滞《とどこお》ったのだ。

不渡りの事実が通知され、倒産の危機を知った債権者たちは、お金が回収できなくなるかもしれないと会社に詰めかけたのだろう。

もしかしたら社長を始めとした重役たちは、倒産することを知っていたのかもしれない。だから、会社の玄関に休業の告知を貼っていたのだ。

「倒産するのは、もうどうしようもないの？」

「それは木下さんの対応次第だが、本人が逃げているようでは誰も手を貸さないだろうな。資金繰りは相当厳しかったらしい。事実上の倒産だろう」

同じ業界なので、龍我は木下社長とも面識があるようだ。

ただ彼が私の職場を訪れたことは一度もない。来られても困る。

義兄がライバル社の社長だなんて、社内の人に知られたらスパイかと疑われるかもしれないからだ。だから私は、龍我と義兄妹であることを隠していた。

龍我の手から逃れ、自分の選んだ場所で仕事をしていたかったのに、まさかこんなことになるなんて想像もしなかった。

ひっそり落ち込んでいると、ふいにこちらに視線を向けた龍我が咎《とが》めるように言い放つ。

「だから、俺の会社に入ればいいと言ったんだ」

「そんなこと言われたって……」

唇を尖らせた私は、座席で体を小さくする。

就職活動をしていた三年前、龍我は私を自分の会社に入るよう促《うなが》した。それは誘いという軽いものではなく、半ば命令だった。

義兄の会社にコネで入ることに抵抗があった私は、断った。いつまでも幼い義妹じゃないのだし、自分で選んだ会社に勤めて、ひとり暮らしをしてみたかったからだ。それに、義兄の過保護からも逃れたかったから……

その結果こうなってしまい、自分の力が及ばず悔しくなる。

項垂《うなだ》れる私の手の甲に、大きな熱い掌《てのひら》がのせられた。まるで宥《なだ》めるように。

男の掌《てのひら》の熱さに、びくりと身が竦《すく》む。

「お、お義兄《にい》ちゃん。ちゃんとハンドルを握ってよ」

「わかってる」

胸の鼓動が、どきどきと鳴り響く。

昔から龍我はスキンシップが多く、そのたびに私は振り回されてきた。

彼は今でも、私を小学生の義妹として扱っているのだ。

そんなふうに子ども扱いするから、いやなのに――

わかっていると言いながら、龍我はずっと私の手を握りしめていた。


最寄り駅で降ろしてくれるものと思ったのだけれど、車は閑静な住宅街へ辿《たど》り着いた。高級そうなマンションのゲートを通り、地下駐車場へ滑り込む。

「え……ここは？」

「俺の家。悠愛が来るのは初めてだな。何度も遊びに来いと誘ったのに」

「だって……大人になってから兄妹が遊ぶのはヘンじゃない？」

「世間の常識に照らし合わせるなよ。俺たちのルールでいいだろ」

「そうだけど……」

私たちは義理の兄妹であり、血のつながりがない。

物心ついてから一緒に暮らすことになったが、俺様気質の龍我は私に対して異常なほど過保護だった。それも本当の兄妹らしくしようという龍我なりの気遣いだったのかもしれないが、私が短大生になる頃にはもう辟易《へきえき》していた。

再会して彼の強引さを目の当《ま》たりにすると、会社前での騒動から助けてくれた微量の感謝も泡のごとく霧散《むさん》する。

駐車場に車を停めて、オープンカーのドアを開けてくれた龍我は、私の腕を取り立ち上がらせる。

龍我の自宅に寄るのはすでに決定事項らしい。

けれど無理やり引き摺るようなことはなく、車を降りた私の腰にさりげなく手を添えて、エレベーターへ導《みちび》いてくれた。

「あの……私、アパートに帰るわ。ひとりで大丈夫だから」

「駄目だ」

即、却下されてしまう。

仕草は優しいのに、口は辛辣《しんらつ》だ。

だけど、あのまま会社の前で狼狽《うろた》えていたら、大勢の人に揉まれて怪我をしていたかもしれない。そこを龍我に救ってもらったわけなので、頭が上がらなかった。

少しだけ寄ってから、帰ることにしよう。それにここまで誘うのだから、何か話したいことがあるのかもしれない。

そう思ったとき、エレベーターは最上階に到着した。

ふわふわの絨毯《じゅうたん》にパンプスを踏み込ませる。廊下にはひとつの扉しかないことから、このフロアは一世帯しかいないらしい。とてつもない高級マンションに初めて訪れた私は、目を見開いて辺りを見回す。

そこで見慣れないものが視界に入り、目を瞬《しばた》かせる。

扉の前には、精緻《せいち》な蔓模様《つるもよう》の門があった。通常の門は肩くらいまでの高さだと思うが、この門は天井に届くほどで、玄関を覆う丸みのある形状をしている。

まるで、鳥籠《とりかご》のようだ。

マンションでも門扉《もんぴ》が付いている物件があるけれど、訪問した人はこの大きさに驚くのではないだろうか。カフェなどでこれと似たデザインを見たことはあるが、圧迫感はさほどでもなく、お洒落《しゃれ》に感じる。

「変わった形の門ね。こういうデザインもあるんだ」

「この門は俺が考案して特注したんだ。鳥籠《とりかご》の形にしたかったから」

唇に弧を描いた龍我は、鳥籠《とりかご》型の門にかけられた重厚な錠前に鍵を差し込んだ。

古風な仕様は、座敷牢を彷彿《ほうふつ》とさせる。ただ玄関扉は至って一般的な造りだ。

龍我はカードキーで扉を開けた。彼はドアノブに手をかけると、長い腕を回して私の背を囲い込む。

「どうぞ。落城したお姫様」

「……お邪魔します」

嫌味な言い方に唇を尖らせる。

昔から優しくて面倒見のよいお義兄《にい》ちゃんなのだけれど、時々意地悪だ。

玄関先の豪華な門構えから予想はしていたが、マンションの室内は驚くほど広かった。

三十畳はあろうかというリビングからは都内の景色が一望できる。

上質な革張りのソファはベッドのように大きい。隣接されたダイニングに置かれている重厚なテーブルは、ひとり暮らしのはずなのに椅子が六脚も備えられていた。天井からは精緻《せいち》な細工の照明器具が吊り下げられている。どれも一目で高級とわかる調度品ばかりだ。

「すごい部屋ね……。こんなところに住めるなんて、お義兄《にい》ちゃんの会社はすごく儲かってるの？」

下世話な質問だったかもしれないけれど、まさか義兄が高級マンションに住めるほどの成功者だとは思わなかったのだ。

「おかげさまで。儲けるというのは、そんなに難しいことじゃないんだ」

「はあ……。成功した人の台詞《せりふ》よね」

「悠愛だって、俺の会社に入れば好待遇で仕事ができるんだ。こういう広い部屋に住みたいだろ？」

どうしても龍我は私を自分の会社に入社させたいらしい。彼は三年経っても諦めていないのだ。

まだ今いる会社が倒産すると決まったわけではないし、気持ちの整理がついていないので、今後のことは考えられない。

「べ、別に……私は広くなくても、自分が借りたアパートでいいの。静かだし、気に入ってるんだから」

「ストーカーが出るのに？」

「……えっ。どうしてストーカーのこと、知ってるの⁉」

龍我は意味ありげに口端を引き上げた。

これが私だけに見せる、義兄の悪い顔だ。

精悍《せいかん》な面立《おもだ》ちに悪辣《あくらつ》さが加わったその表情は妖しく、蠱惑的《こわくてき》だった。

「俺は悠愛のことは何でも知っている。実は、アパートの大家さんに挨拶《あいさつ》したときに聞いたんだ。どうして俺に何も相談しないんだ」

私の知らない間に、大家さんに挨拶《あいさつ》していたのだ。龍我にはアパートの住所を教えていないのに。きっと実家経由で情報を入手したに違いない。

「勝手なことしないで！　お義兄《にい》ちゃんには関係ないでしょ」

ストーカーのことは、大家さんのほかには友人の莉乃《りの》にしか相談していなかった。彼女は中学のときからの親友だ。引っ越したほうがいいよとアドバイスされたけれど、資金も必要なわけですぐに実行に移せず、今まで迷っていた。両親に話しても、きっと同じことを言われるし、引っ越し費用を出してほしいと頼んでいるように思われるだろう。そんなつもりはなかった。

まして龍我には知られたくなかった。『ほらみろ、俺の言うことを聞かないからだ』と、偉そうに言われるのは目に見えている。

それなのに、アパートの住所ばかりか、ストーカーのことまですでに漏れているなんて……

唇を噛んで俯《うつむ》いた私を、龍我は腕組みをしながら、咎《とが》めるような目で見据えた。

「俺はな、悠愛のことが心配なんだ。採用された会社は突然の倒産。しかも、手頃だからと住んでみたアパートにはストーカーがつきまとっている。おまえが選ぶものは、ろくなものがない」

「……そうだけど、勝手に調べるなんてひどい」

頼んでもいないのに口を出されるのは気分が悪いものである。私は弱々しい声で文句を口にした。

そんな私の反応に眉を跳ね上げた龍我は壁に手をついて、私の体を囲い込んだ。

彼は一八四センチあるので、上から覗《のぞ》き込まれるような格好になる。

鋭い双眸《そうぼう》が不遜《ふそん》さを込めて、私を射竦《いすく》めた。

「俺はおまえの義兄《あに》だぞ。何かあってからじゃ遅い。あのアパートにはもう戻るな。悠愛はこれから俺と一緒に、このマンションで生活するんだ。いいな？」

命令のように念を押されて、私は瞠目《どうもく》した。そんなことを急に決められても困る。

龍我は何かと強引に事を進めようとする気質があった。それは十年来の付き合いで察している。

強いリーダーシップの取れる社長業にはぴったりかもしれないけれど、私には時々窮屈に感じてしまうのだ。

そのため、こうして反発心が湧き起こるときがある。

「そんなこと、お義兄《にい》ちゃんが勝手に決めないで！　戻るなって言われても、荷物はどうするの？」

「すべて俺が手配するから、悠愛はここにいろ。俺を勝手と罵《ののし》るが、悠愛が至らないからこんな状況に陥《おちい》るんだぞ。トラブルが起こらなければこんなことはしなかった。ろくでもない事態になったら家族が迷惑する。それは困るだろう？」

倒産騒ぎやストーカーの問題は私が引き起こしたわけではないけれど、家族に迷惑をかけるのは本意ではない。できれば両親には何も知らせたくなかった。

龍我に説得され、私は渋々頷いた。

しばらくは彼の言うとおり、このマンションで暮らすしかなさそうだ。

「……わかった。お義兄《にい》ちゃんと、ここで暮らす……」

小さな声で了承すると、笑みを浮かべた龍我はようやく壁についていた手を下ろした。

「それじゃあ、悠愛の部屋に案内するよ」

思いがけないことを告げられて、私は目を瞬《しばたた》かせる。

「……えっ？　私の部屋があるの？」

「そう。悠愛のために用意しておいたんだ」

龍我は私の背に手を添えて促《うなが》した。空いている客間があるという意味かもしれないと思い直した私は素直に従う。

リビングから廊下へ出ると、いくつかの扉が並んでいた。

「この奥の扉は俺の寝室。隣が悠愛の部屋だから」

開け放たれた部屋を一目見た私は、奇妙な既視感に襲われて、くらりとする。

窓にかけられたピンク色のカーテン。向かって右手に置かれたベッド。左側には白木造りの机と椅子が鎮座している。机の隣には肩くらいの高さの白い本棚が設置されていた。

「この部屋……実家の私の部屋と全く同じ配置じゃない？」

「そうだな。このほうが悠愛が安心できるかなと思って、同じにしてみたんだ」

私と龍我が独立したので、都内の実家には両親が住んでいる。実家とは言うが、正確には義父と前妻の息子である龍我が住んでいた一軒家だ。そこに再婚した母と私が移り住んだのだった。

狭いアパートから豪邸のような一軒家に引っ越し、しかも自分の部屋まで用意されていたときには、素晴らしい待遇に驚いたものだ。

もう十年前のことになるけれど、あのとき感激したことは今でも鮮明に覚えている。

今、このマンションにある家具は当然、実家の部屋に置かれたものと同一ではない。当時の私は小学生だったので、ベッドも勉強机も子供用だった。この部屋の家具は大人が使用するサイズのものだ。

龍我が、私が安心するようにと気遣ってくれたことは嬉しい。

だけど私の脳裏にはなぜか、蜘蛛《くも》に搦《から》め捕《と》られる蝶の姿が浮かんだ。

私はいつまでも、龍我の束縛から卒業できないのだ。そのことを、この部屋が象徴していた。

龍我は現在二十七歳だ。結婚していてもおかしくない年齢の義兄が、義妹のために子ども部屋と同じ部屋を用意するのは、異常ではないだろうか。それとも、これも家族としての優しさの範疇《はんちゅう》に入るのだろうか。

大人になり財力を手にした義兄はこれだけに留《とど》まらない気がして、空恐ろしくなる。

困惑する私の心中など知らず、龍我は腕時計を見やる。

「俺は会社に戻る。朝からショックを受けただろうし、悠愛は部屋で休んでいろ。あとで美味《うま》い飯を買ってきてやるから、マンションから出ずに大人しくしてろよ。何かあったら、ここに連絡するんだ」

ジャケットの胸元から黒革の名刺入れを取り出した龍我は、一枚の名刺を引き抜いた。

その裏面に、ペンでさらりと電話番号を書き込む。

受け取った名刺には、龍我の携帯らしき電話番号が滑らかな書体で記《しる》されていた。裏返すと、『株式会社ユーアイ・ファーストコーポレーション　代表取締役　池上龍我』とある。

龍我の名刺をもらったのは初めてだ。

何かあれば両親に聞けばよいので、連絡先を訊《たず》ねたこともなかった。

「……ありがと。仕事中は迷惑になるから極力かけないけど、一応持っておくわ」

そういえば、ひとり暮らしを始めるとき、龍我は私に連絡先を教えろとしつこく訊《たず》ねてきたことがあった。

あのときは、もう子どもじゃないのにと突っぱねたのだけど、今思えば、龍我は私が社会人として頼りないことを見越していたのかもしれない。

落胆した私の肩に、大きな掌《てのひら》がそっとのせられる。

「遠慮しないで、いつでも連絡してきていいんだ。悠愛は、俺の大切な義妹《いもうと》なんだから」

私に向けられた龍我の双眸《そうぼう》が、愛しいものを見守るかのように細められる。

その愛情に反抗するなんて、いけないことかもしれない。

名刺を手にした私は、曖昧《あいまい》に頷いた。

◆

物心ついた頃には、私は母とふたりきりで暮らしていた。

狭いアパートは黴臭《かびくさ》く、隣の部屋から響く物音がうるさい。仕事が忙しい母はいつも派手な化粧をして出かけては、私に新しい彼氏の話をした。

「今度、悠愛にも会わせてあげるわね。悠愛も新しいお父さんがほしいでしょ？」

幾度《いくど》となく吐かれた定型文に、私はいつもどおり頷く。

お母さんの男癖が悪いから離婚したのだろうな……と、小学生のときにはすでに察していた。

けれど、毎回母の恋愛は長続きせず、新しいお父さんとして誰かを紹介されることは一度もなかった。

これからもないのだろうと思い込んでいた矢先、思いがけないところからきっかけが舞い込む。

偶然ペットショップで知り合った男の子の父親が、母を見初《みそ》めたのだ。

豪華なレストランに招待されて食事をしたとき、母はその場で交際を申し込まれた。

紳士的で優しく、物腰が柔らかいその男性は会社の役員をしており、前妻には病気で先立たれたのだという。

わずか一か月後、母は結婚した。

互いに再婚なので式は行わず、親戚とも疎遠だから家族だけでお祝いするという形だった。

新しい家族となった義父と義兄が住む家に同居するため、私たちはアパートから引っ越した。

辿《たど》り着いたのは、広い邸宅。

ランドセルを背負い、学用品のみを携《たずさ》えた私は唖然とした。

新しいお義父《とう》さんが、まさかこんなにお金持ちだったなんて。

母は誇らしげに豪奢《ごうしゃ》な邸宅を見上げた。

「あたしたちはシンデレラよ！　もう二度とあんな惨《みじ》めな生活はしなくて済むわ。これも、お母さんの美貌のおかげね。嬉しいでしょ、悠愛」

「う……ん……」

浮かれる母に微苦笑を返す。母も義父がこのような豪邸に住んでいることを初めて知ったのではないだろうか。何しろ知り合って一か月しか経っていないのである。

ともあれ、もう再婚したわけだから、母は幸せになってくれるはずだ。

新しい住まいとなる家の玄関を開けると、義父が笑顔で出迎えてくれた。

「いらっしゃい、冴子《さえこ》。悠愛ちゃん。荷物はどうしたんだい？　トラックを手配すると言ったのに、君という人は断ってしまうんだからね。私にも引っ越しを手伝わせてほしかったよ」

「本当にいいのよ、柊司《しゅうじ》さん。手荷物以外は宅配便で送ったの。ほら、母子家庭だから物がないのよ」

古い家具はすべて捨ててきた。服や靴も、貧乏人だとわかってしまうような安っぽい品物はすべて。高価な物などないので、残ったのは手荷物とわずかな着替えくらいである。

あの古い木造アパートに義父を招いたことは無論ない。引っ越しの手伝いを断ったのも、今までの生活を見られたくないからだろう。

それを察した私は黙っていた。

足を踏み入れた豪奢《ごうしゃ》な玄関はとても広く、ここだけで住んでいたアパートの部屋くらいはある。

驚いて見回していると、龍我が階段を下りてきた。

眩《まぶ》しいほどの純白のシャツを纏《まと》い、微笑みを浮かべている彼は颯爽《さっそう》としていて、まるで王子様のようだ。

「悠愛の部屋に案内するよ。ランドセルを置いてこようか」

「え……私の部屋……？」

龍我とは何度か両親を交えて顔を合わせているので、もう気心は知れていた。

義父と同じく、親切で優しい龍我に好感を持たないわけがない。彼が義兄になってくれたことはとても嬉しかった。

私は龍我に連れられて階段を上り、二階へ赴《おもむ》いた。

「こっちが俺の部屋。そしてここが、新しい悠愛の部屋だよ」

龍我の手により、扉が開かれた。

眼前に飛び込んできた光景に、私は感嘆の声を上げる。

「わあ……！」

ピンク色のカーテンに、真新しいアイボリーの絨毯《じゅうたん》。右側にはベッドがあり、その反対側に勉強机と椅子、その隣には本棚まで設置されている。家具はすべて白で統一され、どれもが新品だ。

一間のアパートでは自分の部屋なんてなかったから、隅に小さな衣装ケースを置いて、そこに着替えのすべてを詰め込み、ケースの上にランドセルと勉強道具を重ねて置いていた。

それなのに、まさかこんなに豪華な部屋を用意してもらえるなんて思ってもみなかった。まるで本物のお嬢様になったみたいだ。どきどきしながら背負っていたランドセルを下ろし、傷ひとつない勉強机に置く。

「すごい……ここ、私の部屋なの……？」

「そうだよ。家具もカーテンも、全部俺が選んだものなんだ。やっぱり女の子らしく、可愛いデザインがいいかなと思ってね。気に入ってくれた？」

「もちろんだよ。ありがとう……お、お義兄《にい》ちゃん……」

おずおずと、『お義兄《にい》ちゃん』と口にする。

今日から私たちは家族になるのだ。そして私と龍我は、義兄妹になる。

三歳年上の龍我は中学三年生だから喧嘩《けんか》にはならないと思うけれど、義兄妹として仲良くやっていきたい。

私の台詞《せりふ》に、龍我は感激したように目を見開いていた。

「お義兄《にい》ちゃん、か……いいね。俺たちは今日から義兄妹《きょうだい》だものな。これからは、俺が悠愛を守るからな。ずっと、俺が傍にいるよ……」

そう言って蕩《とろ》けるような笑みを浮かべた龍我は、私の頭を優しく撫でた。

引っ越してきたその日の夜、ささやかなパーティーが開かれた。

チキンやピザなどのご馳走が並べられ、ホールケーキまで用意されている。

こんなに豪華な食卓は生まれて初めてだ。まるでお伽話《とぎばなし》の世界に迷い込んだみたい。

今までクリスマスや誕生日のお祝いなんてしたことのなかった私は、ご馳走の並べられたテーブルが煌《きら》めいて見えた。

「すごい……ごちそうだよ、お母さん！」

「こら、悠愛。はしゃがないの」

喜ぶ私を目にした義父は鷹揚《おうよう》に笑った。

「今日は引っ越し祝いだからね。簡単なものを注文したんだが、そんなに喜んでもらえるなんて嬉しいよ」

「ありがとう、柊司さん。明日からはあたしが作るわね。料理は得意なのよ」

「できる範囲でいいんだよ。冴子と結婚したのは、家政婦にするためじゃないのだから」

「まあ、そんな」

家政婦ではないと言われた母は嬉しそうだ。

母が料理をする姿なんて見たことがないので大丈夫だろうかと心配になったけれど、明日からの母は時間がある。お金持ちの奥様になったのだから、もうお店に出勤しなくてもよいのだ。

私の隣に腰を下ろしていた龍我は、意味ありげな笑みを浮かべている。

両親の微笑ましいやり取りが終わったのを見計らい、彼は私のほうを向く。

「引っ越しを記念して、悠愛にプレゼントがあるんだ」

「プレゼント？　私に？」

プレゼントなんていうものを一度も受け取ったことのない私は驚いてしまう。

席を立った龍我は、ダイニングを出て行った。品物は別室に置いているらしい。

ややあって戻ってきた彼は、白い布のかけられた大きな箱を抱えていた。

「えっ……何だろう？」

龍我がテーブルに箱を置いたとき、ばさりと中の物が動く音がした。

みんなが注目する中、龍我は白い布を取り去る。

「さあ、これが悠愛へのプレゼントだよ」

私は息を呑んだ。

さらりと払われた布から現れたのは、鳥籠《とりかご》に入った青い鳥だった。

龍我と初めて会ったときにペットショップで見た、『マメルリハ』という名のブルーインコだ。

「この子……あのときの……？」

「そうだよ。俺が買ってあげると約束しただろう？　悠愛に喜んでもらいたかったから、俺の小遣いで買ったんだ」

プレゼントが生き物だと知った母が眉根を寄せた。母は動物が嫌いなのだ。

「ちょっと待ってちょうだい。悠愛にはペットの世話なんてできないわ。学校があるんだから忙しいし、飼っちゃダメって前から禁止してたのよ」

「俺が一緒に面倒を見るよ。悠愛が世話を投げ出しても、責任は俺が持つ。それならいいだろ？　冴子さん」

母の反対を予期していたかのように、龍我は畳みかけた。

『お義母《かあ》さん』とは言わず、なぜか名前を強調する。龍我としては、すぐには母親だと認められないという主張なのかもしれない。

母は子どものように唇を尖らせた。

「でも……面倒見るなんて、きっと初めだけだわ。どうせ飽きるに決まってるわよ」

「決めつけるのはよくないんじゃない？　冴子さんが父さんと結婚することも、悠愛が生まれたときには決まってなかったわけだし。未来ってさ、どうなるかわからないよね」

痛いところを突かれた母は俯《うつむ》いて黙り込んだ。

私が生まれた頃はきっと、実の父と母は仲がよかったのだ。そのときは別の人と再婚するなんて考えもしなかったに違いない。

義父は怒った顔をして龍我をたしなめる。

「過去のことを持ち出すのはやめなさい、龍我。冴子は女手ひとつで悠愛ちゃんを育てたんだぞ。それはとても苦労を強いられることなんだ」

「わかってる。俺が言いたいのは、小鳥の世話はちゃんとできるということだよ。悠愛を立派に育てた冴子さんなら、理解してくれるんじゃないかな」

全く悪びれない龍我は大人の意見を逆手《さかて》に取る。

いずれ私が小鳥の世話を投げ出すとみんなは考えているようだけれど、そんなことをしたら小鳥は死んでしまうかもしれない。とてもほしかった小鳥なのだから、絶対に死なせたりしない。龍我が一緒に面倒を見ると言ってくれたことが心強く、ずっと大切に飼い続けようという決意が私の胸の裡《うち》に湧いた。

私は、おずおずと自分の考えを口にする。

「きちんと小鳥のお世話をするから、飼ってもいいでしょう？　お願い、お母さん。お義父《とう》さん」

「そうね……ちゃんとできるならいいけど……柊司さんはどうかしら？」

母はちらりと私を見たあと、義父の顔色を窺《うかが》った。

「インコくらいは許してあげてもいいじゃないか。義兄妹《きょうだい》が仲良くするきっかけになってくれるだろう」

義父は年上らしい寛容さをもって、母に答えた。髪に白いものが混じる義父の年齢は、母よりもかなり年上であると聞いている。

ピロロ……と、籠《かご》の中の小鳥が流麗な音色を奏でる。

目を細めた龍我は、真鍮《しんちゅう》の鳥籠《とりかご》の取っ手を悠々と掴《つか》んだ。

「それじゃあ、このインコは新しい家族の象徴として、俺と悠愛が協力して飼うから」

『新しい家族の象徴』とされた青い鳥は、その瞬間から家族の一員となった。

私は、青い鳥を連れて行った龍我のあとを追い、二階にある龍我の自室に入った。

モノトーンで纏《まと》められた部屋で、ベッドの傍にサイドテーブルが設置されている。その上に、龍我は鳥籠《とりかご》を置いた。

「俺の部屋に鳥籠《とりかご》を置いておけば、冴子さんも勝手に入ってこられないよ。学校に行っているときは部屋に鍵をかけるからね」

私たちがいない間に、母が小鳥を捨てる可能性が消えたことに安堵した。改めて鳥籠《とりかご》の中の青い鳥を、じっくりと眺める。

ふわりとした毛並みが青々と輝いていて美しい。小鳥は初めての場所に驚いたように、ぱちぱちと瞬《まばた》きを繰り返している。やがて小さくさえずり、可愛らしく啼《な》いてくれた。

「ありがとう、お義兄《にい》ちゃん……。最高のプレゼントだよ」

どうせ飼えないと諦めていた小鳥を、まさか人生で初めてのプレゼントにしてもらえるなんて思わなかった。

感激に胸を震わせる私の隣に並んだ龍我は、ともに籠《かご》の中の鳥を覗《のぞ》き込む。

「悠愛のほしいものは、何でも俺がプレゼントしてあげると決めたからね」

「何でもだなんて……この子だけで充分だよ」

「欲がないんだな。服とかアクセサリーとか、ほしいものたくさんあるだろ？」

そう言われて、私は毛玉のついた自分の服を見下ろした。

これがもっともまともなワンピースだったので着てきたのだけれど、胸元のリボンはほつれ、白い生地は薄汚れてしまっている。

お姫様のような衣装を着てみたいという憧《あこが》れは抱いている。

けれど、あれもこれもと欲深く望んではいけない。望みを叶えた代償を支払わなければならなくなるから。

そのことを私は弱者の本能として知っていた。

「ほしいものなんてないよ。だって、お義父《とう》さんとお義兄《にい》ちゃんがいてくれて、この家に住むことができるんだから」

そう口にした私は、もうすべて願いを叶えてしまったことに気づかされた。

新しい家族、広い邸宅、自分の部屋。そして、ほしかった青い鳥。

それまで不幸という荷物を当然のように背負っていた私は、分不相応な幸福を手に入れたのだ。

我が身に訪れたこの幸運は、降って湧いたものだろうか……

奇妙な違和感に襲われ、ごくりと唾を呑み込む。すると、龍我は自然な所作で私の肩を引き寄せた。

体が密着して頬がくっつけられるが、龍我の双眸《そうぼう》は変わらず小鳥に向けられている。

もう家族なのだから、このくらいのスキンシップは義兄妹として当たり前なのかもしれない。

「俺の言うとおりにしていれば、悠愛はずっと幸せな女の子だ……」

義兄の唇から紡ぎ出された低い声音に、なぜか胸がざわめく。

そのとき、階下から母が呼ぶ声が聞こえてきた。私は食事の最中だったことを思い出し、身じろぎをする。

龍我は抱いていた肩を離すと、明るい笑顔を見せた。

「お腹が空いただろ。鳥の名前は家族で相談して決めようか」

こくりと頷くと、すいと手を握られた。

同級生の女の子とは全く感触が違う、熱くて大きな、男の人の掌《てのひら》だ。

優しくて頼もしいお義兄《にい》ちゃんの存在に、私は一抹《いちまつ》の不安を払拭《ふっしょく》した。


両親の再婚から一年が経過し、私は龍我と同じ学園の中等部に進学した。

ところが入学当初から、注目を浴びることになってしまう。

『池上龍我の義妹』という肩書きを持った私は、どこへ行っても好奇の目を向けられるのだ。義兄が大変な有名人であることを、入学して初めて知らされる。

それは龍我の外見と、その行動によるものだった。

すらりと背が高く、秀麗な顔立ちをしている龍我は、女子の間で絶大な人気を誇っていた。何度も告白されているにもかかわらず、彼は誰とも付き合おうとしない。そのことが、より女性の心を燃え立たせるらしい。

私は、そんな義兄と毎日必ず一緒に登校している。龍我が校門をくぐると、待ち構えていた高等部の女子たちが手紙を差し出してきた。

「池上君、おはよう。これ……」

「いらない」

一瞥《いちべつ》もくれずに龍我は吐き捨てる。

さらに足を止めようともせず、そのまま女子の前を通り過ぎてしまった。

私が振り返ると、彼女たちは手紙を握りしめたまま校門に佇《たたず》んでいた。

「お義兄《にい》ちゃん……受け取ってあげてもいいんじゃない？」

「どうせ読まないから無駄だよ」

こういったことは日常茶飯事《にちじょうさはんじ》だった。冷たくあしらわれても、龍我に告白する女性はあとを絶たない。

誰とも交際する気がないのか、それともほかに好きな人がいるのだろうか。龍我は一切、自身の恋愛観について語ることはなかった。

「授業が終わったら迎えに来るから、勝手に帰るなよ」

「わかってるから」

中等部の昇降口までわざわざ送り届けてくれるのは日課で、帰宅するときも必ず龍我と一緒に帰らなければならないと決められていた。義妹が危険な目に遭ったら大変だからというのが、龍我の言い分だった。

教室へ向かうと、同じクラスの莉乃が話しかけてきた。

「おはよう。悠愛のお義兄《にい》さんって、すごい過保護だよね。まだこっち見てるよ」

振り返ると、龍我は昇降口に佇《たたず》み、こちらを見据えていた。

校内で危険なことなどないだろうし、放課後になればまた会えるのに、なぜそんなに監視するのかと首を捻《ひね》る。

「過保護すぎて困っちゃうよ……。いつも私にくっついてるんだもの」

「あはは。傍《はた》から見たら悠愛がお義兄《にい》さんにくっついてるんだけどね」

そんなふうに見えてしまうのだろう。莉乃が笑う隣で、かくりと肩を落とす。

龍我とは義兄妹というせいもあるのだろうが、喧嘩《けんか》になったことは一度もない。それどころか勉強を見てくれて、休日も一緒に買い物に出かける。ひどく甘やかされて窮屈なほどだ。

友達とも遊びたいのに、龍我が離れないのでそれも叶わない。

いっそ彼女ができたら私にべったりしなくなるのかもと思うが、龍我が恋人を作ることはしばらくなさそうだ。何しろ、手紙に触れることすらしないのだから。

「おはよう、悠愛ちゃん」

「おはよう」

教室の入り口でクラスメイトの女子と挨拶《あいさつ》を交わす。

同じクラスの彼女はアイドルみたいな美少女で、男子たちの憧《あこが》れの的だ。

その後いつもどおりに授業を受け、放課後になった。

ホームルームを終えたクラスメイトたちが帰り支度を始めると、教室の一角に女子たちが集まっていた。

みんな気の毒そうな顔をして、項垂《うなだ》れているひとりの女子を慰《なぐさ》めている。彼女は朝、私に挨拶《あいさつ》してくれた子だ。何かあったのだろうか。

莉乃が私の席へやってきて、声をひそめた。

「彼女さ、悠愛のお義兄《にい》さんに告白したらしいよ」

「えっ⁉」

思わず大きな声を出してしまい、私は慌てて口元を押さえる。

朝は朗《ほが》らかに挨拶《あいさつ》を交わしたけれど、まさか義兄に告白するつもりだったなんて思いもしなかった。

「お昼休みのときに高等部に行ったみたい。……で、フラれたんだって」

「……そうなんだ。全然知らなかった……」

やはり龍我はすげなく断ったのだろう。アイドルのように可愛い彼女ですら想いは通じなかったのだ。

莉乃は机に頬杖をつき、組んだ足をぶらぶらとさせていた。

「悠愛のお義兄《にい》さんってさ、難攻不落だよね。いったい誰となら付き合うの？」

「さあ……」

私がそう答えたとき、突然教室の空気が凍りつく。

何だろうと、私はみんなが視線を向けた戸口に首を向けた。

「悠愛。帰るぞ」

龍我は尊大な態度で私に呼びかけた。

いつもは校門で待ち合わせているのに、話し込んでいたから教室を出るのが遅れた。慌てて鞄を抱えた私は席を立つ。

振ったばかりの女子がいる教室を堂々と訪ねてくる龍我の豪胆さに、クラスのみんなは驚いているようだ。

私は周囲の視線から逃れるように、小走りで教室を出た。龍我は長いストロークで焦ることなく後ろをついてくる。

「そんなに慌てなくていいだろ。どうしたんだ」

あの教室の雰囲気を、理解できなかったのだろうか。

告白を断るのは何でもないことだとでもいうように、龍我は平静な態度だった。

眉をひそめた私は、隣に並んだ龍我に小声で問いかけた。

「……お義兄《にい》ちゃん。私と同じクラスの女子に告白されて、断ったんだよね？」

「ああ。そういえば、あの女は悠愛と同じクラスだったな。何か言われた？」

龍我はそう言って、ぎらりと目の奥を光らせる。

彼は私のことになると、いつも獲物を狩る獣《けもの》のような執拗《しつよう》さを見え隠れさせた。

なぜだろうと思いつつ、首をゆるりと横に振る。

「ううん、何も。……彼女、泣いてたみたいだよ」

「友達への同情か。悠愛は優しいからな。いつものことだから、おまえは気にしなくていい」

龍我は可愛い女子に全く興味を抱いていない。まるで路傍《ろぼう》の石のような扱いだ。

「お義兄《にい》ちゃんはどうして、告白を断ったの？　ううん、彼女だけじゃなく、どうして誰とも付き合わないの？」

誰もが同じ疑問を抱いているに違いなかった。

私が純粋な疑問をぶつけると、龍我は悪辣《あくらつ》な笑みを浮かべる。まるで、悪巧みが成功したかのように。

「俺は悠愛と一緒にいたいんだ。何しろおまえは、俺の義妹《いもうと》なんだから」

私たちは最高の免罪符を手にしていた。

それは『義兄妹』という名の札だ。家族なのだから、その絆《きずな》は何よりも強固に結ばれるべきであり、いつも一緒にいて然《しか》りということになる。

その理屈に奇妙な歪《ゆが》みを覚えるのだけれど、龍我は自然と私を優先させるので、無理をしているようには見えなかった。彼が納得しているなら、それでよいのだろうと思える。

「お義兄《にい》ちゃんが嫌じゃなければいいけど……」

「嫌なわけないだろ。わかってないな」

龍我は軽《かろ》やかに笑った。とても楽しそうだ。

帰宅した私たちは、まっすぐに二階の龍我の部屋に赴《おもむ》く。

部屋の鍵を開けて入室すると、青い鳥は綺麗な声音で迎えてくれた。

「ただいま、メル」

メルと名付けた小鳥は、学校へ行っているときは必ず龍我の部屋に入れておく。

帰宅したら鳥籠《とりかご》の脇で、ふたりで勉強するのが日課だ。

艶《つや》めいたメルの青い羽を見つめていると、心が落ち着く。流麗な蔓模様《つるもよう》の鳥籠《とりかご》も素敵なデザインで、美しいメルにお似合いの家だ。すべて龍我からのプレゼントだった。

ふと、メルを眺めている私の肩が、ぎゅっと抱かれる。

鳥籠《とりかご》の中を見つめる龍我の厚い胸板が、肩に押しつけられていた。

「メルは幸せな鳥だな」

「え？　幸福の青い鳥だから？」

龍我は喉奥から笑いを零《こぼ》した。そんな仕草をする彼はひどく大人びて見える。

「幸福の青い鳥は伝説だよ。そうじゃなくて、あのままペットショップで売れ残っていたら、今頃は処分されていたはずだ。悠愛がメルを気に入ったおかげで、こうして恵まれた環境で飼われているんだから、こいつは幸せ者だって意味だよ」

処分……という言葉が私の胸に重く響いた。

ペットショップでは当然、値札をつけられた動物たちが売れ残る場合もある。そのときは、どうするのだろう。考えてみたこともなかった。

龍我の大きな掌《てのひら》が、私の肩を撫で下ろす。もう片方の手は、慈《いつく》しむように髪を撫でた。

龍我が毎日、猪毛のブラシで手ずから梳《す》いてくれるので、髪は艶《つや》めいている。

手櫛《てぐし》で私の髪を梳《す》いた龍我の指が、まっすぐな黒髪を搦《から》め捕《と》った。

「だからメルは、選ばれた幸運な鳥だ。悠愛のおかげだよ」

「……そうだね」

龍我の言うことは、正論だ。

それは私自身の境遇にも当てはまることかもしれない。

幸運なのは、メルか、それとも私か。

龍我が髪をもてあそぶ感触とともにそんなことを考えながら、私は青い鳥を見つめていた。

◆

広いマンションでぼんやりとテレビを眺めていると、昔のことを思い出してしまった。

両親の再婚により、それまでの貧乏な暮らしが一変して、私は裕福な家のお嬢様として幸せに過ごせた。

それも、青い鳥のメルが幸福を運んできてくれたおかげだと思っている。

そのメルは、私が短大生のときに亡くなった。

とても可愛がっていたので死なれたときは哀しくて、もう次の小鳥を飼おうという気にはなれなかった。メルの遺体は、私がひとりで庭の隅に埋めた。

メルとの思い出に浸《ひた》っていると、ニュース番組で私が勤めていた会社のことが報道されていた。

弁護士によって倒産の手続きが開始されたらしい。事件ではないためか世間での注目度は低いようで、すぐに別の話題に切り替わる。先程会社を訪れた私の顔が映されることはなかったので、小さく安堵の息を零《こぼ》した。

だけど、会社が倒産したということは、私は職を失ったのだ。やはりショックだった。

リモコンを操作してニュースを消すと、広いリビングが途端にしんと静まり返る。

優しく体を受け止めてくれる革張りのソファは極上の座り心地だけれど、私は所在なさげに身じろぎをした。

『悠愛はこれから俺と一緒に、このマンションで生活するんだ』

先程、龍我から告げられた台詞《せりふ》が耳奥で繰り返される。

強気な龍我に押されて、つい了承してしまったけれど、まだ頭の整理が追いついていない。

それに義妹と同居して、龍我は困らないのだろうか。

恋人がマンションを訪ねてきたときに私がいたら、誤解しないだろうか。

学生の頃の龍我は恋人を作らなかったけれど、現在は誰かと交際していてもおかしくない。

むしろ、今も誰とも付き合っていないほうが不自然だろう。若くして成功した会社社長なのだから、数多《あまた》の女性が恋人に立候補するはずだ。

「お義兄《にい》ちゃんの恋人ってどんな人なんだろう……。きっと綺麗な大人の女性で、大会社の令嬢だったりするのよね……」

私は早くも義兄の恋人と鉢合わせをしたときに備えて、どう説明しようかと考えた。

けれど、すべては想像に過ぎない。頭を振って立ち上がり、先程案内された私の部屋へ入る。

実家と同じ雰囲気の室内を改めて見回した。

家具やカーテンなどはすべて新品で、使用した形跡がない。クローゼットを開いてみると、そこには数々の衣装がハンガーに吊り下げられていた。繊細なリボンとフリルで彩《いろど》られたデザインは、まるでお姫様が着るドレスのようだ。

「わあ……可愛い。このワンピース、お義兄《にい》ちゃんの会社がプロデュースしてるブランドだわ」

個人バイヤーから始まった龍我の会社は、今では自社ブランドを手がけており、全国にアパレルショップを展開している。中でも、お姫様をコンセプトにしたブランド『ラブ♡プリンセス』は女性の人気を博していた。

『ユーアイ・ファーストコーポレーション』といえば、『若手経営者の池上龍我』がすぐに出てくるほど注目を浴びている。龍我が女性誌のインタビューに掲載されている記事を、私は何度も目にしていた。

純白のスーツ姿で雑誌に載っている龍我はまるで人気俳優のような扱いだ。それだけ彼の美貌も注目されているということなのだろう。インタビューのテーマも会社経営よりは、龍我の恋愛や結婚観に関するものが多い。

ただ、その回答は当たり障りのないものばかりだった。好きな女性のタイプは内面を磨いている人だとか、理想の結婚は笑いが絶えない家庭だとか、どこかで聞いたことがあるような模範解答だ。

唯一、首を捻《ひね》った答えは、会社名について。

ふと、私はポケットに入れた龍我の名刺を取り出した。

「ユーアイ・ファーストコーポレーション……」

雑誌のインタビューで会社名の由来《ゆらい》を問われた龍我は、『初恋の人の名前です』と答えていた。

龍我の初恋の人が誰なのか、もちろん私は知らない。

学生の頃はどんな可愛い子にも見向きもしなかった彼が、心の裡《うち》では誰かに想いを寄せていたなんて、想像もしていなかった。

「ユーアイ……ユーア、ユア……あれ？」

私の名前に響きが似ているが、似たような名前の人が初恋の人ということだろうか。記憶を辿《たど》ってみても思い当たる人はいない。

わからないものは仕方がないと、私は頭を切り替えるべく華やかなワードローブに目を戻す。

「ちょっと試着してみようかな。ラブプリのワンピース、ずっと憧《あこが》れてたのよね」

龍我がプロデュースしているブランドということは知っていたけれど、とても高価なので購入したことはなかった。それにデートなどしたことがないので、着ていくところがない。

まるでショップのごとくずらりと並んだワンピースやコートの中から、最新作らしき水色の服を取り出す。

胸元が大きく開いたワンピースは、ふわりとしたシフォンが広がるAラインのデザインで、裾はアシンメトリーに彩《いろど》られている。光の加減によりキラキラと輝く素材も相まって、人魚姫を彷彿《ほうふつ》とさせる艶《あで》やかさを醸《かも》し出していた。

私は会社用の地味なスーツを脱いで、水色のワンピースに着替えてみた。

こんなに華麗な服は結婚式の二次会くらいしか着ていけないだろうけれど、誰も見ていないから、ちょっとだけ。

それに、龍我がどんなことを想いながら女性の服を考案しているのか気になった。

初恋の人に似合う服……ということなのかな。

水色のワンピースに袖を通した私は、室内にあるスタンドミラーに映して確認する。

すると、そこにはお洒落《しやれ》な服を着て緊張気味の私の姿があった。

ふいに、見覚えのある少女の姿が脳裏をよぎる。

「あれ？　これって……」

まるで昔の私のようだった。

否、私の着ているワンピースが当時、龍我がプレゼントしてくれた服に似ているのだ。

龍我が義兄になってからというもの、彼は小鳥に始まり、私に様々な贈り物をくれた。その中には服やアクセサリー、下着まであった。それこそ、クローゼットが溢《あふ》れてしまうほどに。

まるでお姫様のような煌《きら》びやかな服は、高価に違いない。

私には分不相応な気がするし、龍我のお金を使わせるのも悪いので断ると、「冴子さんが悠愛の服を買ってきてくれないんだから、仕方ないだろ」と返されたことがある。

母は結婚するとすぐに飲み歩いたりして、ろくに私に構わなかった。以前からそうだったので、やはりホステスの仕事を辞めても母は変わらないのかな……と諦めていたけれど、ひとつ気になることがあった。

遊びに出かけようとする母に、龍我がさりげなく話す声が聞こえたのだ。

『冴子さん、悠愛の服は俺たちふたりで買いに行くから、冴子さんは自分の服だけ買ってね』

『そう？　でも、お金はどうするのよ。じゃあ、お小遣い渡すから……』

『いらないよ。俺、家庭教師のバイトしてるから。義母から小遣いもらうほど子どもじゃないんだよね』

『な……なによ、その言い方。龍我はまだ高校生でしょ』

『あなたより精神年齢は大人だよ。それから、夕飯は俺が作るから、妙な気を使って帰ってこなくていいからね。父さんには俺からうまく言っておくから、冴子さんは彼氏と好きなように遊んできてよ』

まるで子どものようにむくれた母が玄関を出て行く音を、私は偶然トイレで聞いていた。

龍我はあえて、母が私の面倒を見ることを遠ざけているのだ。

家にいないことを推奨してすらいるように思える。

そうすると、私はいっそう龍我とふたりきりで過ごし、彼の買ったものに囲まれる生活になる。

義兄の選んだ服を着て、ブラシで黒髪を梳《す》いてもらいながら、甘やかに紡がれる低い声を聞き、勉強を教えてもらう際には手が触れて——

支配されている……

そう感じたとき、ぞくりと背筋に戦慄《せんりつ》が走った。

当時は、龍我と母の仲が悪いゆえだと思っていたけれど、大人になった今、初めて彼の意図を理解した気がする。

龍我は、私を自分好みの義妹に仕立て上げたかったのかもしれない、と。

けれど龍我は暴君ではなく、どこまでも私に優しかった。それだけ龍我は義兄としての責任を果たさなければと重く感じていたのだ。母に対する不遜《ふそん》な態度も、実母の思い出を消したくないという思いがあったからかもしれない。

龍我の亡くなった実母は聡明な良妻で、おしどり夫婦と呼ばれていたのだと、近所の人がわざわざ教えてくれたことがある。きっとお金持ちの奥様として相応《ふさわ》しい女性だったのだろう。私の母はとてもそのようなタイプではない。龍我が新しい母として受け入れられないのは道理だ。

それでも今まで、家族としての形を保てていた。

私は重苦しい思いを抱えつつ、水色のワンピースを脱いで、もとのスーツに着替えた。

「ラブプリのデザインは、龍我の好みが反映されているのね……。私に着せていたワンピースからヒントを得たのかも」

ワンピースをハンガーにかけてワードローブに戻すと、今度は引き出しを開けてみる。

予想したとおり、そこには数々の下着が整然と並んでいた。

ショーツにブラジャー、キャミソールと、あらゆる種類の下着が揃っている。いずれも緻密《ちみつ》なレースで彩《いろど》られた有名メーカーの高級品だ。彼氏ができた経験もない私は、こんなお洒落《しゃれ》で上質な下着を手にしたことはない。

「こんなにたくさん……。お義兄《にい》ちゃんはまるで変わっていないんだわ」

部屋と家具を用意するだけでなく、衣装や下着まで揃えておくなんて、なんて用意周到なのだろう。まるで私が同居することが、あらかじめ決まっていたかのようだ。

両親が再婚したとき、私の部屋を整えてくれたのは龍我だったことを思い出す。これはあのときの再現にも思える。

私の脳裏に、悪辣《あくらつ》な傀儡師《くぐつし》に操《あやつ》られる人形の姿が浮かんだ。

無力な操《あやつ》り人形は、傀儡師《くぐつし》がいなければ頽《くずお》れるだけ。

私は、義兄に操《あやつ》られる人形なのだろうか……

はっとして頭を振り、自《みずか》らの考えを追い払う。

龍我は私のために尽くしてくれているのに、それを迷惑と思ってはいけない。部屋に閉じこもっていると、いろいろと悪い方向に考えてしまう。

引き出しを閉じた私は、アパートへ行って荷物を取ってこようと思い立つ。

まだ昼だから、ストーカーと遭遇することはないだろう。龍我はマンションから出るなと命じていたけれど、危険なことは何もない。連絡先はわかっているのだから、あとで伝えれば大丈夫だ。

そう考え、靴を履いて玄関扉を開けた私の眼前に、堅牢な鳥籠《とりかご》型の門が飛び込んできた。

門の取っ手を握るが、押しても引いても開かない。ガシャリと、拒絶するような重厚な音が鳴るだけだ。

「開かない……どうして？」

見ると、アンティーク調の錠前が門扉《もんぴ》に提がっていた。門には鍵がかけられているのだ。龍我が出かけるときに施錠していったらしい。

錠前には鳥の姿が彫られている。これも特注品のようだ。

オートロックと違い、自動的に開くという仕様ではないので、鍵がないと出られない。どこかに予備の鍵が置いてないだろうか。

玄関回りを探してみたけれど、それらしきものは見つからなかった。

「そうだ。お義兄《にい》ちゃんに聞いてみよう。名刺に番号を書いてくれていたわよね」

鞄から自分のスマホと、もらった名刺を取り出す。

思えば、私から龍我に電話するのはこれが初めてだ。

学生の頃からスマホは持っていたけれど、龍我が毎日のように連絡してくるので辟易《へきえき》してしまい、就職してアパートに引っ越すときに機種変更して番号も変えた。友人とカフェで話している最中にまで、誰と何をしていると逐一《ちくいち》報告を求められるのもうんざりしていた。母親が放任なので、その代わりに龍我が私の面倒を見ようとしてくれているのはわかっているし、ありがたくもあるのだけれど、彼の束縛に窮屈さを感じていたのだ。

コール音が一度だけ鳴り、すぐに『悠愛か』と龍我の声が聞こえた。まるで電話を待ち構えていたかのような迅速さに、慌てた私は咄嗟《とっさ》に言葉が出てこない。

「あ、あの、お義兄《にい》ちゃん、私……」

『悠愛。かけてくれると思っていたよ』

弾むような声音とは反対に、私は唇を尖らせる。

龍我が施錠して出かけたから、私は電話をかけざるを得なかったのだ。

甘くて優しい義兄の声を耳にした安堵とともに、反発心が湧き起こる。

「お義兄《にい》ちゃんが門に鍵をかけてくれたせいで、マンションから出られないんだけど？　アパートに着替えとか取りに行きたいから、予備の鍵が置いてある場所を教えて」

そう言うと、龍我が溜息を吐く音が耳に届く。まるで耳元に直接呼気を吹きかけられたような感触が走り、ぞくりと背が粟立《あわだ》つ。

『俺はマンションから出るなと、さっき言ったばかりだよな？　どうして堂々と外出しようとするんだ』

「だって……着替えを取りに……」

『着替えは部屋のクローゼットに入ってるだろ。心配しなくても、悠愛の私物はすぐに持ってこさせる』

「え……どういうこと？」

『今、悠愛の住んでいたアパートの管理会社にいる』

「ええっ？」

仕事に行ったと思っていたのに、まさかそんな場所にいるとは驚きだ。

『手続きは完了したから。もう引っ越し業者は荷物の梱包《こんぽう》と輸送作業を進めている。つまり、悠愛が自分で着替えを取りに行く必要はない。おまえが今日やることは、自分の行いを反省することだよ』

そのままプツリと通話が切られた。

もはやアパートの部屋の解約手続きは完了してしまったらしい。

龍我の手を煩《わずら》わせたのは、私のせいだと反省を促《うなが》され、肩を落とす。

そして、出ることが叶わなかった鳥籠《とりかご》型の門に背を向けた。


そのあとは無為《むい》にテレビを見て過ごした。

窓の向こうは次第に藍色に満ち、街の灯《あか》りが眩《まばゆ》く煌《きら》めいている。

時計を見やると、午後六時を指していた。

「もうこんな時間かぁ……。何か食べようかな」

アパートで朝ごはんを食べてから、何もお腹に入れていなかった。キッチンの冷蔵庫に食材はあるだろうか。

龍我は料理が得意で、実家ではよくチャーハンや春巻きを作ってくれた。遊び歩いて料理をしない母の代わりに、龍我が食事を用意してくれたのだ。義父は仕事が忙しく帰りが遅いので、ふたりきりで食卓を囲むことがほとんどだった。

けれど現在は社長として多忙な日々を送っているだろうから、自炊する暇はないかもしれない。

パンでもあるかなと思い、ぴかぴかに磨き抜かれたシステムキッチンへ足を向ける。

そのとき、室内にインターホンが鳴り響いた。

「えっ、お客さん……？」

一瞬誰だろうと考えたが、この家を訪ねてくる人物に、はっと思い当たる。

もしかして、龍我の恋人だろうか。

どうしよう。顔を合わせたら、なんて言おう。

慌てながらも、とにかくリビングにあるインターホンに向かう。

すると液晶には、龍我の姿が映っていた。

『悠愛、ただいま。両手が荷物でいっぱいなんだ。玄関まで来てくれ』

訪問客の正体が義兄だったことに安堵した私は、玄関ホールへ駆けつけた。

扉を開くとそこには、両手にいくつもの大きなビニール袋を提げた龍我が笑顔で立っていた。

彼の背後にある鳥籠《とりかご》型の門は、すでに閉ざされている。

龍我は手に鍵を持っていない。両手が塞《ふさ》がっているのにわざわざ鍵を出して解錠し、また施錠するのは苦にならないのだろうか。玄関はオートロックなのだから、門に鍵をかける意味がよくわからない。

「ただいま、悠愛」

もう一度同じ台詞《せりふ》を告げられたので、私は実家でいつも口にしていた返事をする。

「おかえりなさい、お義兄《にい》ちゃん」

そういえば龍我が帰宅するとき、私が玄関まで出迎えないと決して家に入ろうとしなかった。昔はいつも一緒に登下校していたから、私が家で待っているという状況は少なかったけれど、面倒だなと思ったこともある。

聡明な義兄にも、寂しがりな一面もあるのだろう。

「浮かれて買いすぎたかな。悠愛が待ってると思うといろいろ食べさせたくて、デパ地下を一周したよ」

部屋に入り、龍我は嬉しそうな表情で大きなダイニングテーブルに袋を置いた。

辺りには美味《おい》しそうな香りが漂《ただよ》う。見れば、著名な店のロゴが印字されている袋ばかりだった。袋を開けて見てみると、お寿司にお刺身、色とりどりのおかず、ホールケーキは二個ある。いったい何のお祝いなのかと首を捻《ひね》るほどだ。お腹は空いているけれど、ふたりしかいないのに大量すぎる。

「すごい量ね……。こんなに豪華な食事は久しぶりよ」

「お腹空いただろ。たくさん食べろ。今日はうちの会社と、アパートの管理会社も回ったから時間がなかったけど、暇なときは俺が手料理を作るから」

そう言って袋から数々のパックを取り出し、龍我はテーブルに並べた。私も食器棚から皿やコップを出して夕飯の用意をする。

「本当に、私が住んでいたアパートの部屋を解約しちゃったの？」

「もちろんだ。ストーカーが出没するようなところに俺の大事な義妹《いもうと》を住まわせておけるわけないだろ。もっと早くこうするべきだったな。悠愛の私物は業者が纏《まと》めて梱包《こんぽう》したから、明日には届く」

強引な龍我に反感を覚えないわけではないが、これでストーカーには二度と遭遇しなくて済む。

私が引っ越せば、アパートにストーカーは現れなくなるのだろうか。あのストーカーは結局、どういう目的で周辺をうろついていたのか、果たして何者だったのか、判明しないままだ。

なんとなく腑《ふ》に落ちず、龍我に訊《たず》ねる。

「お義兄《にい》ちゃんはアパートには行ったの？」

「ああ。大家さんに挨拶《あいさつ》しておいたよ。賃貸は月契約だから、きちんと金さえ払えば何も問題ない」

「そのとき、大家さんとストーカーのことは話した？」

少しだけ眉を上げた龍我は、席に着いて一切れのピザを掬《すく》い上げた。濃厚なチーズが長い糸を引く。

「話したよ。警察に相談することを勧めておいた。ここの住所は誰にも知らせてないから、ストーカーがもう悠愛をつけ狙うことはない。実家には戻るなよ。管理会社や大家には実家の住所を把握されてるんだ。ストーカーがそこから情報を入手することも考えられるからな」

「本当にそこまでするの……？　あのストーカーの目的が何だったのかわかってないけど……」

「ストーカーの目的なんて、ろくでもないものに決まっている。何も被害がなかったからよかったものの、大怪我するかもしれなかったんだぞ。おまえは俺の大切な義妹《いもうと》なんだから、そこらの男に襲われたりしたら困る。ひとり暮らしも経験したわけだし、もう充分だろう。これからは俺に無断で行動を起こすんじゃないぞ」

険しい表情を浮かべ、龍我は私に言いつける。

彼の言うとおり、もしストーカーに襲われていたら大怪我をしていたかもしれない。何事もなくアパートを退去して、大家さんにも迷惑をかけずに済んだ。これでよかったのだろうと思う一方、義兄への反感が湧いた。

「お義兄《にい》ちゃんは本当に、偉そうよね」

その言葉とともに、私もピザを掬《すく》い上げる。ところが生地の端が欠けてしまった。

それが気にくわないのか、龍我が眉をひそめる。

「当然だ。俺は、おまえの義兄《あに》だぞ。あれこれ言うのは、悠愛のことが心配だからだ」

力強く述べられたその台詞《せりふ》は、もう幾度《いくど》となく耳にしていた。

龍我は私をお姫様のように大切に扱い、そして奴隷のごとく拘束する。

逆らいたくても、その手立てを封じるかのように言いくるめられてしまうのだ。

私は熱を孕《はら》んだ龍我の視線が絡みつくのを、黙って受け止めていた。

翌日、私の荷物は業者の手によって無事にマンションに届けられた。

龍我が在宅していたときに受け取ったその私物は、着替えや小物の入った段ボール三箱のみである。元々物に執着がなく、アパートの収納スペースも限られていたので、必要最低限の物しか持っていない。冷蔵庫や照明器具など、マンションの生活で不要なものは処分したと龍我に告げられた。

部屋で私物を整頓《せいとん》していると、カタンと玄関先で音が鳴った。

龍我は仕事に出かけている。ということは、ハウスキーパーがやってきたらしい。

私は自室の扉を開けて、顔を出した。

「こんにちは。よろしくお願いします」

家の掃除や食材の調達はハウスキーパーに任せている旨を、龍我から聞いていた。

初めて会ったハウスキーパーは母くらいの年齢の女性で、優しそうな感じの人だ。長い黒髪を後ろに束ねており、年齢のわりには腰が曲がっている。きっと職業柄、掃除などで身を屈《かが》めることが多いからだろう。それだけ彼女が働き者だということだ。

丁寧に頭を下げると、彼女は慌てたように手を振る。

「お嬢様、どうかお部屋にお戻りください。お嬢様と会話をしてはいけないと、坊ちゃまから言いつけられております」

龍我はハウスキーパーから、『坊ちゃま』と呼ばれているらしい。まるで御曹司のようだ。

「悠愛は何も家事をしなくていい」と龍我に言われていたが、同時に『ハウスキーパーが来ている時間は自室にいること』と命令もされていた。掃除の邪魔になるからだろうか。

けれど、会話をしてはいけないというのは妙だ。

「挨拶《あいさつ》くらいは大丈夫ですよね。私は龍我の義妹《いもうと》なんです」

「……そうなのですね。わたくしは、森本恵《もりもとめぐみ》と申します。もしかして、わたくしのことをご存知でしょうか……？」

窺《うかが》うように見上げた恵さんの目の色に、何らかの意図が含まれているのを感じた。

けれど初対面なので、彼女のことは何も知らない。

「いいえ、初めてお会いしましたけど……」

「ええ、そうでしょうとも。ではお掃除をさせていただきますので、どうかお部屋へお戻りくださいませ」

目線を下げた恵さんは、私の脇を擦り抜けて廊下の奥へ向かった。

初対面だと彼女もわかっているのに、なぜ知っているかと訊《たず》ねたのだろう。不思議に思ったが、龍我が会話を禁じているそうなので、彼女とこれ以上話すのは難しい。

私は踵《きびす》を返し、自室へ戻った。

片付けの続きをしていると、掃除機をかける音が耳に届く。

そういえば、彼女がマンションに入ってきたということは、家と門の合鍵を預かっているのだ。私は応対すらしていない。龍我は仕事で家を空けているので、普段は無人のときに掃除をしているのだろう。

「家にハウスキーパーがいるなんて、何だか本当にお嬢様にでもなったみたい……」

部屋の片付けが終わる頃には、掃除機の音はやんでいた。

そっと扉を開けると、物音が何もしない。恵さんは帰ったらしい。

もしかしたら、門は開いているのかも？

試しに玄関を出てみたものの、頑丈な鳥籠《とりかご》型の門はぴたりと閉じられていた。

その日の夕飯時、私は昼間のことについて龍我に疑問をぶつけてみようと考えていた。

テーブルには龍我が作ってくれた料理が並んでいる。エビチリに酢豚など、食欲をそそる美味《おい》しそうな中華料理だ。私も少々手伝ったが、ほとんどは龍我が手際よく調理した。彼は終始上機嫌で、軽《かろ》やかに中華鍋を振っていた。

昔からそうだけれど、よほど料理が好きらしい。

私も自炊はしていたものの、人に披露できるような腕前ではない。

冷蔵庫を開けた龍我は、ウーロン茶のペットボトルを取り出す。

豪華なマンションのシステムキッチンに鎮座する大型の冷蔵庫は、ひとり暮らしなのにこんなに大きいものが必要だったのかと思うが、数多くの食材を収納するにはこれでも足りないようだ。

「悠愛、ウーロン茶でいい？」

「うん。お義兄《にい》ちゃんは、お酒は飲まないの？」

「俺は付き合いで嗜《たしな》む程度だね。悠愛もほとんど飲まないだろ」

「……よく知ってるわね」

そう返すと、コップにウーロン茶を注ぎ入れた龍我は朗《ほが》らかに笑った。

「そりゃそうだ。飲み会のときに張り込んでたからな」

悪びれもせず『張り込んでいた』と言う龍我だけれど、友人からは『刑事《デカ》』と揶揄《やゆ》されるほどだった。

莉乃や友人たちとの飲み会では、龍我からの電話やメッセージでスマホが鳴り止まず、挙げ句の果てには居酒屋の暖簾《のれん》前《まえ》で待ち構えられた。

苦笑する莉乃たちの目の前で龍我に連れ去られ、恥ずかしい思いをするのが毎回の恒例行事となっていたのだ。

「お義兄《にい》ちゃんに張り込まれると全然楽しめないのよ……。莉乃は『お義兄《にい》さんも呼べば?』って言ってくれたけど、女子会だと呼びづらいしね」

「俺は飲み会に参加したいわけじゃない。悠愛のことが心配なんだ」

「酔っ払うほど飲むわけじゃないから大丈夫よ。……もう誰も私を誘わないと思うけど」

飲み会に男性が参加していようものなら、龍我が迎えに来て鋭い眼光で男性陣を睨《にら》みつけていたのだ。申し訳ないので自然と飲み会の誘いを断るようになった。

社会人になってからは龍我との連絡を絶ったこともあり、歓送迎会に現れなくなったけれど、会社の飲み会は仕事の一環なので出会いなどは皆無だった。

龍我は私にコップを差し出すと、自分のコップにもウーロン茶を注ぎ、一息に飲み干す。

「そんなに飲み会がしたいなら、俺とふたりでやればいいだろう。最高級のシャンパンを買ってきてあげるよ」

「……そういうことじゃなくてね」

龍我に邪魔されずに飲み会を楽しみたいのに、それができなかったという話なのだけれど、どうにも傲慢《ごうまん》な義兄には通じない。義妹である私を心配してのことだと、わかってはいるのだけれど。

溜息を吐きつつ海老を箸で摘まむと、ふと龍我が口を開いた。

「ところで、恵さんに挨拶《あいさつ》したんだってな。部屋から出るなと言ったのに」

ぽとりと、箸先から海老が零《こぼ》れ落ちる。

動揺するあまり私は睫毛《まつげ》をぱちぱちとさせた。恵さんはすでに龍我に報告済みらしい。

「少しだけよ。挨拶《あいさつ》は必要でしょ？」

「必要ない。それは俺からの言いつけを破ってまでするべきことか？」

「……言いつけを破ったのは悪かったけど、挨拶《あいさつ》するのは社会人としてのマナーだと思う」

私は折れずに言い返した。

すると、龍我は傲岸《ごうがん》な色を宿した双眸《そうぼう》を向けたあと、ふっと口端を引き上げて嗤《わら》った。

「強情だな。まあいい。それで、恵さんは挨拶《あいさつ》以外に、おまえに何か喋《しゃべ》ったか？」

「ええと……初対面なのに、『わたくしのことをご存知ですか』って訊《たず》ねられたわ。さすがプロのハウスキーパーは丁寧な言葉遣いね。それに龍我のことを『坊ちゃま』って呼んでた」

「……へえ」

龍我の怜悧《れいり》な双眸《そうぼう》が、すうっと細められた。

二十七歳の龍我は『坊ちゃま』と呼ばれるような年齢ではない。それが気になるのだろうか。

ようやく箸を手にした龍我は、取り皿に酢豚をのせながら淡々と語った。

「恵さんは昔、実家で雇っていた家政婦なんだ。その頃の癖で、未だに俺を『坊ちゃま』と呼ぶんだよ。いい加減やめてほしいんだけどな」

「そうだったの？　私とお母さんが引っ越してきたときは、家政婦さんはいなかったけど……」

「再婚が決まったときに解雇したんだ。恵さんは亡くなった母さんのことを知ってるから、新しい妻である冴子さんにいらない情報を吹き込まれたら困ると、父さんは考えたんじゃないかな」

義父は母にいろいろと気を使ってくれたのだ。そういえば、義父が母と再婚したのは家政婦にするためではないと言ったことがあるけれど、それならばより家事をしてもらう家政婦が必要だったはず。わざわざ家政婦さんを解雇したのに、新しい妻がほとんど家事をしなくてよかったのだろうか。

それにもかかわらず、家の中は綺麗だった。

私は自分の部屋と階段くらいしか掃除をしなかったけれど、龍我が密かに家中を掃除していたことを知っている。

「お母さんが家事をしない分、お義兄《にい》ちゃんが掃除や洗濯をしてくれてたよね」

「ああ……まあね。悠愛も手伝ってくれただろ」

なぜか龍我は嫌そうに眉をひそめた。

母の代わりに家事をさせて申し訳ないと思う反面、そんなことまでできる義兄に感嘆していたのだが、龍我はそのことが誇らしくないようだ。それが母と義兄が仲良くできない一因なのかもしれない。

「俺は自分の暮らしを守っていただけさ。まあ、やってみて初めてわかったけど、たかが掃除とはいえプロには敵《かな》わないな」

「だから、また恵さんに来てもらってるのね。お義兄《にい》ちゃんが指名して頼んだの？」

「ああ。登録してる紹介所はわかっていたからな。俺は家に人を入れたくないんだけど、最低限の家事をこなしてもらうために家政婦を雇うとしたら、恵さんしかいなかった。今は週二で数時間だけ来てもらってる」

龍我の話しぶりから察するに、恵さんは彼が子どもの頃からの知り合いで、気心の知れた仲のようだ。会社から派遣されたプロのハウスキーパーという立場以上に、恵さんが龍我の信頼を得ているのも納得できる。少し話しただけだが、恵さんは腰が低くて優しい人だった。

それに、彼女は門の鍵を預かっている。

私が開けることのできなかった、鳥籠《とりかご》型の門を龍我以外に解錠できるのは恵さんだけだ。

その事実を、私は胸の奥で反芻《はんすう》する。

「私も何かしたいから、せめて自分の部屋の掃除はするわね。恵さんが来てるときは、部屋から出られないわけだし……」

「ああ、そうしてくれ」

頬を緩《ゆる》ませて答える龍我をちらりと窺《うかが》い見つつ、食事を続ける。

恵さんと会話してはならないという命令の意図は、私が彼女を頼り、門の鍵を手に入れることを予防するためなのではないか。

そんな私の考えを見透《みす》かしたかのように、龍我はコップを傾けながらこちらに目を向ける。

「部屋から出るなと命じても、退屈だよな。手持ち無沙汰じゃないか？」

荷物の整理が一段落したし、掃除や買い物は恵さんがやってくれる。これ以上、このマンションで私がやれる家事は何もない。ならば失業の手続きがてら新しい仕事を見つけたかった。

そうするためには、外出しなければならない。つまり、門の鍵が必要になる。

あの鍵を手にしない限り、私はここから出られないのである。

龍我の許可が得られるかもしれないと期待して、私は大きく頷いた。

「そ、そうなの。新しい職場を探さないといけないから、出かけたいのよね」

「やれやれ……悠愛は全然わかってないな。家から出るなと、何度言わせるんだ」

「え……だって、ストーカーの心配はなくなったわけだから安全だし、もう反省したからいいでしょ？」

「そういう問題じゃない。俺が目を離したら、何が起こるかわからないだろ？　外出することは許さない。必要なものがあったら俺に言うか、メモを書いてテーブルに置いておけばいい。新しい職場なんて探す必要はない」

威圧的に命令されて、私は唖然とした。

龍我が外出するなと命じたのは数日だけだと思っていたけれど、引っ越しを終えてストーカーにつきまとわれる心配がなくなっても、彼はその意志を変える気はないらしい。

かといって、全く外出しないわけにもいかない。それでは本物の座敷牢ではないか。

ついと席を立った龍我は、リビングに置いてあった封筒を手にして戻ってきた。

「はい。これが悠愛の新しい仕事な」

「え……？」

手渡された大判の封筒を反射的に受け取る。

中を見てみると、封筒には複数の書類が入っていた。

「うちの仕事を手伝ってくれたら嬉しいな。実はアクセサリー部門の企画が滞《とどこお》ってるんだ。レディースものの小物の充実は不可欠だ。ぜひ悠愛に新商品のアイデアを出してほしい」

書類には、数珠《じゅず》のようなデザインのアクセサリーがいくつも載っていた。『恋愛運』『金運』などの名称がつけられているので、どうやら開運のお守りらしい。

「こういうブレスレット、よくあるわね」

「そうなんだ。売れ行きがいいから、今後は自社製品を使いたいと思ってね。ただ、他社製品との差をどうつけたらいいものか……会議で意見が纏《まと》まらないから困ってる。特に男性は開運アクセサリーをつけないから理解しづらい。悠愛は女性だから、こういうの興味あるんじゃないか？」

「好きよ。専門のショップで買ったこともある」

「よかった。じゃあ、アクセサリーの企画を任せるよ。悠愛はうちの会社の役員として登録しておく。きちんと給与も支払われるから安心してくれ」

「え……お義兄《にい》ちゃんの会社に……？」

なんと、龍我の会社に就職することになってしまった。しかも、役員という地位にまで就くなんて。

突然の成り行きに私は目を見開く。

「仕事を探してるんだろ？　それなら俺の会社に勤めればいいじゃないか。初めからそうしていれば、何も揉め事が起こらなかったわけだしな」

悠々と述べる龍我に、返す言葉が見つからない。

マンションで同居生活を送り、仕事は義兄の会社に勤めるとなると、ずっと龍我の監視下に置かれることになる。

学生のときに感じていた窮屈さがよみがえり、私は身じろぎをした。

龍我は優しいのだけれど、強引に真綿で包んでくるので、息苦しくなってしまうのだ。

けれど依頼は仕事なのだから、プライベートとは切り離して考えるべきだろう。通勤するわけなので外出する理由にもなる。ここで他社に勤めたいからと言って断れば、今回の二の舞を踏むのではという怖さもあった。

「わかった。この仕事、やってみる。お義兄《にい》ちゃんの会社に勤めさせてください。ただ……役員という役職は遠慮するね。義妹《いもうと》が社長のコネで初めから好待遇だなんて、ほかの社員に示しがつかないから」

新卒のときのように、お茶汲みからやらせてもらうつもりだ。

私が義兄の会社で特別な待遇を受けていたら、龍我が社長としての資質を問われかねない。

それに、ずっと勤めるつもりはない。しばらく働かせてもらったら、新しい職場を見つけて自立しよう。

龍我は困ったように眉を下げつつ、口元に弧を描く。

「仕方ないな。おまえがそんなに言うなら、役員の肩書きはつけないでおくか。それじゃあ明日から、悠愛の部屋で仕事をしてくれ。パソコンは運んでおくから」

龍我の台詞《せりふ》に、私は目を瞬《しばた》かせた。

出社できると思ったのに。

「え……在宅なの？」

「近頃はテレワークが普及してきてるだろ？　家を空けられない事情の人にはとても有効な働き方なんだ」

家族の介護や子育てに時間を割《さ》かなければならない人が、自宅で仕事をするという勤務スタイルがある。デスクワークならば、確かに会社に出勤しなくてもこなせる。

「でも……私は家を空けられないわけじゃないわ。家事は恵さんがやってくれるでしょ？　それに、入社するならみなさんに挨拶《あいさつ》しておきたいし……」

もしかして龍我は、私を家に留《とど》めておくために入社させたのだろうか。

龍我と目を合わせると、彼は妖しく双眸《そうぼう》を細めた。

「悠愛を雇っている会社の社長は、たった今から俺だよ。社長命令には従わないといけないよな？」

私は書類を手にしたまま、頷くしかなかった。

出勤の必要がないという好待遇のはずなのに、素直に喜べない。

あの鳥籠《とりかご》の門から、私は出られない。

まるで温かな蜘蛛《くも》の糸に搦《から》め捕《と》られているような、奇妙な怖気《おぞけ》を感じた。


図らずも就職先が決まって一週間。私は、自室で企画書を作成していた。

デスクにはパソコンが設置され、必要な情報やツールはすべて揃っている。

自社製品として考案されているアクセサリーは、いわゆる開運ブレスレットだ。特定の運気を上げるお守りとして、女性の間で絶大な人気を誇っている。

ただ、貴石を使用したブレスレットというところが、どうしても他社製品と被ってしまうという難点があった。オリジナリティを前面に出し過ぎても、顧客から受け入れられないかもしれない。

「うーん……恋愛運の貴石はピンク色っていうのは、やっぱりお約束よね。それなら石の形状をハート型にするのは難しいかしら……」

貴石の種類や造形をネットで調べながら、メモを取る。

龍我は企画書の提出日を設《もう》けていないので急がなくていいのだけど、私の心は落ち着かなかった。あれから、相変わらず外出は許可されていない。一度は出社したいとお願いしてみたけれど、「その必要はない」と却下されてしまった。

龍我のマンションに連れてこられてから、私は一切外の空気を吸っていない。

部屋に籠《こ》もって過ごすのは楽なように見えて、いざ体験すると次第に息が詰まる。息抜きにコンビニへ行ったり、公園を散歩することもできないのだ。仕事をしていても、気分が滅入ってしまう。

途中まで書いた企画書は、やがて一行も進まなくなってしまった。

ペンを置いて溜息を零《こぼ》した私は、ふと思い立つ。

「あっ……そうか！　誰かに電話してみればいいんだ」

スマホは使用できるので、外部と連絡は取れる状態だ。龍我は私のスマホを取り上げることはしなかったので、そういった自由は保障されている。

友人にこの状況を相談できれば気分転換になるし、龍我を説得する方法が見つかるかもしれない。

そう思った私は机に置いていたスマホを手にした。同級生の莉乃に電話してみよう。

莉乃は介護関係の営業職なので、外回りが多いと聞いていた。今は仕事中だろうけれど、少しなら電話に出られるかもしれない。

数コールのあと、『もしもし、悠愛？』と明るい声が耳に届いたので安堵する。

「莉乃、久しぶり。今、電話して大丈夫？」

『平気だよ。ちょうど施設から本社に戻るところだったの。そういえばさ、ニュースで見たけど、倒産して社長が逃げてる会社って、悠愛の勤めてたところじゃない？』

「あ……そうなの。ちょっと、いろいろあって……」

倒産からの失業をきっかけに、ストーカーの出るアパートを引っ越し、龍我のマンションに同居していること。外出を許可されないまま、龍我の仕事の手伝いをしていることを、手短に莉乃に伝えた。

その説明には切羽詰《せっぱつ》まった色を込めたつもりだったのだが、莉乃は呑気《のんき》な声を発する。

『お義兄《にい》さんは全然変わってないね。昔から過保護だったもん。でも仕事と住むところを提供してもらえるんだから、いいんじゃない？』

「よくないよ。家の門に鍵がかけられて、散歩にも行けないの。私、一生閉じ込められたらどうしよう」

『大げさだなぁ。お義兄《にい》さんがいない間に、こっそり出ればいいんだよ』

「門の鍵はお義兄《にい》ちゃんが持ってるの。鍵があれば出られるけど、予備は家政婦さんしか持たされていないみたいなのよ」

すると、莉乃は意外なひとことを告げる。

『じゃあさ……あたしのお母さんに頼んでみれば？』

「え……？　莉乃の、お母さん？」

何を言われているか理解できずにいると、莉乃は言葉を継いだ。

『マンションに森本恵っていうハウスキーパーが通いで来てるでしょ？　その人、あたしの母親なんだよね』

「え……恵さんが、莉乃のお母さんだったの⁉」

莉乃の苗字は森本である。けれど、まさか恵さんと血縁関係があるとは思っていなかった。

そういえば莉乃の実家に遊びに行ったことはないので、彼女の母親の顔を見たことはない。

龍我も、恵さんは莉乃の母親であるとひとこと教えてくれてもよかったのに。莉乃から聞かなければ、私はこの事実をずっと知らないままでいただろう。

『あれっ、お義兄《にい》さんから聞いてなかったんだ？　昔、お母さんは池上家の専属家政婦をしてたんだよ』

「あ……そのことは聞いてる。私とお母さんが住む前に辞めてもらったけど、今はマンションのハウスキーパーとして来てもらってるって」

『そうそう。キャリアが長いから、お客さんに指名されて雇用契約を結ぶこともあるんだよ。守秘義務があるから、お母さんは家では仕事の話をしないけどさ、池上家によくしてもらってるってことはあたしも知ってたんだよね。だから、うちのお母さんに頼んでこっそり外出すればいいよ。一時間くらいなら平気でしょ』

「わかった。ありがとう、莉乃」

『どういたしまして。それじゃ会社に戻るから、またね』

通話を切った私は、しばらく沈黙したスマホを見つめていた。

思わぬところから、外出のきっかけが舞い込んできた。

恵さんは龍我から、鍵の管理や私への対処の仕方をきつく言いつけられているだろうけれど、娘の同級生である私が直接お願いすれば、手助けしてくれるかもしれない。

逃げ出すわけではない。鍵を借りるわけでもない。

ただ、恵さんが掃除をしている最中に、ちょっとマンションの周辺を散歩するだけ。それくらいなら、いいだろう。

龍我の言いつけを破ることには違いないけれど……

この身に絡みつこうとする、蜘蛛《くも》の糸のようなねっとりとしたものを意識した私は、ぶるりと身震いする。

そのとき、カタンと玄関扉が開く音が耳に届く。今日は恵さんが掃除に訪れる日だ。

勇気を奮《ふる》い立たせた私は席を立ち、部屋の扉を開けた。

廊下に出てきた私の姿を目にした恵さんが、驚いて目を見開く。けれど、すぐに視線を下げた。

「おはようございます、恵さん。あの、ちょっとお願いがあるんです」

「……困ります、お嬢様」

まだ何も言っていないのに、早々と断られそうな雰囲気だ。

雇用主である龍我の意に反すれば解雇されることを、彼女は恐れているのだろう。

「恵さんは、莉乃のお母さんなんですよね。莉乃から教えてもらいました。私は彼女の同級生なんです」

私がそう言うと、恵さんは視線をさまよわせた。唇が震え、動揺しているようだ。

莉乃とは今でも付き合いがあるのだから、ふたりが母子であることは私も知り得る情報かと思う。

それなのに、そんなにも恐れるのはなぜだろう。

恵さんは日用品の入った袋を提げたまま、床に視線を落として口を開く。

「ええ……それは、存じておりますけども……それと仕事とは別ですので……」

「お願いです。恵さんが仕事をしている間に、ちょっとだけ出かけてきてもいいですか？　一時間くらいで戻りますから」

私は努めて明るく頼み込んだ。

鍵を渡すことはできなくても、少しの外出くらいは見逃してくれるのではないだろうか。恵さんの仕事が終わるまでに帰ってくれれば問題ないはずだ。

ところが恵さんは硬い声音で告げた。

「……お嬢様が出かけられましたら、坊ちゃまに即刻連絡いたします。このようなお話が出たことも、ご報告いたします」

返された言葉に愕然とする。

なぜ、そんなに頑《かたく》ななのだろうか。

娘の同級生なので、多少なら大目に見てくれるかもと淡い期待を抱いていたが、甘かったようだ。

「どうして……？　ほんの少し散歩してくるだけなんです。決して恵さんに、迷惑はかけませんから」

彼女は瞬《まばた》きを繰り返し、迷っているようなそぶりを見せる。

けれど、ややあって何事かを思い出したのか、はっとした顔をした。その表情にはわずかに恐怖の色が浮かんでいる。

「いえ、やはり、いけません。お嬢様、どうか、坊ちゃまに逆らうことはおやめください」

恵さんは私を避けるように、足早にリビングへ入っていってしまった。すぐに掃除機をかける音が響いてくる。

彼女はなぜか、龍我を恐れている。

私の知る限り、龍我は声を荒らげたり、暴力を振るうような男ではないのに、どうして恵さんはあんな顔をしたのだろうか……

掃除機の機械音は拒絶を示しているかのようで、肩を落とした私は部屋へ戻った。

やがて夕方になり、龍我がマンションへ帰宅した。

「ただいま、悠愛。お土産《みやげ》買ってきたよ」

玄関で出迎えた私に、龍我は嬉しそうな顔をして紙袋を差し出す。

その様子から、恵さんは私が外出を頼んだことについて報告していないのだと察した。

もし彼女が龍我へ報告していたら、彼の機嫌は悪くなっていたはずだ。そして、より外出は困難なものになるだろう。龍我のことだから、今度は私に本物の足枷を嵌《は》めかねない。

恵さんの配慮に心の中で感謝しつつ、紙袋の中を覗《のぞ》く。お土産《みやげ》は有名な菓子店のケーキだ。毎日のようにこうして手土産《てみやげ》をくれるのは嬉しいのだけれど、私が望んでいるのは外出だった。

平静を装《よそお》いつつ、龍我に申し出る。

「おかえりなさい、お義兄《にい》ちゃん。……あのね、もう外出を許してもらえない？」

龍我はネクタイのノットに指をかけて緩《ゆる》めながら、思わせぶりにこちらを流し見る。そこには覇者の余裕が滲《にじ》んでいた。この瞬間も、私は龍我の掌《てのひら》の内にいるのだ。

「なぜだい？　ここで暮らしていて、何も不都合なことはないだろう。外出なんてしたら、悪い男に攫《さら》われるかもしれないからな」

「そんなわけないじゃない。散歩だけでいいの。それに、ずっと部屋に籠《こ》もって仕事してると息が詰まるんだもの。たまには息抜きしないと頭がおかしくなりそう」

龍我のスーツの裾を摘まんだ私は必死に言い募《つの》る。私の手を振り解こうとしない彼を見て、一考してくれるのだと期待した。

私を見下ろした龍我は目を眇《すが》めて、口端を吊り上げる。

そこには、獰猛《どうもう》な猛獣が獲物に照準を合わせるかのような凄《すご》みがあった。

彼は懐《ふところ》から何かを取り出し、ひらりとかざす。

「そうか。そんなに外に出たいなら……これな」

受け取ったそれは門の鍵ではなく、紙製のカードだった。

どうやら龍我の会社の傘下《さんか》にあるショップで使用しているポイントカードらしい。ピンク色のインクで描かれた枠内には、スタンプを押す箇所が十個ある。新品のカードなので、まだスタンプはひとつも押されていない。表の名前を記入する欄は、無記名だ。

「これは……？」

「悠愛のポイントカードだよ。スタンプを貯めていって、満点になったら外出できるんだ。過程が困難なほど、達成したときのありがたみがあるだろ？」

「でも、買い物しないとポイントは貯められないわよね？」

「そうなるな。困ったなぁ」

さして困っていないふうに、龍我は人の悪い笑みを浮かべた。まるでウサギをいたぶるライオンだ。

ねっとりと炙《あぶ》られるような視線に耐えきれず、私はポイントカードを握りしめて視線をさまよわせた。

「こうしようか。俺の小さな願いを悠愛が叶えてくれるたびに、スタンプを押してあげるよ。そうすれば悠愛が外出したいという願いを叶えるのも、フェアだろう？」

小さな願い事を十個なら、すぐに達成できるだろう。

きっと肩を揉んでほしいとか、企画書を提出するだとか、そういうことだ。

私はほっとして頷いた。

「わかった。早速、私にひとつめのお願い事をしてみて」

「とても簡単なことだ。まずは、お帰りのキスをしてもらおうかな」

「……えっ？」

龍我の言葉を聞いて、私は硬直した。

背を屈《かが》めた龍我の左頬が、眼前に迫る。

そういったスキンシップは、もちろん初めてだ。欧米では当たり前だろうけど……龍我は家族の愛情を欲していたのだろうか。それにしても幼い頃ならともかく、成人してから『お帰りのキス』を要求されるなんて、恥ずかしくてできそうにない。

「ど、どうしてキスなの？」

「俺は仕事で疲れて家に帰ってきたんだ。可愛い義妹《いもうと》にキスでもしてもらわないと、やってられないだろ？」

「それなら、恋人にキスしてもらえばいいんじゃない？」

「恋人ねえ。いない恋人なんてあてにならないよな。今、俺の目の前にいる女性は悠愛だけなんだから」

どうしても私が、今この場で、龍我にお帰りのキスをしなければならないようだ。

ポイントのためなのだからとわかっていても、成人している義兄妹がキスするだなんて、なんだかおかしい気がする。

もっと簡単なことだと思ったのに……

一ポイント目がキスだなんて、私にはハードルが高すぎる。

「でも、そんなことできない！」

そう言って抵抗すると、端麗な龍我の顔に一瞬昏《くら》い笑みがよぎる。まるで、私の拒絶すら楽しむかのように。

「ふうん。悠愛が外出したいという気持ちは、その程度なんだな。キスなんて挨拶《あいさつ》みたいなものだろ。まあ、そんなにやりたくないなら、外出はしなくていいってことだよな」

「……それは、外出は、したいけど……」

「どうしても外出したいなら、キスをすればポイントが貯まるのにな。至極簡単な論理だろ。俺はどちらでもいい。キスしたくないから家から出ないという選択肢を選ぶのも、おまえの自由だ」

余裕のある態度で、龍我は述べた。

彼の言い分を聞いていると、私がわがままを言って困らせているかのように話が展開されるので、居心地が悪くなる。龍我はそこまでして癒《い》やしがほしいのだろうか。

外出したいという望みは決して軽くはない。だから、キスしないで家から出ないという選択肢は選べなかった。

ポイントさえ貯められれば、自由に外に出られる。

決断した私は、キスを待っている龍我の頬に、おずおずと顔を近づけた。

唇をそっと頬に触れさせる。

初めて触れた頬は熱くて、雄の香りがした。

満足そうに微笑んだ龍我は、ポケットから判子《はんこ》を取り出す。

「よくできました。じゃあ、一ポイントな」

ポイントカードの一番目に、ウサギの顔が描かれた判子《はんこ》が押された。

ということは、毎日お帰りのキスをすれば、あと九日で外出できることになる。

……結構、長いかもしれない。

ポイントカードを見下ろしていた私に、龍我は揚々と言い放った。

「それじゃあ、次のお願いだ」

「えっ。お帰りのキスだけじゃないの？」

「そうとは言ってないだろ。お願いの種類は様々だよ。どれも簡単なものばかりだから、もしかしたら明日には満点になるかもな」

明日には外出できるかもしれないと言われ、俄然《がぜん》やる気が湧いてくる。

リビングへ足を向けた龍我の後ろを、私は子猫のようにぴたりとついていった。

「ねえ、お義兄《にい》ちゃん、次のお願い事を言ってみてよ」

期待に胸を膨らませる反面、心のどこかで願い事を恐れる思いが湧く。

龍我が、とんでもないことを言い出すのではないかと。

けれど外出したいという目的のためには、背に腹はかえられない。

会社社長でイケメンで、他人のほしいものをすべて持っている龍我が、義妹の私に無茶な願い事をするはずがないと、私は結論づけた。

鞄を置いてネクタイを解いた龍我は、脱いだジャケットをソファの背もたれに投げた。主《あるじ》を失ったジャケットが、ばさりと乾いた音を立ててソファに凭《もた》れる。

「それな。『お義兄《にい》ちゃん』という名称を、そろそろ卒業しようか。俺のことは今後、名前で呼んでくれ。それがふたつめの願い事だ」

「……名前で？」

「そう。プライベートのときくらいは名前がいいな」

確かに成人してからも、『お義兄《にい》ちゃん』と呼ぶのは子どもっぽいかもしれない。

でも急に名前で呼ぶなんて、なんとなく気恥ずかしい。

「名前で呼んだら、他人行儀じゃない？」

「そうかな。捉《とら》え方次第じゃないか？　父さんたちが再婚する前は、悠愛は俺のこと名前で呼んでくれたけど、ほんの少しの期間だったからな。あのとき、悠愛の『龍我くん』っていう響きがすごくいいなと思っていたんだ」

両親は出会ってから一か月で再婚したので、同居を始める前、私は『龍我くん』と呼んでいた時期があったのだ。そんな些細《ささい》なことはもう忘れてしまったけれど、龍我は鮮明に覚えていたらしい。

こんなことでポイントを獲得できるなら、龍我のお願いを叶えよう。

「わかった。……龍我くん」

ぎこちなく呼ぶと、龍我は満足げに双眸《そうぼう》を細めた。

また判子《はんこ》を手にして、私の持っているポイントカードにスタンプを押してくれる。

「いいね。順調だ」

外出に反対だった龍我が、まるでゴールに辿《たど》り着くことを望んでいるかのように言うので、奇妙な違和感を覚える。

きっと、このポイントカードは私に反省を促《うなが》すための順路なのだ。

すぐには許可しないことで、義妹を心配する義兄の気持ちをわかってほしいという主張なのだろう。

あと、八ポイント。

ポイントカードを握りしめた私は、明日の訪れを待ちわびた。


それから数日が経過した。

マンションに帰宅した龍我は毎日、私に願い事をしてきた。その内容は頬へのキスやハグなどの軽い接触で、私は戸惑いを押し込めながらも、ポイントのためと自《みずか》らに言い聞かせて応じた。

龍我は寂しがり屋な面もあるので、誰もいないマンションに帰っていた寂しさを満たしたいのだろう。

だが、そんな私の想いを、傲慢《ごうまん》な義兄はいとも容易《たやす》く吹き飛ばす。

それはハグのあと、ポイントカードに判子《はんこ》を押してもらったときに起こった。

返されたカードを目にした私は瞠目《どうもく》する。

「えっ……なにこれ」

今まではウサギの顔だったはずの判子《はんこ》が、桜の花びらに変わっていた。

しかも花びらは一枚のデザインで、とても小さい。その小さな花弁が、決して広くはない枠の隅に押されているのだ。まるで押す枠が増えたとでもいうように。

「いつも同じ判子《はんこ》ばかりじゃつまらないだろ？」

「そうだけど……押す位置が端っこすぎない？」

龍我が形のよい唇の端を、にやりと吊り上げたので、私は嫌な予感がした。

「桜の花びらは何枚あるか、知ってるか？」

「……五枚」

「正解。一枠を埋めるのに、花びらはあと四枚必要だな。頑張れよ」

予感は的中した。

あと数日で外出できると思っていたのに、一気にノルマが増えたのだ。これからずっと桜の判子《はんこ》を使用されたら、達成するのは一か月ほど先になってしまう。

「そんなの無茶苦茶だわ！　途中からルールを変更するなんて、ずるい！」

思わず抗議の声を上げると、楽しそうに微笑んだ龍我は脱いだジャケットをソファの背もたれに預ける。

「ルールを決めるのは俺だよ。そんなに不満なら、悠愛もルール変更を提案すればいいだろ」

「え……じゃあ、もとのルールに戻してよ」

「戻すだけでいいのか？　おまえさえその気なら、一気にポイントを貯めることもできるんだぞ」

思わせぶりな台詞《せりふ》を吐いて、龍我はソファに腰を下ろす。

言われてみて気づいたけれど、龍我は一日一ポイントだとはひとことも話していない。

ルールは、私たちが決められるのだ。

ということは、一度にすべてのポイントを貯めることも可能で、龍我はそうしてもよいと言っている。

ごくりと息を呑んだ私は、龍我に寄り添うように腰かけた。

「それは……たくさん貯まったら嬉しいけど……。そうだ、肩を揉んであげようか？」

「それはいい。何をしてほしいかは俺が決めるから」

私に願い事を決める決定権はないようだ。

龍我は内容を考えているのか、天井を見上げたまま動かない。

待ちわびた私は、龍我の膝に手を置いて彼を揺さぶった。

「ねえ、次のお願いは何？」

もしかしたらキスやハグよりも、ハードルが高い願いなのだろうか。

その予感がよぎるけれど、聞いてみないことにはわからない。

ふとこちらを見た龍我の眼差しには、愛しさと悪戯《いたずら》めいた色が混じっていた。

「おいおい。そういうことをするとな……」

龍我がそう口にした瞬間、視界が反転した。

ソファの座面に背を押しつけられ、私は覆い被さってきた龍我に見下ろされる。

照明を背にした義兄の双眸《そうぼう》に、ぎらついた雄の欲が漲《みなぎ》っているのを本能で感じ取った。

「あっ……」

服の上から、ゆっくりと胸に手を這わされる。

慌てて起き上がろうとしたけれど、次の台詞《せりふ》で動きを封じられた。

「これは何ポイントにしようかな」

その瞬間、ポイントカードを握っている私の手が震える。

抵抗しないことを察した龍我は、大きな掌《てのひら》で悠々と私の両方の胸を揉みしだいた。

ブラジャーをつけているので直接触られているわけではないが、龍我の硬い掌《てのひら》の感触は伝わってくる。柔らかい乳房が衣服を通して、何度も何度も揉み込まれた。

まさか義兄である龍我にそんなことをされるなんて思いもしなかったので、驚きのあまり体が硬直する。

キスやハグは家族としてのスキンシップと言えるけれど、この行為はそこから逸れているのではないか。

どうしよう。義兄とこんな淫《みだ》らなことをするなんて、いけないという罪悪感が湧く。だめと叫んで、突き飛ばしたい衝動が込み上げた。

でも……拒絶したら、龍我の機嫌を損ねてしまう。ポイントの行方を握っているのは、彼なのだから。

懊悩《おうのう》していると、龍我の手が胸から離れた。

ほっとしたのは一瞬だけで、すぐに大きな掌《てのひら》は私のコットンセーターを捲《まく》り上げる。キャミソールごと押し上げた掌《てのひら》は、大胆に素肌を撫で上げた。

「な、なにするの？」

「服越しに揉むと、肌が生地に擦《こす》られるだろ？」

「え……？」

「俺は悠愛の肌を傷つけたくないから、直に触れたい。それに、胸を揉まれると大きくなるらしいから、こうしたほうが体のためにはいいんだよ」

そういうものなのだろうかと考えているうちに、龍我はブラジャーをずらして私の素肌を曝《さら》した。

ふたつの乳房がまろびでる。

射るような視線で凝視しつつ、龍我はやんわりと両の掌《てのひら》で双丘を包み込んだ。

「ああ……すごく柔らかい。いい胸だ。俺がじっくり育ててあげるよ」

感嘆の息を吐いてそう述べた龍我の手が、円を描くように、ゆっくりと乳房を揉み込む。

そうされると、軽い掻痒感《そうようかん》のようなものが体の芯から湧き上がってきた。

「んっ……なんだか、変な感じがする……」

「変なって、どんな？」

「痒《かゆ》いような、むずむずする感じ……」

「それでいいんだ。乳首が寝てるから、起こしてあげような」

「……えっ？」

何を言われたのか咄嗟《とっさ》に理解できないでいると、龍我は掌《てのひら》で乳房を包みながら、指先を柔らかい突起に這わせた。

くりくりと指の腹で捏《こ》ねられた乳首は、ぴんと張り詰める。

「んっ、んぅ」

おぼろげな掻痒感《そうようかん》は甘い疼《うず》きに代わり、私は身をくねらせた。体の奥にある芯に、そっと火が点《とも》されたような感覚がする。

私の反応を満足そうに見やった龍我は、指先で弄《いじ》っている紅い突起に顔を寄せた。

「素直な乳首だ。ご褒美《ほうび》をあげるよ」

チュ、と乳首にキスをされた。

柔らかくて熱い唇が初めて触れた感触に、驚いた私の肩が、びくりと跳ねる。

胸へのキスはそれだけに留《とど》まらず、龍我は口に乳首を含むと、チュッチュ……と軽く吸い始めた。

「あっ……や、やだ、そんなの、だめ……！」

ついに否定の言葉を吐いた私は、龍我の肩に手を置いて押し戻そうとするけれど、強靭《きょうじん》な肩はびくともしない。

「痛いか？」

「痛くはないけど、こんなこと……」

「ポイント、ほしいだろ？」

ぐっと反論を呑み込まされる。

ポイントは、ほしい。でも……私たちは義兄妹なのに。

私の左手からポイントカードが滑り落ちた。心中では激しく理性と欲求がせめぎ合う。

「だめ、龍我くん、お願い、だめ……」

弱々しく呟《つぶや》いた私の体を、龍我はぎゅっと抱きしめた。そして私の胸に顔を埋《うず》める。

「俺を、甘えさせてくれ。頼むよ」

胸の谷間に男の呼気が吹きかかる。

――龍我くんは、寂しいんだ……

彼が幼い頃、実母とどのような距離感だったのかは知らないけれど、おそらく母親の愛情を受けないままに育ったのではないだろうか。それは私にも覚えのある寂しさだった。

ただ私の場合は、小学生のときに龍我と出会い、彼から惜しみない愛情を受けられた。たくさん面倒を見てもらって、プレゼントも数え切れないほど贈られた。

それなのに、私は何も龍我に返してこなかったのだ。

だから彼の寂しさを受け止め、癒《い》やしてあげるのは当然の役目だと思えた。

私が青い鳥を欲したように、龍我が寂しさを――欲情を解消したいという望みがあるのなら、それに応《こた》えてあげたい。

私は、胸に顔を埋《うず》めている龍我の黒髪に触れ、そっと撫でた。

「いいよ……これくらいなら……」

その言葉に顔を上げた龍我の双眸《そうぼう》に、滾《たぎ》る色が映ったのは一瞬だった。

すぐに彼は優しい義兄の表情を見せる。

「ありがとう、悠愛。知ってると思うけど、俺は痛い目に遭わせたりしない。優しく愛撫して、おまえを気持ちよくさせてやるからな」

「う、うん……」

ぎこちなく頷くと、胸を揉んでいた龍我の掌《てのひら》が、腿《もも》へと下りていく。スカートを捲《まく》られ、素足が撫で上げられた。

「あっ……そ、そこは……」

「悠愛の体の、全部に触ってキスしたいな」

爽《さわ》やかな笑みを浮かべた龍我は、淫猥《いんわい》な悪魔のような台詞《せりふ》を囁《ささや》く。

確かに、胸だけなんて言ってないけれど……

戸惑っているうちに、ソファに乗り上げている龍我に膝を割り込まれる。両手で足を立てさせた龍我は、ショーツに手をかけた。

「あ、あの、龍我くん」

「ん？　どうした」

脱がせたショーツをソファ下に放った龍我は目を細めて、私の閉じた膝を撫で回す。

未だに処女の私は経験がないけれど、セックスにおいてどうするのかという知識はある。

まさか……最後まで、しないよね？

不安になった私は訊《たず》ねずにはいられなかった。

「ど……どこまで、するの？」

龍我は嬉しそうに口端を吊り上げながら、私の膝頭をゆるゆると大きな掌《てのひら》で撫で続けた。その顔には捕食者の優越が滲《にじ》んでいる。

「どこまで、か。中途半端なところだと、悠愛も辛いんじゃないか？」

どういう意味なのかよくわからなかったものの、私は曖昧《あいまい》に頷いた。

セックスはもちろん、キスも愛撫も経験したことがなく、すべて耳か紙からの情報でしかない。けれど、龍我にはそれを悟られたくなかった。

この年齢まで処女なのは恥ずかしい。

それに龍我に、まだ子どもだなんて思われたくなかった。

だからこの場は、経験のある大人の女として振る舞っておこうと、私は心に決めた。

「とりあえず、舐めてみようか」

「う、うん」

どこを？　とは聞けないまま頷くと、頭を沈めた龍我の顔が見えなくなる。

そのとき、ぬろりと生温かなものが下肢を辿《たど》った。

「えっ……？」

それが龍我の舌だとわかるのに、時間はかからなかった。

生温かなその感触は意志を持って、ねっとりと花びらの縁を辿《たど》っているのだから。

「んっ……龍我く……そんな……」

際どいところへの愛撫に、次第に足は緩《ゆる》んでしまう。

龍我が両手で割り開くと、私の両足はすんなり広げられてしまった。

それと同時に、まだ初心《うぶ》な花びらが、くちゅんと音を立てて花開く。

「あっ……」

欲を滲《にじ》ませた獰猛《どうもう》な眼差しで、龍我は私の開いた花びらとその先にあるものを凝視している。

自分でもそんなところは見たことがないのに。

たまらない羞恥《しゅうち》が湧き起こり、頬が朱に染まる。

「だ、だめ、見ないで……！」

足を閉じようとしたけれど、膝にかけられた男の手は思いもかけないほど力強く、それが叶わない。

せめてもと思い、私は掌《てのひら》で陰部を覆い隠した。

すると、ようやく龍我は身を起こす。

「恥ずかしいなら、これで隠せばいい」

ソファの背もたれに置いていたジャケットを掴《つか》んだ龍我は、曝《さら》された下肢にかけた。

そうしてから膝裏に手をかけて、しっかりと足を広げる。ジャケットが落ちそうになるので、私は慌てて上着を握りしめた。

ジャケットから雄の香りが匂い立つ。

吸い込んだその香りに呼応して、ずくりと体の芯が疼《うず》いてしまう。

再び下肢に頭を沈めた龍我の表情は、ジャケットに隠されて見えていない。

「ひゃあ……っ」

突然、ぬろりと花襞を舐め上げられる。

ジャケットで隠しただけで、愛撫は続行するということなのだ。

――でも、ポイントのため……それに、龍我くんを癒《い》やしてあげるため……

心の中で免罪符を取り出した私は、義兄の舌を受け入れた。

ぬるぬると舌の広い面を使い、まるで主人に仕える犬のように、私の秘所が丹念に舐め溶かされる。

チュ、チュプ、ジュプジュプ……

乾いていた花びらは男の唾液により、しっとりと湿りを帯び始めた。

「あ……ん……」

唇から甘い吐息が漏れてしまう。

尖らせた熱い舌の先端が、つんと花芽を突いた。

途端に甘い痺《しび》れが駆け巡り、体中を快楽に濡らす。

「あっ、そこ、だめ……」

「ここが気持ちいいだろ？　優しく舐めて、蕩《とろ》かしてあげるよ」

ねっとりと這わされた肉厚の舌に花芯を舐《ねぶ》られ、ぞくんとした甘美な痺《しび》れが全身に広がっていく。

腰の奥から、とろりとしたものが溢《あふ》れてくるのがわかった。

これが、快感……？

初めて覚えた快楽の欠片《かけら》に心は戸惑うけれど、肉体は欲の果てまで追い上げられていく。

ヌチュヌチュと舐めしゃぶられ、濃密な愛撫にぐずぐずになる。次第に、雄を受け入れるかのように大きく足が開いていった。

「あぁ……っ、ぁ……、はぁ……あぁん……」

体が熱くてたまらない。疼《うず》きは甘く切なく、この身を苛《さいな》む。鼓動が速くなり、忙《せわ》しない呼吸の合間に嬌声《きょうせい》が零《こぼ》れる。胎内が熱で、じゅわりと溶けるのを感じた。

「あっ、はぁっ、りゅ、龍我……あ、ん、……あぅっ」

執拗《しつよう》な愛撫は留《とど》まることを知らず、龍我は私を舐《ねぶ》り続けた。

「すごいな……どんどん溢《あふ》れてくる。悠愛のジュース、美味《おい》しいよ」

ずちゅる、と水音を立てて零《こぼ》れた愛液を啜《すす》られる。

あまりにも淫猥《いんわい》な秘儀に、かぁっと頬が火照《ほて》る。

「やっ……やだ、吸わないで……！　そんなの、汚い……」

「汚くないよ。それに零《こぼ》れてくるんだから、しょうがないだろ。ほら、こんなに溢《あふ》れてるんだぞ」

ぬくっ……と、龍我の舌が、蜜口に押し当てられる。

そこはもう、ひどく濡れていた。

ぬるりと蜜口をなぞられた刺激に、また奥からとろとろと愛液が溢《あふ》れてしまう。

けれど龍我は無理に奥をこじ開けることはしなかった。

ぐっと奥に挿《さ》し入れようとした舌を引き抜き、花びら全体を唇で覆って蜜液を啜《すす》る。

そうされるほどに体の熱が昂《たか》ぶり、淫液が滴《したた》る。

すると、龍我は嬉しそうに笑った。

「ずぶ濡れだな。クリトリスより、入り口のほうが気持ちいい?」

「ん、ん……よくわからない……」

「両方してみるか。ほら、こういうふうに」

ちゅう、と花芽に吸いつきながら、指先が蜜口を優しくなぞる。

感じるところを同時に愛撫されて、一気に快感が膨れ上がった。

「ひぁ……っ、あぁっ……ん、それ、んんぅ……っ」

だめ、と口に出そうとした瞬間、ジュッときつく肉芽を吸い上げられた。びり、とした鋭い刺激が駆け抜けて、爪先《つまさき》まで痺《しび》れさせる。膝が跳ね上がり、背がしなると、瞼《まぶた》の裏が白い紗幕《しゃまく》に覆われた。

「あぁっ、あっ……あ……っ、ぁ――……」

がくがくと体が大きく揺れ、体中が甘い水で満たされる感覚がした。

腰の奥で滾《たぎ》っていた快楽の塊《かたまり》が溶け、身を責め苛《さいな》む疼《うず》きが、じんわりとした甘いものに取って代わられた。

花芯を優しくしゃぶっていた龍我は、顔を上げて自《みずか》らの唇を舐《ねぶ》る。

凶悪な雄の欲が滲《にじ》むその表情は、凄絶《せいぜつ》なほどに美しかった。

「俺の舌技で、達したね。悠愛の体は感じやすくて、いい体だ。初めてにしては上々だよ」

膝裏を押し上げた龍我が、片手を自《みずか》らのベルトにかけた。

その光景から、最後まで抱かれる予感がよぎり、ぎくりとして身を強張《こわば》らせる。

咄嗟《とっさ》に私は声を上げる。

「わ、私、処女じゃないから。だから初めてじゃないわ」

驚いたように瞠目《どうもく》した龍我だったけれど、すぐに冷たく双眸《そうぼう》を細める。

「へえ。付き合ってる男がいたんだ？　俺の知る限り、悠愛は誰とも交際したことがないと思っていたけど」

「ま、まあ、社会人になってからの話だから」

処女だと認めてしまうと、御しやすいと思われるのではないか。経験者なら、何らかの理由をつけて、今日は最後までできないなどと言い逃れができる。

龍我は私が社会人になってからの交友関係については知らない。

だから非処女だと答えてもわからないはず。

興が冷めたのか、龍我は身を起こした。彼の目には疑念が浮かんでいる。

「じゃあ聞くけど、経験人数は何人？」

最近見た女性誌の統計によると、二十代の女性の平均経験人数は三人だという。

それが事実かどうか確かめる術《すべ》はないけれど、私は以前得た情報どおりに答えた。

「えっと……三人かな」

交際して一か月程度で別れる人もいると聞くし、三人なら合計の交際期間は数か月だ。龍我が私の別れた恋人たちについて何も知らなくても、不自然ではないだろう。

自信を持って唇を引き締めた私を見下ろした龍我は、なぜか小刻みに肩を震わせていた。

「ふうん。そいつらとは、どんなセックスしたの？」

「そ、そんなこと言えるわけないじゃない！」

何も経験がないのだから、どんなと訊《たず》ねられても困る。たった今、龍我に愛撫されたことが、私の唯一の性体験だ。

嘘をついてしまった……

龍我のジャケットを引き寄せた私は、視線をさまよわせながら身を起こす。

「今日は気分が乗らないから、もうできないの。なんだか疲れちゃった」

「そう。ま、いいけどな」

あっさりと身を引いた龍我は、ソファから下りた。

ほっと胸を撫で下ろした私は、ソファ下に落ちていたショーツを拾い上げる。そして、まだ疼《うず》きの欠片《かけら》を残している下肢に穿《は》いた。

処女を否定したことがきっかけとなり、最後まで抱かれずに済んだ。

龍我は涼しい顔をして、キッチンへ足を向けた。

「喉が痛いから飲み物を取ってくる」

淫戯は終わったはずなのに、甘い疼《うず》きはじんじんと体の奥で脈打っていて、胎内が物足りなさにうねる。

これが龍我の言っていた、中途半端で辛い状態ということかもしれない。

どうすればこの疼《うず》きを解消できるのかは、知識としては知っている。

男の人のものを、蜜口の奥に挿《さ》し入れるのだ。

ただ経験がないので、どれほど痛いのか、それとも気持ちいいものなのか、想像もつかないけれど。

私はあえて気にしないよう努め、服を整える。すると、キッチンから激しく咳き込む音が聞こえてきた。体調でも悪いのだろうか。

あんなに元気だったのにと思っていると、龍我が私の分のコップも持って戻ってきた。

「咳してたけど、大丈夫？　風邪引いたの？」

「いや……大丈夫だよ。いいところだったんだけど、我慢できなかったな」

意味のよくわからないことを呟《つぶや》いた龍我に首を捻《ひね》りつつ、ウーロン茶の入ったコップを受け取る。

咳が落ち着いたらしい龍我は、床に落ちていたポイントカードを拾い上げ、取り出した判子《はんこ》を押す。そして、それを私の手にしっかりと握らせた。

「明日も頑張れよ。外出するためだろ？」

「……え」

受け取ったカードには、ウサギのスタンプが押されていた。一枚だけの桜の花びらに、ウサギが添えられているのだ。

残りの枠は、三つ。

本当なら一気にポイントが貯まったことを喜ぶべきなのだが——可愛らしいウサギを目にした私の胸に疑念が生じる。

龍我は初めからウサギの判子《はんこ》を持っていたのだ。それなのに、わざわざ達成を引き延ばすために桜のほうを押した。

ウサギの判子《はんこ》を紛失したから、という理由ならば納得もいく。

だけど彼は、私をもてあそぶためにわざわざ桜の判子《はんこ》を手にしたのかと思うと、その執念めいた意地悪さに、ぞっとした。

「どうした？」

私は、微笑を浮かべて覗《のぞ》き込んでくる龍我を見つめる。

つい先程まで私と淫靡《いんび》な行為に耽《ふけ》っていたことなど、まるで気にしていない様子だ。

「ううん……何でもない」

微苦笑を浮かべて、私は首を横に振る。

龍我の深淵を覗いてはいけないと訴える本能に従ったのだ。

彼が何を考えているのか気になるけれど、それを追求したら、底なし沼に引きずり込まれてしまう気がする。

ポイントのためとはいえ、義兄妹でこんなことをしていいんだろうか……

私はもう一度カードを見下ろす。

ウサギは桜の花びらを踏みつけることなく、綺麗に避けられていた。こんなに狭い、枠の中なのに。

◆

判子《はんこ》をポケットに仕舞った俺は、大理石のローテーブルにコップを用意しつつ、目の端で悠愛を観察する。

ポイントカードを見つめる悠愛は、複雑な思いを抱えているようだ。

どうしてこんなことになったのか、と無邪気な子ウサギが悩ましい表情をしている姿もそそられる。

そもそも外出してはいけないという命令は難癖をつけているようなものなので、悠愛が守るべき義務など存在しない。息抜きをしたいなら、俺の目を盗んでこっそり抜け出せばいいだけだ。門の鍵はうまく恵を騙《だま》せばいい。あとから俺に叱られようと、『外出する』という目的は果たせるのだから。

それなのに悠愛は、許可がもらえなければ外出できないと思い込んでいる。

そういう素直で従順なところが大好きだ。あまりにも純真でわかりやすいので、ポイントカード制などを導入してみたが、思いどおりに踊ってくれるから可愛くて仕方ない。

経験人数が三人だって？

笑わせてくれる。

堪《こら》えきれず、盛大に咳き込むふりをして笑ってしまった。

悠愛が未だに処女であることは当然把握している。

十年前、まだ小学生だった悠愛と出会ったときから、俺のものにするべく虎視眈々《こしたんたん》と画策してきたのだ。ほかの誰にも奪われないよう囲い込み、目を光らせてきた。

中高が一貫校だったので、あの頃は監視するのが容易だったが、問題は悠愛が短大を卒業するときに起こった。当然俺の会社に就職するものと思っていたのに、突然ライバル会社に内定したと告げてきたのだ。しかもひとり暮らしをすると言い、引っ越し先は教えようとしない。携帯電話の番号も変えていた。

『お義兄《にい》ちゃんからの卒業』とでも言いたいのか。

そんなことは許さない。

だが悠愛も成人したことだし、自立したいと思うのは自然な感情かもしれない。飲み会の送迎の際などはすでに迷惑そうにしていた。

無理強いしすぎた反動で、妙な男に入れ込んだりしたら困る。悠愛が知る男は、俺だけでよいのだから。

俺はやり方を変更し、実家を出た悠愛を密かに監視することにした。

俺から接触しなくても、悠愛の動向を探るのは容易だった。

その結果、ついに悠愛をこの手に取り戻すことに成功したのだ。

悠愛は、俺のマンションに同居することになったのは、ただの成り行きだと思っているのだろうが、この世に偶然なんて存在しない。すべては必然だ。

起こるべくして、物事は起こっている。

世界のルールを決めるのは一握りの支配者で、その他の人間は奴隷のように隷属《れいぞく》するのみ。要は支配者側に回り、己《おのれ》に都合良く世界を回せばよいのである。

そうやって俺が張り巡らせた蜘蛛《くも》の糸は完璧だ。たとえほつれても、すぐにその箇所を修正すれば済む。

可愛らしくて純粋な俺の義妹は、穢《けが》れた世界を知らなくていい。

悠愛は俺のすべてだ。髪の一筋まで愛しくてたまらない。真綿で包むように溺愛して、世の中の汚いものすべてから遠ざけたい。

そして、俺だけのものにする。

十年前から少しずつ刻みつけた義兄からの愛情は、悠愛の心身に浸透しているはずだ。

先程、淫核は俺の舌を受け入れて快楽を感じ、花襞は肉棒を欲してふっくらと綻《ほころ》んでいた。その奥の蜜筒は今、切なく疼《うず》いているだろう。

俺の猛《たけ》った男根を、あの濡れた秘部にずっぷり咥《くわ》え込ませることを想像しただけで身震いする。

だが挿入しようとした矢先、思わぬ悠愛の主張に機を逸してしまったのだ。

まあ……少々付き合ってやるか。

俺は非処女だと見栄を張った悠愛の困った顔を見たいと思い、何気なく話を振った。

「悠愛が三人も経験したベテランだとは驚いたな。いつまでも子どもだと思っていたのに、もうすっかり大人の女じゃないか」

感心したように言えば、悠愛はわかりやすく目を泳がせた。

喉奥から込み上げてくる笑いを堪《こら》えるのに苦労する。

「そ、そう？　今は彼氏がいないけど、それなりには経験したわ」

「じゃあ、騎乗位なんかは得意なのか？」

「……えっ？　なんて？」

「騎乗位。ほら、あの体位だよ」

長い睫毛《まつげ》を何度も動かした悠愛は具体的な体勢を想像したらしく、頬を染めながらも頷いた。

「もちろん。上手だって、褒められたことあるもの」

「へえ。それはすごいな」

もはや引っ込みがつかないようだ。下手な嘘つきは可愛いな。

若者の間では未経験が恥であるという風潮があるので、悠愛も多分に漏れず、処女を隠したいのだろう。同級生から処女なのを小馬鹿にされた経験でもあるのかもしれない。

だが、経験人数が多いから誇れるわけではないと俺は思う。

重要なのは質だ。

愛された経験がなければ、いくら体を重ねても擦り切れるだけではあるまいか。

悠愛には諭《さと》す必要もない言い分だが。

何しろ、彼女の処女を奪うのは俺であり、生涯ほかの誰をも知ることはないのだから。

俺は本音を綺麗に押し隠して、柔和な笑みを浮かべる。

「そんなに上手なら、見せてもらおうかな」

「……えっ？　何を？」

「悠愛の騎乗位。真似だけでいいから」

煽《あお》ってみると、悠愛は人形のごとく固まってしまった。

この様子だと、男の腰に跨《また》がるのは抵抗がありそうだな。俺自身も童貞なので、実体験は皆無なのだが。

耳元の髪を掻き上げ、大きな瞳をぱちぱちとさせて動揺している悠愛は、最高に可愛い。いつまで眺めていても飽きないので、つい意地悪をしてやりたくなる。

素直に嘘でしたと告白すれば笑って許してやるのに、彼女は悪足掻《わるあが》きをした。

「えっと……久しぶりだから、忘れちゃったかも……。龍我は彼女と、よくそういうことしてるの？」

答えられないから俺に話題を振る作戦か。

ちょうどいい機会だ。話しておこう。

「俺、恋人は作ったことないよ。悠愛も知ってるだろ」

「えっ……それは学生時代の話でしょ？　社長になってからは、いろんな人と付き合ったんじゃないの？」

社長という肩書きがありながら、恋人のいた経歴が全くないというのは不自然に感じるのだろう。

学生時代は数え切れないほどの告白をすべて断ったが、社長になっても誘惑はやまない。

義理で参加する社長仲間の飲み会で煌《きら》びやかな恰好《かっこう》をした女が呼ばれ、仕事の提携先からは令嬢を紹介される。

だが俺は常に愛想笑いを浮かべるだけだ。

彼女たちは確かに洗練された美女かもしれないが、美しさを認めることと、恋愛感情が湧くことは別物である。

どれほどの美女だろうが、俺の恋心を揺さぶることはない。

悠愛だけだ。

彼女は清廉《せいれん》な湧き水のようだ。澄んだ瞳を向けられるだけで心が浮き立ち、小鳥のようにさえずる声で言葉を交わせば、全身が安堵で満たされる。

悠愛の純真な心、艶《つや》やかな髪と甘い声音——すべてが愛しい。

そんな可愛らしい悠愛を骨までしゃぶりたいと願うのは、ごく自然な感情だろう。

獣《けもの》の本性を微笑で塗り込め、愛しい義妹を見やる。

「そんなことはない。俺は悠愛のことしか考えられないからなぁ……」

そう言うと、ぽかんとして悠愛は口を開けた。

紅色の舌が口元から覗《のぞ》いている。舐めたいな。

腹の底で滾《たぎ》る欲望を抑えながら、鼻先がくっつくほど顔を近づける。

「わ、私のこと？」

「そうだよ。おまえは俺の義妹《いもうと》なんだから。メルをプレゼントしたときから、悠愛のほしいものを何でも与えてあげると約束しただろう？」

メルという名を出すと、悠愛の双眸《そうぼう》が煌《きら》めいた。

青い鳥の記憶は、彼女の胸の裡《うち》に色濃く刻まれている。

悠愛にとって、俺は宝物を授けてくれた騎士《ナイト》なのだ。

その事実をより深く刻みつけるため、俺は悠愛の艶《つや》めいた髪に指を絡ませる。ゆっくりと蝶を搦《から》め捕《と》る、蜘蛛《くも》のように。

「俺のせいで髪が乱れてしまったな。また、極上のブラシで梳《す》いてあげるよ」

「……うん。お義兄《にい》ちゃん」

夢うつつに迷い込んだように、悠愛は小さく呟《つぶや》いた。

名前で呼べと命令したのに、困った義妹だ。

俺は唇に弧を描きつつ、指に絡めた黒髪にくちづけをひとつ落とした。

翌朝、ダイニングで朝食をとっているとき、俺はさりげなく向かいの悠愛に目を配った。

パンにバターを塗っている彼女の側には、ポイントカードが置いてある。しかもマグカップから少し離れた位置で、悠愛から充分に手の届く距離だ。

万が一、マグカップを倒して濡れないよう、そしていつでもポイントカードを俺に差し出せるようにという彼女の心の裡《うち》が透けて見える。

ただの紙切れなのに、悠愛にとっては願いを叶えることのできる貴重なカードなのだ。

こんなにも大事にしてくれるなんて思わなかった。悠愛の願いは、ぜひとも今日中に叶えてあげなくては。

むしろ、今すぐでもいいくらいだ。

初めてなのに、朝に押し倒したら嫌がるだろうか……

非処女だと宣言された昨夜の流れを思い出す。どうやって悠愛の牙城《がじょう》を崩せばよいものか。

パンをかじる子羊を眺め、珈琲《コーヒー》カップで口元を隠しつつ舌舐めずりをする。

そのとき、ジャケットに入れていたスマホの着信音が鳴り響いた。

誰だ。朝からふたりの時間を邪魔する無粋《ぶすい》な奴は。

仕方なくカップを置き、椅子の背にかけていたジャケットの胸ポケットを探った。

相手を確認して、電話に出ることを決める。

「おはよう」

『おはようございます、池上先輩。いい報せがあるんですよ。十時に会社で会いませんか』

軽快な声の主《ぬし》は、共同経営者の久保寺《くぼでら》だ。

大学生のときに、後輩の久保寺を巻き込み会社を設立した。その後、久保寺は経営コンサルティングの事務所を構えて独立したので、現在は会社の役員という肩書きにして時折仕事を手伝わせていた。

要領の良い男なので何かと便利に使える。

「わかった。あとで」

必要なことだけを告げて、通話を切る。

久保寺が『いい報せ』と銘打つからには、かなり有益な情報だ。さらに会社での面会を要求するということは、電話では言えないような内容である。

「お仕事、忙しいの？」

心細そうに上目で見る悠愛の姿は、憐憫《れんびん》を誘う。

残念ながら、ポイントカードの達成は夜になりそうだ。

「急な打ち合わせが入った。でも早めに帰ってくるから、待っててくれ」

「うん……。もうすぐ企画書が仕上がりそうなの。帰ってきたら、見てね」

開運アクセサリーの商品企画書のことか。俺にとっては優先順位の低い物事なので失念していた。

おそらく悠愛は、その企画書が通ることでポイントが達成すると考えている。

そうはいかない。

悠々と珈琲《コーヒー》を啜《すす》り、笑いを噛み殺す。

今夜が楽しみだな。おまえが処女を喪失するとき、ポイントは達成されるだろう。

「ああ。最高の企画書が完成していることを祈るよ」

悠愛は期待と不安が綯《な》い交《ま》ぜになった表情で、俺の出勤を見送った。

玄関扉が閉まると、ジャケットの内ポケットから門の鍵を取り出す。

マンションの警備は万全だが、この鍵は常に持ち歩き、ほかの誰も家の中に出入りできないようにしている。唯一の合鍵はコンシェルジュに預けており、しかもロック付きの金庫に保管していた。

恵が訪れたときのみ合鍵を使用するが、無論恵はロックの暗証番号を知らない。

もっとも、恵が俺を裏切れるわけはないのだが。

こうして俺は大切な宝物を安心して保管しておける。

鳥籠《とりかご》の門に、厳重に鍵をかけた。

「いい子にしてろよ、悠愛」

真鍮《しんちゅう》の鍵に、俺は接吻《せっぷん》をひとつ落とした。


エレベーターでビルの五階に到着すると、『株式会社ユーアイ・ファーストコーポレーション』のロゴが目に飛び込む。

『ユーアイ』とは、実は義妹の『悠愛』を指している。

悠愛は俺のすべてとも言える存在なので、社名にするのはごく当然のセレクトだった。

義妹の名前だと気づき、それをさりげなく指摘したのは今のところ久保寺だけである。奴だけは俺の欲望に勘付いているので、注意が必要だ。

「おはようございます、社長」

掃除用具を手にしていた男性社員が慇懃《いんぎん》な礼をした。雑用係と化している彼の姿を見て、俺はふと気づく。

以前、この男には悠愛のアパートを張り込ませるという仕事を与えていた。毎朝彼からの報告を待ちわびていたのだが、もうその必要はなくなった。ストーカーの正体は俺の部下だと、悠愛が気づくことなどないだろうが、万一のことを考えてこの男は遠ざけたほうがいいだろう。

「おはよう、鈴木《すずき》君。そういえば、鈴木君は大きな仕事をこなしてくれたよね」

顔を上げた鈴木は、ずれた眼鏡を両手で持ち上げた。弾みで箒《ほうき》が落ちてしまい、慌てて拾い上げている。

この男は田舎《いなか》から上京してアルバイトで食いつないでおり、何の職歴もなかったが採用した。人事部長は何の役に立つのかと訝《いぶか》っていたが、要は使いようである。朴訥《ぼくとつ》とした雰囲気を全身から発している鈴木は得がたい人材だった。

「あ……あれは、仕事ですから。当然のことです」

「功績を讃えて、鈴木君を支店長に任命しよう」

「えっ!?　ぼ、僕が支店長ですか？　でも僕なんか、女子社員から嫌われてますし……」

「評判というものは、あとからついてくる。鈴木君が地道に実績を積んだことを、俺は高く評価したいんだ。支店といっても郊外のこぢんまりとしたところだから気負わなくていい。早速、支店へ赴《おもむ》いてくれるかな？」

俺がそう告げると、鈴木は目を輝かせた。

評価されたことが、彼の人生において勲章を作ったのだ。

「はい！　一生懸命に務めさせていただきます」

「期待してるよ。それじゃ」

軽く手を挙げて踵《きびす》を返す。

当面の用はないが、また使えるときが来るかもしれないので、目の届く場所に置いておくのは必定である。

社長室に入ると、デスクには決裁待ちの書類が山積みにされていた。

内容を確認し、ややあって時計を見上げると、九時五十分だった。

社長室の扉がノックされる。

「どうぞ」

「おはようございます。遅くなって申し訳ありません」

遠慮なく扉を開け、久保寺が入ってきた。遅れてもいないのにそんな台詞《せりふ》を吐くのは、彼流の嫌味なので黙殺する。

ふわりとはねた茶髪に、上質な革製のジャケット。派手な色のネクタイとシャツは、何の仕事をしているのかと怪訝《けげん》に思われる装《よそお》いだ。だが、そうして初対面の相手を翻弄《ほんろう》するのが彼の手口ではないかと俺は勘繰っている。

久保寺は背後にいた事務員に微笑みかけた。

「お茶はいらないよ。男同士の大事な話だから、そっとしておいてね」

頬を染めた女性の事務員は嬉しそうだ。

軽い男に見えるが、久保寺は約束は必ず守る。また、見かけによらず意地汚くない。正当な報酬を受け取ったら、さっさと退散し、金目当ての女には手を出さず適当にあしらっている。なかなか利口だ。

「さて、いい報せとやらを聞かせてもらおうか」

ロック付きのジュラルミンケースを床に置いた久保寺は、革張りのソファに腰を下ろして高々と足を組んだ。そして天気の話でもするように、軽く言い放つ。

「木下元社長、成田で逮捕されるんですって」

俺は軽く目を見開いた。

木下が海外逃亡中であるという情報は、久保寺から聞いていた。悠愛を捕獲したからにはもう用済みだが、木下は度々うちの会社に文句をつけてきた経緯があり、俺に恨みを抱いている。完全に破滅するまで動向をチェックする必要があった。

「初耳だな。逮捕は予定なのか?」

「十一時成田到着の便に乗ってるから、あと一時間後に逮捕ですね。空港で逮捕令状を所持した刑事が待機中。罪名は詐欺容疑」

「相変わらず情報が早いな。情報屋にでもなったらどうだ?」

あはは、と久保寺は楽しそうな笑い声を上げた。そういった副業も行っているのかもしれないが、俺の管轄外だ。

さらに久保寺は軽快に語り出す。

「詳しくは、粉飾決算により銀行から融資金三千万円を騙《だま》し取ったとする詐欺罪の疑いです。詐欺罪での刑事告訴となると数年は身動きが取れませんから、出所しても再起することは、ほぼ不可能ですね」

「残念だ。これで二度と木下の嫌がらせがなくなると思うと寂しいものだな」

「余裕ですねぇ。あそこの会社が業績不振に陥《おちい》ったきっかけは、池上先輩が狙ったからじゃありません？ 役員を買収して情報漏洩させたり……おっと、俺の口からこれ以上は言えないなぁ」

「何を言ってるんだ。久保寺が多大な貢献をしてくれたんじゃないか。その報酬は支払ってるだろ」

「そうでしたねぇ」

木下の会社を潰すために様々な策を練り、実行に移した。

俺を差し置いて悠愛を囲うなど許さない。木下の会社も人生もすべて粉砕してやる。それが俺の悠愛に関わった男の末路だ。

俺は肘掛けを握る掌《てのひら》に力を込めて、眼光を鋭くした。

悠愛……すべて、おまえ自身が招いたことだ。

天使のふりをした小悪魔が俺を惑わせ、周囲の人間の運命をも巻き込んでいく。

木下はライバル社の俺が蹴落とそうとしているのだと気づき、イベントを妨害するなどの嫌がらせを仕掛けてきたが、その時点で資金繰りが焦《こ》げついている事実は掴《つか》んでいた。

俺は眉を下げて哀しみの表情を形作る。

「木下が収監されたら、充分な見舞金を持参しよう。困窮しているときこそ、金のありがたみがわかるからな。彼はきっと涙を浮かべて喜んでくれる」

「ちょっ……それ史上最高の茶番なんですけど！」

久保寺は腹を抱えて笑い転げた。

茶番であることは疑いようがない。要するに手切れ金だ。

ちなみに木下は好色な男ではないので、社員に手を出したことはない。無論、悠愛にも一介の社員として接していた。その点だけは評価する。

「速報が楽しみだ。今日のランチは美味《おい》しく食べられるな」

「悪人は世にはばかりますねぇ」

久保寺が用《もち》いた格言を鼻で嗤《わら》い、俺はチェアに凭《もた》れた。

悪人がよく言う。

◆

木下元社長が空港で逮捕されたというお昼のニュースを見た私は、そのあとの時間を不安な気持ちで過ごした。

番組では、『ユーアイ・ファーストコーポレーションの池上社長に嵌《は》められた』とカメラに向かって叫ぶ木下元社長の姿が報道された。会社が倒産した原因は、龍我にあるというのだ。

まさか龍我を名指しするとは思わなかった。それが気になってしまい、結局企画書を仕上げることはできなかった。完成までもう少しだったのに。

そのとき、インターホンが鳴った。龍我が帰宅したことを知り、私は直接玄関へ向かう。

「ただいま、悠愛」

玄関扉を開けた龍我は笑顔を向けた。その表情から察するに、まだニュースのことは知らないらしい。

「龍我くん……木下さんが今日、空港で逮捕されたんだって」

「ああ、あれね。マスコミから取材の申し込みが来たから何かと思ったよ。まさかあの場で俺の名前を全国放送で流すとは予想してなかったな」

からりと笑った龍我は、全く気にしていないようだ。

それより……と、彼は思わせぶりに言葉を継ぐ。

「ポイントカードはどうした?」

「あ……」

昼間の報道で頭がいっぱいになり、すっかり忘れていた。

午前中は、頭の中が淫《みだ》らな悪戯《いたずら》を仕掛けられた昨夜のことで占められていたけれど、昼間の衝撃的な報道ですべて吹き飛んでいたのだ。企画書が完成していないので、今日はポイントを達成できないだろう。

「カードはテーブルに置いてあるわ……。でも、企画書は完成していないの」

「そうか。まあ、無理しなくていいよ。ほかのことでも、ポイントは達成できるわけだしな」

「ほかのこと……」

顔を上げて、私は龍我を見つめた。

企画書を完成させれば残りの三ポイントをもらえるだろうと思っていたけれど、仕上がるまで数日はかかる。早く外出したいのであれば、別のお願い事を叶えなければならないということだ。

昨夜の淫戯を考えると、それと同程度か、もしかするともっと淫《みだ》らな内容かもしれない。

怖くて、それは何とは聞けなかった。

「何事も柔軟に対応しないとね。俺が今もっとも悠愛にお願いしたいことは、報道の件を忘れてもらうことだ。会社については迅速に対応しているから、悠愛が心配することは何もない」

優しい言葉に、強張《こわば》っていた肩から力が抜ける。

ダイニングへ向かった龍我は、持参したお土産《みやげ》をテーブルに広げ始めた。

お寿司や蟹《かに》など、まるで何かのお祝いのような豪華な夕飯だ。

——きっと、企画書が完成したお祝いにするつもりで買ってきてくれたのね……

私は自分の不甲斐なさに俯《うつむ》きながら、食器棚から取り皿を出す。

ジャケットを脱いだ龍我はスマホを確認すると、すぐに電源を落とした。取材の申し込みが殺到して大変なのかもしれない。

「龍我くんがそう言うなら……もう聞かない。家に帰ってきてまでトラブルの話をするのは気が滅入るものね」

「そうなんだよ。悠愛は俺のことをよくわかってくれているな。いいお嫁さんになる」

龍我の口から出た『お嫁さん』という単語に、私はふと自分の将来を想像してみた。

私が、誰と結婚できるというのだろう。

今後男性と知り合い、交際に発展するというイメージが湧いてこない。そもそも、龍我に睨《にら》まれてまで私に近づこうという男性なんているはずがない。

いずれは結婚して、赤ちゃんを産むことに憧《あこが》れは抱いているけれど……

ふと龍我の姿が目に映り、一瞬どきりとするが、彼は義兄なのだから結婚相手にはならない。

会社に出勤すれば、閉塞的な今の状況を打開できるだろうか。

私は龍我の会社に雇われているのに、一度も出勤したことがないのだ。よって、龍我とふたりきりの世界を広げることができない。

そんなことを思い悩み、豪勢な食事を前にして、しゅんと肩を落とす。

寿司を摘まんでいた龍我は私の様子を目にして、箸を止めた。

「悠愛、ポイントカードのことが気になる?」

「え、う、うん。今日は達成できるかなと思っていたから」

実際に考えていたのは別のことだけれど、龍我に言えるわけもないので、話を合わせる。

双眸《そうぼう》を細めた龍我は妖艶《ようえん》に微笑む。

その笑みはまるで、困っている人間を誘惑する魔物めいていた。

「じゃあ、今日で満点にしようか」

「えっ……いいの？　満点にしてくれるの？」

「もちろん。悠愛の願いは何でも叶えてあげるよ。最後の願い事は、どんなことにしようかな……」

どきどきして願い事を告げられるのを待つ私を前に、龍我はしばらく悩む。

その間、昨夜の龍我が、私の膝を割りながらベルトに手をかけていたことを思い出す。

あえて見ないように目を逸らしていたけれど、彼の股間は膨らんでいた。

あのときの龍我は私に欲情を抱き、最後まで体を重ねようとしていたのだ。

ならば、満点になる願い事とは……

ごくりと、私は唾を呑み込んだ。

考えすぎかもしれない。先程の龍我は、心配しなくていいから報道の件は忘れることと、優しい言葉をかけてくれた。そんな心優しい義兄が、義妹である私を、ただの性欲のはけ口だとしても犯すわけがないのだ。

それなのに一瞬でも淫《みだ》らな想像をするなんて……最近の彼とのやり取りで、私の思考が歪《ゆが》んでしまっているのかもしれない。

ふと気づくと、いつの間にか龍我はこちらをじっと見据えていた。私と目が合うと、にこりと微笑みかける。

「とりあえず、食事を終えて風呂に入ってからにしようか」

「そ、そう。じゃあ、それまでに考えておいてね……」

私の言葉はなぜか尻すぼみになる。

最後の願い事は、どんなことだろう。

そればかりが気になり、喉を通る食事の味がわからなかった。


食事のあとは入浴して、就寝の支度をする。

ネグリジェに着替えた私は自室に戻り、化粧水や美容液で肌を整えた。とろりとした濃密な液体が風呂上がりの火照《ほて》った肌に浸透していく。

これらもすべて引っ越してから、龍我がプレゼントしてくれた高価なコスメだ。ひとり暮らしのときは安価な製品を使用していたのだけれど、「若いうちから肌の手入れには高品質なものを使用しなければならない」と、まるで美容部員のように説得されたので、ありがたく使わせてもらっている。風呂場に置いてあるシャンプーやトリートメントも高級品で、洗いざらしの私の髪からは仄《ほの》かに花の香りが漂《ただよ》った。

純白のネグリジェは龍我が用意してくれた服のひとつだ。

襟元《えりもと》から流れ落ちるようなデザインで、繊細なレースは長い裾まで続いている。さらりと舞う袖は妖精のように華やかで、柔らかな生地はふわりと体を包み込む。

私の身を纏《まと》うすべては、龍我によりプロデュースされている。

まるで大切に殻に包まれたさなぎのようだ。

けれど、私の心は重苦しさで痞《つか》えていた。

昨夜の淫戯に対してだけでなく、また別の罪悪感が湧き起こっている。

非処女だと、嘘をついてしまった……。

しかもその嘘は誰かを庇《かば》うためなんかではなく、処女だと馬鹿にされたくないという自分のプライドを守りたいためだった。なんて身勝手なんだろう。

たとえ龍我が相手でなくても、私は初めての人に対して同じように非処女だと嘘をついていたと思える。

そのことが、じわりと後ろめたくなってきた。

経験豊富な大人の女を演じれば、龍我から求められたときにあれこれ理由をつけて断れると思ったけれど、自《みずか》らが生んだ偽りに押し潰されそうになる。

「どうしよう……。嘘だって打ち明けたほうがいいのかしら。でも、最後の願いを聞いてみないと……」

思い悩んでいたそのとき、コンコンと扉をノックする軽い音が響いた。

びくりと肩を跳ねさせた私は、手にしていたドライヤーを取り落とす。

「あっ……りゅ、龍我くん？」

慌ててドライヤーを拾い上げ、何食わぬ顔を装《よそお》う。

扉を開けた龍我は、こちらを見て目を細めた。

彼も湯上がりらしく、純白のバスローブを纏《まと》っている。少し長めの前髪が額《ひたい》に落ちかかり、雄の色香を匂い立たせていた。

「髪を乾かしていたのか。梳《す》いてあげるよ」

「……うん」

ぎこちない笑みを浮かべる私から、龍我はするりとドライヤーを取り上げた。さりげなく私の腰に手を回して誘導する。

「向こうのウォークインクローゼットに大きな鏡がある。こっちにおいで」

椅子から立ち上がった私を導《みちび》いた龍我は、隣の主寝室の扉を開けた。

主寝室には初めて入ったけれど、モノトーンで纏《まと》められた落ち着きのある空間だ。ベッドがとても大きく、キングサイズはある。多忙なので上質な睡眠が必要なためだろう。

寝室の隅にある扉へ足を向けた龍我は、私を中へ招いた。そこは四方にずらりとクローゼットが設《しつら》えられており、一面のみ鏡が嵌《は》められている。その鏡の前には、座り心地のよさそうな真紅《しんく》の椅子が置かれていた。

まるでお姫様が座るような豪奢《ごうしゃ》な椅子だ。

「ここに座って」

言われたとおり、天鵞絨《ビロード》張《ば》りの座面に腰を下ろす。

ふわりとしたクッションが体を受け止めてくれた。

龍我はヘアブラシを手にすると、ネグリジェの肩先から落ちかかる私の髪に触れる。

小さい頃から伸ばしていた黒髪は、一度もショートヘアにすることなく、今も腰まである。思い切って短くして、茶色に染めてみようかなと思ったこともあるけれど。

龍我は私の髪を手慣れた所作で、丁寧にブラッシングしながら、淡い溜息を吐いた。

「悠愛の髪はすごく綺麗だ……」

感嘆したように呟《つぶや》かれる義兄の台詞《せりふ》に、私はいつも髪型を変えることを思い留《とど》まるのだ。

ずっと、龍我の好きな髪のままにしていたいから。

最高級の品質である獣毛のブラシで優しく梳《す》かれると、髪が艶《つや》めく。

おそらく龍我は私の髪が好きというよりは、自分が手入れを施《ほどこ》した髪の出来映えに惚れ惚れしているのだろう。

鏡の中の龍我をちらりと見やる。掌《てのひら》が大きくて指が長い。ブラシで梳《す》かれた黒髪が、節くれ立った指の間から、さらさらと零《こぼ》れ落ちた。目を伏せている彼の長い睫《まつ》毛《げ》が、端麗な容貌に濃い陰を落とす。

見惚れていると、ついと長い指先が私の顎《あご》にかかる。

「前を見て」

くい、と前を向かされる。私は無意識に首を傾けて、龍我の姿に見入っていたのだ。羞恥《しゅうち》で頬が朱に染まる。

ふいに指先が耳朶《じだ》を掠《かす》めた。

快感に似た甘い感触が、ぞくりと背筋を駆け抜ける。

「んっ……」

「ああ、すまない。痛かった？」

「う、ううん。痛くはないけど……」

龍我は爪で傷つけたと思ったのか、私の耳朶《じだ》を殊更《ことさら》ゆっくりと指先でなぞり上げた。

そうすると、ぞくぞくと疼《うず》きが迫り上がってきて、腰の奥が熱くなり、甘い吐息が零《こぼ》れてしまう。

少し触れられただけなのに、私の体はどうなってしまったのだろう。

「傷はついていないみたいだな。悠愛は俺のお姫様だから、傷ひとつつかないよう、気をつけないとね」

「お姫様だなんて……そんなわけないわ」

龍我は私をお姫様扱いして、大切にしてくれる。

けれど今の私は、蜘蛛《くも》の糸に搦《から》め捕《と》られて身動きのできない蝶のようだ。

長い黒髪はまるで、私を拘束するために龍我が操《あやつ》る糸――

やがてブラッシングを終えた鏡の中の黒髪は、極小の宝石をちりばめたかのように煌《きら》めいた。

満足げな表情で鏡を覗《のぞ》き込んだ龍我は、私の耳元で囁《ささや》く。

「お姫様は城に囚われているのが定石だからな」

ぐっと顔を近づけた龍我は、私の髪に唇をつける。獰猛《どうもう》な双眸《そうぼう》が楽しげに細められて、鏡越しに私を見据えていた。

まるで、獲物を射竦《いすく》める肉食獣のように。

「そ、そういう物語もあるわね」

このマンションに囲われている私を、城に囚われた姫になぞらえられ、頬を引きつらせながら答える。そうだとしたら、さしずめ龍我は悪い魔法使いという役どころだ。

悪い魔法使いが命じる最後の願い事は、なんだろう……

まさか髪を梳《す》くことがそれだとは思えない。

緊張を滲《にじ》ませていると、龍我は棚からポイントカードを掬《すく》い上げた。リビングのローテーブルに置いていたのに、いつの間にかここへ持ってきていたらしい。

ポンポンと、手にした判子《はんこ》で軽快にスタンプを押してくれる。横目で見たが、ウサギの判子《はんこ》だ。

龍我はカードを掲げて私に見せた。

「あと一ポイントだな」

ポイントカードの空欄は、ひとつだけ。

龍我は髪を梳《す》くだけで二ポイントをくれた。あとひとつで満点に達する。素直に処女だと打ち明ければ、それが最後の一ポイントとなるだろうか。

でも、最後の願いをどうするかと聞けば、恐ろしいことが起きそうな予感がする。

なぜなら、龍我の発する気配から凶暴なものを感じるのだ。肉食獣が獲物を捕獲する寸前、牙を剥《む》くのと同じように。それを彼は優しさというベールで包み隠しているようだが、もはや私は捕食されるのだと悟っていた。

私は自《みず》らの想像にぞくりと身を震わせ、咄嗟《とっさ》に椅子から立ち上がる。

「ねえ、龍我くん。私、言わないといけないことが……」

恐れを薙《な》ぎ払《はら》うように明るい声を出すと、つと、指先が唇に押し当てられた。

言葉を封じられ、目を瞬《しばたた》かせる私に、龍我は爽《さわ》やかな笑顔を見せた。

それは好青年に相応《ふさわ》しい、眩《まばゆ》い笑みだった。

「最後のお願いは、もう決めてあるんだ」

「え……それは、何？」

ついに私は問いかけてしまった。

私の唇に置かれた龍我の長い指が、するりと滑らかに唇をなぞる。

すると、ふたりとも湯上がりのためか、互いの皮膚の熱さが溶け合うような錯覚に襲われた。

口元に笑みを刷《は》き、龍我は真摯《しんし》な眼差しを私に注ぐ。

「キスしよう」

「……え？」

どこに、と訊《たず》ねようとした私は言葉を呑み込む。

唇をなぞっていた龍我の指先が滑り、顎《あご》に伝い下りた。

くいと頤《おとがい》を掬《すく》い上げられたと思ったとき、精悍《せいかん》な面差《おもざ》しが眼前に迫る。

「……あ」

ちゅ、と唇が触れ合う。

押し当てられた雄々しい唇は火傷《やけど》しそうなほど熱くて、弾力があった。

龍我と、キスしている。

その事実が体中を駆け巡り、かぁっと頬が火照《ほて》る。慌てて身を引こうとしたけれど、逞《たくま》しい腕で腰を引き寄せられているので叶わない。

厚い胸板が薄い布越しの胸の膨らみに触れ、その感触に当惑した私は背を仰《の》け反《ぞ》らせた。

「龍……んぅ」

追いかけてきた唇に、紡ごうとした言葉が呑み込まれる。

先程の軽いキスではなく、まるで野獣が獲物を貪《むさぼ》るかのように、激しく唇に吸いつかれた。

「んっ！　や、あっ……ん、ふぅ」

ちゅ、ちゅく、と淫猥《いんわい》な音色が互いの唇から零《こぼ》れる。

顔を背《そむ》けようとしても、大きな掌《てのひら》で後頭部と腰をしっかりと抱え込まれているので逃れられない。

唇の合わせをこじ開けて、ぬるりと熱い舌が挿《さ》し込まれる。怯《おび》えて縮こまる私の舌は器用に掬《すく》い上げられた。

「ん……んく……」

チュク……と漏れた淫靡《いんび》な水音が、体の芯まで浸透する。それは甘美な背徳の響きを帯びていた。

ぬるぬると互いの舌を擦り合わせる感触に陶然となり、うっとりして睫毛《まつげ》を震わせる。

熱い。柔らかい。気持ちいい……

初めての濃密なくちづけに溺れ、体から力が抜ける。

けれど床に頽《くずお》れることはなく、力強い龍我の腕の中に囚われ続ける。

「ふ……ん……ぁ……」

ふたりの唾液が混じり合い、口端から零《こぼ》れて顎《あご》を伝う。

その濡れた感触に、ようやく私は閉じていた目を開いた。そして激しいキスに夢中になっていた己《おのれ》の舌を引く。

「あ……」

龍我は間近から、劣情を宿した双眸《そうぼう》で私を覗《のぞ》き込む。

彼の濡れた唇と舌を目にして、ぞくんと甘いさざ波が体中に押し寄せる。

未知の感覚に呆然としていると、すうっと彼は目を細めた。

「……たまらないな」

突然、私の両足がふわりと宙に浮く。

龍我の逞《たくま》しい腕に抱き上げられたのだ。長いネグリジェの裾が、ばさりと舞う。

「きゃ……！」

慌ててしがみついた龍我の肩は硬くて、強固な筋肉に覆われていることが指先から伝わる。

ウォークインクローゼットを出た龍我は私を抱き上げたまま、ベッドへ向かった。

すとん、と尻から下ろされ、肩を抱いた腕が労《いたわ》るような仕草でベッドに寝かせてくれる。

けれどその直後、覆い被さってきた龍我にきつく抱き竦《すく》められてしまう。

強靭《きょうじん》な男の体に力強く抱かれて身動きを取ることができず、手足をばたつかせた。

「あっ……何するの、はなし……」

衣擦《きぬず》れの音がやたらと大きく響く。

困惑する私の鼓膜に、甘い呼気が吹き込まれた。

「セックスしよう」

龍我の熱い唇に耳朶《じだ》をなぞられ、ぞくりとした快感が湧き上がる。

「そ、そんな……だめ。私たち、義兄妹《きょうだい》なのに……」

「義理の兄妹なんだから、血はつながってないよ。俺は悠愛しか愛せない。ほかの女じゃ駄目なんだ。ずっと悠愛と、セックスしたかった」

渇望するように告白した薄い唇は、首筋を辿《たど》りながら這い下りていく。チュッと吸い上げられるたび、柔らかな皮膚は甘い痛みを感じた。

「ん、んっ……」

昨夜は際どいところで終わったけれど、最後まで体を重ねてしまえば、義兄妹の戯《たわむ》れという範疇《ちゅう》を超えてしまう。

陥落してはいけないという理性を総動員させ、私は足掻《あが》いた。龍我の頑強な肩に手をかけて、懸命に押し戻そうとする。

だが微塵《みじん》も動かなかった。

私がどんなに暴れても、捕まえた小鳥がわずかに羽を震わせているだけのように、堅牢な男の腕から逃れることができない。

龍我は喉奥から笑いを漏らす。

「悠愛、暴れても無駄だよ。おまえは俺のものになるんだ。たっぷり舐めて、濡らして、奥まで挿《い》れてやるからな」

龍我には一切のためらいが見られない。彼は義妹の私と一線を越えることに、何の罪悪感も抱いていないのだ。

混乱していると、大きな掌《てのひら》に乳房を覆われた。生々しい感触に息を呑む。隔《へだ》てるものは薄い布だけなので、硬い掌《てのひら》の熱までもが明瞭に伝わってくる。

「あっ……」

「柔らかくて最高の感触だ……。見せてみろ。おまえの、裸の胸を」

両の膨らみをゆるゆると撫で回していた大きな掌《てのひら》が、そっとネグリジェを掻き分けた。布がはだけられ、白い乳房がまろびでる。

紅い頂《いただき》を冠した双丘を目にし、龍我の逞《たくま》しい喉仏が上下した。

「綺麗だ。すごく、そそる」

「や、やだ。そんなにじっくり見ないで」

「見ないわけにはいかないな。今までセックスした三人の男たちは、悠愛の胸を全く見なかったのか？」

ぎくりとした私は無意識に、ぱちぱちと瞬《まばた》きを繰り返す。

そんな私の様子を、龍我は笑みを浮かべて楽しげに眺めていた。

「どうだったかしら……忘れちゃった」

「そうか。さほど印象に残らないセックスだったわけか」

「そ、そうかも。細かいことなんて覚えてないわ」

男性によって、やり方は異なるのだろうか……。具体的な性行為の流れについてまるでわからない私は、適当に話を合わせた。処女だと告白できるきっかけを、またも逃してしまった。

龍我は芽吹いたばかりの新芽のような乳首を、指先で優しく押す。

「んぅ……っ」

すると、淡い快感がじわりと胸の先から滲《にじ》んだ。

「悠愛はくだらない男と付き合ってきたんだな。胸も全然弄《いじ》ったことないみたいじゃないか。まるで、処女だな」

決定的なその言葉に、こくんと唾を呑む。

もう打ち明けるべきだろうかと迷った私は、うろうろと視線をさまよわせた。

懊悩《おうのう》する間にも、龍我の指先は両の乳首を捏《こ》ねて、むにっと軽く押し潰す。柔らかかった頂《いただき》は男の指に愛撫されて、ぴんと勃ち上がった。

龍我は満足げに、自《みずか》らが育てた紅い突起を眺める。

「俺は、無言で突っ込むだけの男じゃない。楽しく喋《しゃべ》りながら抱き合って、お互いに気持ちよくなりたいな。してほしいこととか、逆に嫌なことがあったら何でも教えてほしい」

「そんな、してほしいことなんて、ない……けど……」

体を重ねることはすでに決まっている。

甘やかな声音で誘導され、拒絶することができなかった。無理やり押し倒されたなら、声を荒らげて拒否することができるのに。龍我が優しく導《みちび》いて、合間に私の嘘を交えてくるので、逃げ道を塞《ふさ》がれてしまう。

どうしようと戸惑っていると、露《あら》わにされた胸の頂《いただき》に龍我の唇が吸いついた。

「あっ……あ……」

ちゅうっ……ときつく吸い上げられ、じわりとした甘い痛みが胸から全身へ広がる。そうすると今度は宥《なだ》めるように、舌の広い面で舐め上げられた。

「つんと勃ってきたな。これ、気持ちいい？」

「ん、ん……わからな……」

唇に含んだ乳首を、ジュッと音を立てて吸い上げたかと思えば、優しく舌を絡めて捏《こ》ね回す。淫《いん》猥《わい》な愛撫に鼓動が速くなり、体温が上がっていく。

紅い突起を舐めている間も、龍我は両の掌《てのひら》をゆっくりと動かし、円を描くように乳房を揉みしだいた。

「こっちの乳首も舐めてやるからな」

まるで片方ばかり愛撫するのは不公平であるかのように、まだ濡れていない右の乳首も口腔《こうこう》に含まれる。

温かい口中で熱い舌先にねっとりと舐《ねぶ》られ、濃密な唾液を絡ませられた。

初心《うぶ》な乳首はそれに応《こた》えるかのように硬く張り詰め、唇から甘い吐息がとめどなく零《こぼ》れてくる。

「あぁ……はぁ……あ……」

唾液に濡れてぬらぬら光っている左胸の尖りは、長い指に摘まれて、こりこりと捏《こ》ねられていた。

視覚から卑猥《ひわい》な光景がもたらされて、体が炙《あぶ》られるように熱くなる。

チュ、チュク……チュクッ……チュウ……

官能を揺さぶる淫《みだ》らな水音が室内に響き渡る。龍我の唇と掌《てのひら》は執拗《しつよう》に胸への愛撫を施《ほどこ》し、私の体を芯まで蕩《とろ》けさせた。

硬く凝った乳首を惜しむかのように、唇の合わせでゆるゆると扱《しご》いた龍我は、ようやく解放する。

ちゅくん、と音を立てて外気に晒《さら》された頂《いただき》は唾液を纏《まと》い、光り輝いていた。

胸から這い下りた龍我の掌《てのひら》が、手際よくネグリジェとキャミソールを脱がせていく。

「あ……全部、脱がないとだめなの……?」

ショーツのみの姿を曝《さら》した私は心許《こころもと》なくなり、胸を両手で覆い隠した。

にやりと悪辣《あくらつ》な笑みを湛《たた》えた龍我は、欲を滲《にじ》ませた双眸《そうぼう》を向ける。

「悠愛だけを裸にするわけじゃないよ。俺も全部脱ぐから。それならフェアだろ?」

そう言って龍我は纏《まと》っていたバスローブを潔《いさぎよ》く脱ぎ捨てた。ほどよく筋肉のついたしなやかな肉体は、名匠が手がけた彫像のように美しい。

しかも、龍我は下着を身につけていなかった。彼の中心が目に入りそうになり、慌てた私は視線を逸らす。

そうすると、私も全裸にならなければいけないような空気が漂《ただよ》う。まごついている間に、龍我の手はショーツを引き下ろした。

「あ、待って……」

「セックスするときに全裸になるのは、何も恥ずかしいことじゃないんだよ。俺は悠愛のすべてを見たい。裸の悠愛の全部にキスさせて」

私の体を覆うものがなくなり、すべてが龍我の前に曝《さら》されている。恥ずかしさのあまり、仰臥《ぎょうが》したまま体は硬直した。

身を屈《かが》めて茂みにくちづけた龍我は、足の付け根、腿《もも》、膝頭、脛《すね》へと、優しい接吻《せっぷん》を落としていく。

それが終わると今度は反対の足をキスで辿《たど》り、また足の付け根に到達する。仄《ほの》かな刺激に、思わず甘い吐息が漏れる。

「はぁ……あ、ん……」

龍我は掌《てのひら》で乳房をもてあそびながら、上半身の至るところにくちづけた。臍《へそ》や脇腹、鎖骨から腕の内側まで。

ぽつぽつと残る赤く色づいた痕跡は、まるでマーキングのようだ。

「んん……ふ……」

体中に与えられる甘いキスに、すっかり体から力が抜ける。

それを見計らい、龍我は私の膝裏に手を差し入れると、大きく足を開かせた。

「あっ……!」

秘められたところがすべて、仄《ほの》かな明かりの下に曝《さら》される。

龍我は怖いくらいの真摯《しんし》な眼差しで、じっくりと私の秘部を見つめていた。

昨夜は下肢にジャケットを被せていたし、服は着たままだったから、それほどの羞恥《しゅうち》には見舞われなかった。

けれど、一糸纏《まと》わぬ姿で大きく足を開く恰好《かっこう》はまるで差し出された生贄《いけにえ》のようで、喰われる恐怖に足が震える。

強い眼差しで炙《あぶ》るように眺めた龍我は、感嘆の息を吐く。

「……すごく綺麗だ。比べるのは悪いけど、俺は世界中の女性の中で、悠愛のここが一番好きだな」

好き、と言われて、私の頬が朱に染まる。だけど陰部を褒められても嬉しくないというか、なんだか複雑だ。

いろいろな感情を誤魔化すかのように、文句が口を衝いて出た。

「一番なんて、わからないじゃない。まさか世界中の女性のを見たわけじゃないでしょ？」

「もちろんそういうわけじゃないけどな。一番というのは初めから決まっているものだから、わかるんだよ」

その言葉の意味について考えていると、龍我が頭を伏せる。すぐに、ぬるぬるとした覚えのある感触が秘所から伝わってきた。

昨夜の淫戯が呼び起こされ、ずくりと体の芯が疼《うず》く。

「あ……ぁ……ん……」

丁寧に花襞を舐《ねぶ》られる。ねっとりと舌が襞に這わされるたびに、快感が体中に伝播《でんぱ》した。

大きく開脚しているせいか、どこをどのように愛撫されているのか如実にわかってしまう。

下肢に触れる龍我の髪がくすぐったくて、身を捩《よじ》らせた。

さらに足を閉じようとするけれど、膝裏を抱えた龍我の手は力を込めていないのに振り解けない。

萌芽を唇に含まれ、強い快楽にびくんと膝が跳ね上がった。

「あ、そこ……だめ……」

「ここはね、悠愛がすごく感じるところだ。俺がたくさん舐めてあげると、花の蕾《つぼみ》のように可愛らしく膨らむんだよ」

熱い龍我の呼気を、下肢の皮膚で感じ取る。

彼は包皮に覆われた淫芽を器用に舌先で剥《む》く。温かな口腔《こうこう》に含まれた花芯が淫《みだ》らに捏《こ》ね回され、育て上げられていく。

ぬるぬると舌先で舐《ねぶ》られるたびに、甘い痺《しび》れが花芽から生まれて全身に広がっていった。

「はぁ……あっ……そんなに……んっ、んっ……っ」

押し寄せる荒波のような悦楽に、がくがくと下肢が震える。

腰の奥で凝ったものが濃密な愛撫により、破裂しそうな気配を感じた。クチュクチュと口腔《こうこう》で愛撫されている淫核が、蕩《とろ》けそうなほど熱い。

「いっていいんだよ」

低く呟《つぶや》いた龍我は、いっそう花芽にむしゃぶりつき、淫猥《いんわい》な水音を響かせながら執拗《しつよう》に舐《ねぶ》る。

込み上げてきた壮絶な快感が体を貫《つらぬ》き、私の意識は真っ白に染め上げられた。

「あぁっ――……んっ……ぁ……あぁうぅ……っ」

びくびくと体を震わせながら、きつく背をしならせる。体の芯が引き絞られるような甘い快感が、じわりと広がった。

絶頂に達した私の淫芽を、龍我は今もなお、ねっとりと舐《ねぶ》る。その刺激にもまた軽く達して、さらなる高みに押し上げられてしまう。

はあはあと荒い息を吐き、突っ張っていた四肢の力を抜く。ぐったりとしたまま、全身から滲《にじ》む甘い余韻に浸《ひた》った。

ようやく秘所から唇を離した龍我が顔を上げた。

「いったね。俺の愛撫で」

その台詞《せりふ》はまるで、征服の証《あかし》であるかのように聞こえた。

私は義兄の愛撫で快楽を感じ、極めてしまったのだ。

「私……いっちゃった……」

「いくのはとてもいいことなんだ。どのくらい蜜が出たかな。ちょっと確かめてあげるよ」

そう言い、龍我は再び足の狭間に頭を伏せた。今度は花芽よりも下の位置を、ぬるりと舐められる。

「あっ……！」

ぱくりと開いた花びらを、濡れた舌先がぬるぬると辿《たど》っていく。達した体は甘美な愉悦を覚え、男の舌を甘んじて受け入れる。

淫芯を愛撫されるよりはずっと刺激が柔らかく、むしろ心地よいくらいだ。緩《ゆる》やかな波間に漂《ただよ》うように陶然として、私は身を任せた。

「はぁ……あ……ん、ぁ……」

チュプチュプ……チュ、チュク……

淫靡《いんび》な水音に反応した体が、きゅんと疼《うず》く。

すると、獰猛《どうもう》な舌が蜜口に挿《さ》し入れるように、ぬぐと押しつけられた。

けれど舌先はそれ以上侵入しようとはせず、蜜口の襞を執拗《しつよう》に舐《ねぶ》る。たっぷりと濡らされた壺口からは塗り込められた唾液が溢《あふ》れて、つうと尻に滴《したた》った。

「んん……」

なんだか舐められているところが疼《うず》いて仕方ない。それに奥のほうも、じんとした重い感覚がある。

腰を揺らして凝った熱を散らそうとしたけれど、肉厚の舌がいっそう押し当てられただけだった。

濃厚な愛撫を与えていた龍我は、ふいに顔を上げた。

「すごいな。入り口が物欲しそうに、舌を咥《くわ》えようとして締まるよ。そろそろ、いいかな」

「え……？」

体を起こした龍我の雄々しい中心が露《あら》わになる。

隆々《りゅうりゅう》と天を衝いている雄芯が目に入り、あまりの大きさに瞠目《どうもく》した。

龍我に腰を抱え上げられ、逞《たくま》しい腿《もも》を両足で跨《また》ぐ恰好《かっこう》になった。反り返る剛直が、濡れた蜜口に押し当てられる。

その熱い先端の感触に、びくりと肩を跳ねさせた。

龍我は戸惑う私の表情を見下ろしながら、低い声音を響かせる。

「挿《い》れるよ」

「え……」

彼は猛々《たけだけ》しい雄の表情で宣言した。

本当に最後までセックスするつもりなのだ。

寸前でやめる戯《たわむ》れではなく、彼の雄芯を私のお腹に挿《い》れるということ。

「そ、そんな……だめ……」

理性が警鐘を鳴らすけれど、疼《うず》く体はまるで貫《つらぬ》かれることを望むかのように、蜜口からじわりと愛液を滲《にじ》ませた。淫《みだ》らな液体が、接吻《せっぷん》している硬い先端を濡らす。

ぐっと腰を押し進められる。ぐちゅりと濡れた音が響き、驚いた私は体を捻《ひね》らせた。

けれど、しっかり腰を抱え込まれているので身動きがとれない。

太い雁首は今にも蜜口の奥へ入り込もうとしている。

必死で腰を揺らし、避けようとするが、いっそう蜜口に先端を擦《こす》りつけることになってしまう。

「んんっ……あんん……」

ぬるぬると押し当てられた熱い切っ先が、次第に壺口を綻《ほころ》ばせる。

そのさまを悪魔めいた笑みを浮かべて見下ろしていた龍我は、強者の傲岸《ごうがん》さをもって告げた。

「俺とセックスしたら、ポイントが達成できるな」

はっとして、私はポイントカードの存在を思い出した。

あと、一ポイント。

けれど達成するためには、龍我に処女を捧げなければならないのだ。

龍我は私が男性経験の多いベテランの女だと思っている。だからポイントと交換で一度寝るくらい、容易《たやす》いだろうと考えているのかもしれない。

もう誤魔化しきれない。こうなる前に、正直に打ち明けるべきだったのだ。

そう悟った私は涙目で真実を告げた。

「三人と経験したなんて、嘘なの……。私、本当は処女なの。でも恥ずかしくて言えなかった……」

さぞ驚くだろうと思ったが、龍我はその告白を耳にしても平然としていた。それどころか喉奥で笑っている。

「やっと言ってくれたね。実は俺も悠愛が処女なのはわかっていたんだけど、必死に繕《つくろ》おうとしてるから指摘できなかったんだ」

息を呑んだ私は目を見開いた。

処女だという事実を、龍我はすでに把握していたのだ。

「そうだったの……!?　でも、どうしてわかったの？」

「悠愛のことは何でも知ってるからな」

私の態度がぎこちなかった上、話の内容に矛盾もあったのだろう。

必死に嘘をつき通そうとした自分が滑稽《こっけい》で、居たたまれなかった。私は恥ずかしい恰好《かっこう》のまま、唇を引き締める。

そんな私を眺めた龍我は妖艶《ようえん》に微笑み、また腰をぐうっと押し進めた。

グチュッ……と濡れた音を立て、太い先端が蜜口に割り入ろうとする。

「悠愛のそういうところも、可愛くて大好きだよ」

大好きという台詞《せりふ》が空々しく響いた。もはや挿入するための誉め言葉にしか聞こえない。

舌とは異なる圧倒的な質量を感じて、背が戦慄《わなな》く。こんなに大きなものを、お腹の中に入れられるわけがない。

「や、やだ……お願い、許して……」

許しを乞うと、押し当てられていた熱い先端が離れる。

ほっと安堵の息を吐いたけれど、心中とは裏腹に、なぜか蜜口が疼《うず》いてたまらなくなる。

蜜口だけではなかった。龍我に散々舐めしゃぶられた花芽も、濡らされた乳首も疼《うず》いている。

それどころか蜜口の奥にある胎内までが、掻痒感《そうようかん》のようなものに苛《さいな》まれていた。

「う……うぅ……ん……」

悶絶《もんぜつ》した私は淫《みだ》らに腰をくねらせる。まるで離れた雄芯を探すかのように。

「ほらな、中途半端にされると体が辛いだろう？　全部挿入して擦《こす》れば、すっきりするんだ」

また熱い切っ先で、ちゅくりと蜜口をなぞり上げた龍我は蠱惑的《こわくてき》に囁《ささや》く。

彼の言うとおりだ。身を焦《こ》がすこの疼《うず》きは、最後までセックスしなければ収まらないのだ。

体はそれを実感したけれど、心が戸惑いを残し、陥落することを拒む。

「で、でも……」

「ポイントはどうする？　外出したいよな」

「あ……それは……」

くちゅ、と熱い先端が押し当てられる。

幾度《いくど》も舐《ねぶ》られてすっかり綻《ほころ》んでいる蜜口は、包み込むように雄の徴《しるし》を迎え入れた。

「処女、捨てたいだろ？　ほら、入っていく……」

魅惑的な囁《ささや》きとともに、龍我が逞《たくま》しい腰を押し進める。

ぐっと太いものが蜜口を割り、奥の隘路《あいろ》へ呑み込まされる。

「んうっ」

ぷつん、と何かが切れるような衝撃のあと、蜜口が鈍く軋《きし》む。じわりとした疼痛《とうつう》が胎内に広がった。

龍我は自《みずか》らの楔《くさび》を挿《さ》し入れながら、片手で私の下腹をゆるゆると撫で回す。

「体から力を抜くんだ。大きく深呼吸して」

優しく告げる龍我は、精悍《せいかん》な容貌から凄絶《せいぜつ》な色香を漂《ただよ》わせていた。

グチッ……グチュ、クチュ……

あまりの圧迫感に、息もできない。苦しさから逃れるため、言われたとおりに強張《こわば》らせていた四肢から力を抜き、深呼吸を繰り返す。

すると緩《ゆる》んだ体の隙間を縫うように、太くて硬い雄芯が媚肉を掻き分けた。

「あ……あ……あぁ……」

ずくずくと、太い幹がまだ硬い蜜洞を侵《おか》していく。初めて擦《こす》られた肉襞はひどく軋《きし》み、拡《ひろ》げられた蜜口は破瓜《はか》の血を滲《にじ》ませた。

「あうぅ……いたい……」

極太の楔《くさび》が体を貫《つらぬ》く感触はひどく苦しくて、内臓が迫り上がるようだ。

龍我は額《ひたい》に汗を滲《にじ》ませながら、慎重に雄の徴《しるし》を挿《さ》し入れていく。

龍我の腿《もも》に爪を立ててしまったが、その手の甲に大きな掌《てのひら》が重ね合わされる。龍我の手の熱さに一抹《いちまつ》の安堵を覚え、痛みが和《やわ》らぐ気がした。

「大丈夫だ。痛いのは初めだけで、あとからとても気持ちよくなる」

そう言う龍我のほうが切なく眉宇《びう》を寄せている。きっと挿入するほうも辛いのだ。

彼を受け入れなければいけない。

だけど、義兄妹でこんなことをしてはいけない。

そう悩むものの、ずくりずくりと突き入れられる獰猛《どうもう》な剛直にすべての意識を持っていかれた。

やがて雄芯を胎内に収めきった龍我は、ゆっくりと体を倒した。ぎゅっと熱い腕に包まれて、きつく抱きしめられる。

「ああ……とうとう、悠愛の中に入ったよ。最高に気持ちいい……。悠愛の処女は、俺がもらったんだ」

感慨を込めて呟《つぶや》いた龍我の声音が、胸の奥に染み入る。

戯《たわむ》れではない。一時の気まぐれでもない。龍我は、男として私を抱きたいと欲情している。

そのことが義兄に処女を捧げた私の罪悪感を、ほんの少し和《やわ》らげた。

額《ひたい》に落ちかかった前髪を掻き上げられ、顔を覗《のぞ》き込まれる。龍我の双眸《そうぼう》は愛しげに細められていた。頬を撫でてくれる大きな掌《てのひら》の熱さが心地よい。

「どう？　かなり痛いか？」

「ん……さっきより、痛くないみたい……」

挿入されているときは引きつれるような疼痛《とうつう》が走ったが、身に収めてしまうとそれは緩和されていた。

それどころか、身を責め苛《さいな》むはずの痛みが、じわりと甘い快感を滲《にじ》ませている。

「じゃあ、少しずつなら動いてもいいかな」

腕を立てた龍我が腰を引き抜く。蜜洞の襞を擦《こす》りながら、ずるりと雄芯が引き出された。

媚肉を愛撫される感触に、鼻にかかった甘い声を漏らしてしまう。

「あっ……あんん……」

雄の楔《くさび》が内壁を擦《こす》る感覚に、まだ花開いたばかりの肉体は翻弄《ほんろう》される。

蜜口に引っかかった先端がクチュクチュと襞を舐《ねぶ》ると、それからまた、ズン……ッと最奥まで突き入れられた。

まっすぐに灼熱《しゃくねつ》の棒で貫《つらぬ》かれる快感は凄絶《せいぜつ》で、腰骨が軋《きし》むほどの愉悦をもたらす。

「ひあぁっ……あぅ……」

弓なりに背を反らし、震える腰はもっとというように男の腰に押しつけられる。

龍我はゆっくりと腰を使い、猛《たけ》った剛直で媚肉を擦《こす》り上げた。熾火《おきび》で炙《あぶ》るように、ねっとりと執《しつ》拗《よう》に、屹立《きつりつ》が出し挿《い》れされる。

グチュッ……グチュ……ズッズッ……ズチュ……グチュチュ……

「ふ……あ……あぁ……あんん……」

やがてたっぷりと入り口から奥まで舐《ねぶ》られた蜜襞は、濃密な愛液を滴《したた》らせた。

「すごく濡れてきたよ。悠愛が、俺のもので感じている証《あかし》だ。初めてなのにこんなに濡れるなんて、すごいな。俺とのセックス、気持ちいい？」

「あ、あぁ……わからな……」

気持ちいいかどうかなんて、わからない。ただ淫《みだ》らな抽挿と男の熱を受け止めるだけで精一杯だった。

龍我は息を弾ませ、ぐいと腰を回し、濡れた花筒を掻き混ぜる。

そうされると、たまらない愉悦が迸《ほとばし》り、艶《つや》めいた嬌声《きょうせい》が口を衝く。

「あうぅ……っ、あん、だめ、それ……ひあ……ぁ……」

「こうすると、感じるだろ？」

何度も快楽を送り込む龍我に聞かれ、わけもわからずがくがくと首肯する。

ふたりの結合部からは、グチュグチュと卑猥《ひわい》な音が生まれた。私たち義兄妹が淫《みだ》らな行為をしているという、罪の音色が奏でられている。

その背徳感に私は体を強張《こわば》らせ、楔《くさび》を咥《くわ》え込んだ蜜洞をさらにきつく締めてしまった。

舌なめずりをした龍我は私の腰を抱え直す。奥まで雄芯を突き込み、ずっぷりと隘路《あいろ》に収められた。

「俺に抱かれて、いってほしいな。――じゃあ、いかせるよ」

「あ、そんな……あぁ……あっ……」

リズミカルに刻まれる律動に合わせて、私の体も淫《みだ》らに揺れる。

ズッチュズッチュ、ズチュ、ズッチュ……

ひと突きされるたびに生まれる甘い痺《しび》れは、爪先《つまさき》から舌先まで浸透する。

龍我の太い雄芯を挿《さ》し入れられ、媚肉を舐《ねぶ》られるたびに、気の遠くなるような快感が脳天を貫《つらぬ》くのだ。

ゆさゆさと揺れる乳房をふいに揉まれ、紅く凝った乳首をきゅうっと摘ままれた。

「あぁん……あっあっ……ふあぁ……」

腰の奥に凝った熱の塊《かたまり》が出口を求めて体中を駆け巡る。ぎゅうっと花筒が引き絞られて、熱杭を食い締めた。

龍我は微笑みながらも苦しげに眉を寄せる。

甘い愉悦の波に溺れて、天地がわからなくなる。激しい抽挿を受け止めながら嬌声《きょうせい》を零《こぼ》し、逞《たくま》しい腿《もも》に縋《すが》りつく。

「あふぅ、あん、あっあっ、やぁ、いく……あぁん、いくぅ……」

「いいよ。そのまま、いくんだ」

律動を送り込む龍我の息遣いが獣《けもの》のように荒くなる。

滾《たぎ》る劣情をぶつけられ、壮絶な愉悦が背筋を駆け抜けていく。やがて膨れ上がった熱の塊《かたまり》が体の奥深くで弾け飛んだ。

「あっ……あ、ぁ……あっ、はぁぁ……あぁ――……っ」

純白の世界に飛翔しながら、咥《くわ》えた楔《くさび》をぎゅうっと締めつける。

すると熱杭はさらなる頂点へ突き上げるかのように、ぐっと最奥を抉《えぐ》った。その刺激に攫《さら》われて、瞼《まぶた》の裏にちかちかと星が散る。

「あ……ぁ……ふぁ……」

「いったね。俺も、いってもいいかな」

ずるりと楔《くさび》が引き抜かれた。

下腹に熱い飛沫《ひまつ》が吹きかけられる。とろりとしたそれを目にした私は、なぜか寂しさを覚えた。

唐突に空虚になった蜜壺は、物欲しげにひくついている。

呆然としていると、龍我は素早くティッシュを取り、私の下腹にかけた白濁を拭《ぬぐ》った。後始末を済ませると、すぐに私の体を熱い腕で包み込む。

「最高だったよ。悠愛の喘《あえ》ぎ声、可愛かったな。まるで小鳥のさえずりみたいだった」

抱き合ったふたりの体が、寝乱れたシーツに沈む。龍我は器用に片手で布団を引き上げた。達した余韻に震えていた私の体は、しっかりと龍我の熱い腕に抱きとめられている。その温《ぬく》もりに安堵して、次第に落ち着きを取り戻していく。

けれど心は軋《きし》んだままで、胸中に別の不安がじわりと湧き上がっていた。

それは体の関係を結ぶときに気にするべきことだったのだけれど、いざとなるとどのようにすればよいのか、まるで見当がつかなかった。

「あの……龍我くん」

「そろそろ呼び捨てでいいよ。俺たちはもう、セックスしたんだから」

おずおずと上目で見る私の瞼《まぶた》に、龍我はそっと唇を寄せた。彼の大きな掌《てのひら》は、愛しげに私の黒髪を撫でている。

これまでの経験から、龍我と呼び捨てにしないと話を聞いてくれなさそうだ。

「じゃあ、龍我……ちょっと、気になることがあるんだけど……」

「何かな？」

「妊娠したら、どうしよう。大丈夫かな……？」

ひとつ瞬《まばた》きをした龍我は、不安に陰る私の顔を見つめる。

龍我は避妊具を使用していなかった。

知識があったにもかかわらず、すべてが終わってから妊娠の心配が頭を掠《かす》めるなんて、私はなんて迂闊《うかつ》だったんだろう。

望まない妊娠による男女のトラブルはよく耳にする。とはいえ、コンドームによる避妊が必ず成功するというわけでもないらしいので、どうするのが正解なのかよくわからない。

龍我は柔らかな笑みを浮かべると、穏やかな口調で告げる。

「悠愛が不安になるといけないから一応外で出したけど、排卵日はとうに終わってる。残念ながら中で出しても今日は妊娠しないよ」

「……えっ？　私の排卵日を知ってるの？」

排卵日は妊娠を避けるため、もしくは妊娠を望むのならチェックすべき日だ。月経のスケジュールから排卵日を割り出すことができるという。

これまで妊娠というものに無縁だった私は排卵日なんて意識したことがなく、前回の月経がいつだったのかすらおぼろげだ。

月経のない男性なら、排卵日という単語すら知らない人も多いのではないだろうか。

驚く私を愛しげに見つめながら、龍我はさらりと言い放った。

「そりゃあ、計算すればわかるよ。悠愛は三十日周期だろ。明後日には生理がくるな」

「ど、どうして知ってるの……？」

「そんなこと当然だろ。一緒に暮らしてるんだから。悠愛の体のことは俺がすべて管理するから、何も心配しなくていい」

月経のスケジュールまで把握されていると知り、呆然とするしかない。

義兄が義妹の排卵日まで管理するのは、異常ではないだろうか。それほど妊娠を避けたいということなのか、それとも……

戸惑う私の様子をどう取ったのか、龍我は片眉を上げつつ言葉を継いだ。

「そんなに妊娠するのが心配か？」

「えっと、そうじゃなくて……それもあるけど……」

「俺は悠愛を直接感じたいんだ。もし妊娠しても、堕ろさせないから」

「……え、だって、私たち……」

結婚できるわけじゃないのに。

『残念ながら妊娠しない』『堕ろさせない』など、龍我がまるで妊娠を望んでいるように聞こえるのは気のせいだろうか。

何かがおかしいと思うけれど、混乱している頭ではこれ以上考えられない。そのうち、事後の気《け》怠《だる》さのせいか、瞼《まぶた》が重くなってきた。

「悠愛は、子ども好きだよな。結婚願望もあるもんな」

「うん……。いつかは、って思ってるけど……」

「そうだろ。でも、そのためには相手が必要だ。世の中にはいい加減な男が溢《あふ》れている。妊娠させて中絶させるような男に、俺の大切な義妹《いもうと》を任せるわけにはいかない。誰にも、悠愛を預けるわけにはいかないんだ……」

淡々と紡がれる龍我の言葉が、寝物語のように鼓膜を撫でる。うとうとしながら聞いていたので、この話の結論が何なのかは私にはわからない。

龍我の熱い腕に抱き込まれて、完全に搦《から》め捕《と》られた私は意識を手放した。

「おまえを抱くのは俺だけだ。もう離さないからな……」

最後に囁《ささや》きかけられたその台詞《せりふ》は、私の頭の片隅から零《こぼ》れ落ちた。


眠りの淵《ふち》から浮上する意識を、熱い腕が優しく掬《すく》い上げる。極上の心地よさの中で微睡《まどろ》んでいた私は、ゆっくりと瞼《まぶた》を押し上げた。

すると眼前に精悍《せいかん》な龍我の寝顔があり、どきりと鼓動が跳ねる。

慌てて起き上がろうとしたけれど、強靭《きょうじん》な腕に抱き留められているので逃れられず、無様にもがくしかできなかった。

長い睫毛《まつげ》が震え、目を開けた龍我は柔らかい笑みを浮かべた。

「……おはよう、悠愛」

掠《かす》れた声に甘い響きが滲《にじ》んでいる。

朝から尋常でない色香を感じた私の胸は、どきどきと高鳴ってしまう。

「おはよう……龍我」

抱かれたあとの翌朝は、どんな顔をすればいいのだろう。

しかも、初めての相手が義兄だなんて。

私はカーテンの隙間から零《こぼ》れる朝陽を避けるように、枕に顔を埋《うず》めた。

どうして龍我は、あんなことをしたのか。

昨夜のやり取りを思い返せば理由は明白だ。

彼は処女である私を征服して、性欲を解消したかったのだ。そして私はポイントのために、龍我に処女を捧げた。

ほかにも外出する方法はあったように思うけれど、あのときはそうするしかなかった。龍我に誘導された結果とも言える。

けれど、彼のせいと言うつもりはない。

私は龍我に抱かれて快楽を感じた。本当に嫌なら、ポイントや外出のことなど投げ打ってでも拒絶しただろう。

龍我に……そうされたかった……？

私の心の奥底に、義兄への情欲や恋心があったのだろうか。

確かに龍我は私の大切な家族だ。もちろん好意は持っているけれど、それは義兄として慕っているという枠の中での感情に過ぎない。

けれど抱かれたあとはもう、そう言い切れない自分がいる。

昨夜、龍我は無理やり私を押さえつけたわけではなかった。初めての私の様子を慮《おもんぱか》りながら、優しく愛撫して挿入した。

このまま彼に甘えたいという想いと、そんなことをしてはいけないという理性が胸の裡《うち》でせめぎあう。

好きなんかじゃない……好きになってはいけない……

そのとき、寝ぼけたようなのんびりとした声が降ってきた。

「ゆーあ。顔見せて」

「……ん」

そろそろと枕から顔をずらして、すぐ傍にいる龍我に目を向ける。

彼は手枕をして、笑みを浮かべながら悠々と私を見下ろしている。

「昨夜の悠愛は最高に色っぽかった。あんあん啼《な》いて感じてくれたのに、朝になれば黙り込んで枕とキスか。ひどい仕打ちだな」

かぁっと頬が火照《ほて》り、あけすけに述べる龍我を潤《うる》んだ目で睨《にら》む。

軽い口調には懊悩《おうのう》の欠片《かけら》も感じられない。私はこんなに悩んでいるのに。

「……あんあんなんて、言ってないもの」

「おっと。俺のお姫様はご機嫌斜めだな。体は痛むか？」

私の体を気遣ってくれる龍我に、首を横に振って答える。

体よりも、心のほうが鈍く痛む。私たちは義兄妹なのに体を重ねてしまったのだから。

一夜が明けて、その背徳感が澱《おり》のように胸の底に溜まっていた。

「じゃあ、おはようのキスをしよう」

当然のように唇を寄せてくる龍我には危機感が一切ない。

唇が触れ合う寸前、私は胸に抱えていた不安をぽつりと吐露する。

「龍我……私たち、義兄妹《きょうだい》なのにどうしよう……。こんなこと、許されるわけないよね……」

一瞬動きを止めた龍我だが性懲《しょうこ》りもなく、ちゅっと唇を軽く触れ合わせる。

それから私の背を抱いて身を起こし、真摯《しんし》な双眸《そうぼう》で間近から顔を覗《のぞ》き込んできた。

「俺たちは、秘密の恋人だ」

言い聞かせるように告げられ、はっとして顔を上げる。

零《こぼ》れた朝陽が、龍我の精悍《せいかん》な面立《おもだ》ちに濃い陰影を刻んでいた。光が眩《まばゆ》いほど、その裏では闇が蠢《うごめ》く。

龍我は支配者のような傲岸《ごうがん》さで言葉を継いだ。

「セックスしたことは、ふたりだけの秘密として守るんだ。俺が一切の責任を負う。決して悪いようにはしないから、俺を信じろ。いいな？」

そう命じられれば、頷くしかなかった。

思えば誰に許されるというのだろう。この罪は龍我とふたりきりで抱えていくしかないのに。

秘密の恋人――この関係の行き着く先には、破滅しかないように思える。

しかも秘密の恋人ということは、一晩のみの過《あやま》ちではなく、継続的な間柄であると龍我は示唆《しさ》しているのだろうか。

あんなふうに情熱的に抱かれる夜が、これからも続いてしまう……？

そう思うと戸惑いが胸を占める。ポイントカードと秘密の恋人という関係に縛られた私が、どうやって義兄の束縛から逃れられるのか。こうして私は、じわりじわりと龍我の手管《てくだ》に搦《から》め捕《と》られていく。

物思いに沈んでいた私の鼻先に、ちゅっとキスが降ってくる。不意打ちのくちづけにびっくりしてしまった。

「ひゃっ」

「言っておくけど、俺と秘密の関係だからって、表では男を漁《あさ》ってもいいなんて許可していないからな。おまえは俺だけの女だ。それを忘れるなよ」

「……私がほかの男の人となんて、あるわけないいじゃない」

そのような相手はどこにもいない。外出すら龍我に管理されているのに、どこでほかの男性に出会えるというのだろう。

それなのに龍我は疑心を含んだ声音で言う。

「どうかな。とりあえず、徴《しるし》をつけておくか」

徴《しるし》とは何のことだろう。

私が首を傾げると、淫靡《いんび》な笑みを浮かべた龍我は私の両膝をぐいと割り開いた。

「あっ……！」

均衡《きんこう》を崩して倒れた背が、シーツに受け止められる。高く掲げられた両足の間に、龍我の眼差しが注がれていた。そこは昨夜、彼の雄芯を呑み込んだところだ。

「血が滲《にじ》んでるな。俺が食い破った、処女の血だ」

嬉しそうに指摘されて、かぁっと頬が赤く染まる。

「も、もう処女じゃないもの」

「そうだな。二回目からは血も出ないし、痛くないはずだ」

二回目という不穏な台詞《せりふ》を告げ、龍我は頭を下げた。

彼はためらいもなく舌を差し出し、蜜口にこびりついた血を舐め取っている。

まさか破瓜《はか》の血を舐めるとは思っていなかったので、私は驚嘆した。

「えっ!? な、何するの、汚いわ！」

「汚いか、汚くないかは俺が決める。ほら、体から力を抜くんだ」

そう言われてしまい、私はぴちゃぴちゃと下肢から鳴り響く水音を、羞恥《しゅうち》に塗《まみ》れながら聞くしかない。

やがてすっかり残滓《ざんし》を舐め尽くした龍我は、蜜口に舌を挿入する。

ぬぐ、と温かな感触を伴うものが、蜜洞の入り口を探っている。そこは昨夜、何度も雄々しいものを出し挿《い》れしたところだ。

「あぁ……いやぁ……」

「感じるだろ？ きゅっと締まってる。吸い込まれそうだ」

分厚くて血に濡れた舌が、丹念に蜜口の襞を舐《ねぶ》る。そして、楔《くさび》を抽挿するのと同じ動きで出し挿《い》れされた。

そんなふうに愛撫されると、収まっていたはずの甘い痺《しび》れが再び湧き起こり、また腰の奥に熱い塊《かたまり》が生まれてしまう。私はもどかしげにシーツを掻いた。

「ん……んぅ……くぅ……」

「濡れてきたな。舌だけじゃ物足りないだろうから、太いもので擦《こす》ってあげるよ」

え、と思ったときには、龍我は私の腰を抱え上げていた。

昨夜と同じ体勢になり、昂《たか》ぶった雄芯を濡れた蜜口に宛がう。

ぐっと腰を押し進められ、綻《ほころ》んだ壺口は硬い切っ先を容易《たやす》く呑み込んだ。

ズチュンッ……と一息に根元まで突き入れられ、鋭い快感に貫《つらぬ》かれる。

「ひぁっ……あぁん……あぅんん……」

濡れていた花筒を硬い熱杭で満たされる。すると肉襞は歓喜するかのように、やわやわと雄芯を包み込んだ。きゅう……と蜜洞が締まり、体が挿入された男根の逞《たくま》しさを覚える。

挿入されるのはまだ二度目なのに、いつものことのように淫《みだ》らな蜜壺はずっぷりと咥《くわ》え込む。

龍我は満足そうな息を吐き出した。

「ああ……すごいな。悠愛の体が濡れるのは俺を求めているからだよ。いつでもこうしてセックスしような」

ズッチュズッチュと淫《みだ》らな水音を奏でながら、巧みな腰使いで抽挿される。

たちまち快楽の渦に呑まれ、全身が甘い痺《しび》れに浸《ひた》る。

「あっ、あっ……いつ、でも……？」

「そう。俺と悠愛は秘密の恋人になったんだ。来週はクリスマスだろう？　恋人らしく、デートしよう。お洒落《しゃれ》してレストランで食事して、ホテルに泊まってセックスする。悠愛も外出したいって言ってたから、ちょうどいいな」

暦《こよみ》の上では、もうすぐクリスマスを迎えようとしている。マンションから出ていないので世間の空気を肌で感じることはなかったけれど、確かに窓から見える街の灯《あか》りは華やいでいた。

先の予定を述べられ、私はこの関係が一度きりでないのだと、今さらながら思い知らされる。

今後も義兄に抱かれ続けるのだ。満足するまで、彼の操《あやつ》り人形として踊らなければならない。

だけど、自分が自由の身になるためにはこの状況を受け入れるしかないのだ。

ゆさゆさと力強い律動に揺さぶられながら、かろうじて言葉を紡いだ。

「あぁ、あぁん……外出でき……るの？」

「そうだよ。悠愛はがんばったから、ポイントカードが満点になったんだ。これからは好きなところに行ける。ただし、俺の許可を得たらな」

自《みずか》らの願いは叶ったものの、条件付きだった。龍我は支配者のごとく、甘い罠で私を縛り続ける。

「そんなの……あっ、あっ」

ぐりっと抉《えぐ》るように腰を動かされ、奥の感じるところを刺激される。反論は巧みな抽挿で封じられた。

龍我はねっとりと腰を回し、猛《たけ》った熱杭でずぶ濡れの蜜洞を掻き混ぜる。

喉が仰《の》け反《ぞ》り、踵《かかと》が跳ね上がる。

もっとというように突き出された腰は肉棒を扱《しご》くかのように、小刻みに揺れた。

「初めてのデートだから楽しみだな。最高のクリスマスにしよう」

爽《さわ》やかに発言した龍我はその口とは裏腹に、淫猥《いんわい》に腰を動かす。硬い先端で濡れた媚肉を執拗《しつよう》に舐め上げた。

「あぁあ……あっ、あぅ……だめぇ……いっちゃう……」

ずくずくと蜜洞を容赦なく穿《うが》たれて、熱が内包された塊《かたまり》が今にも弾けてしまいそうになる。

すると龍我は私の体に覆い被さり、激しく腰を突き入れてきた。

「いいぞ。俺に抱かれて、いくんだ」

ズンッ……と硬い先端で最奥を擦《こす》り上げられる。

瞼《まぶた》の裏に火花が舞い散った。それに呼応して、腰の奥に凝っていた熱の塊《かたまり》が弾け飛ぶ。

「ひぁっ……あぁあぁ――……っ、あぁっ、あぅ、あん……ん、ぁ……っ」

快楽の檻《おり》に囚われた私は、がくがくと全身を震わせ、絶頂の恍惚《こうこつ》に長く浸《ひた》る。

やがて深く息を吐いた龍我に頬を合わせられ、遠い世界から引き戻された。

「最高の締めつけだ。じゃあ、もう一回達してみようか」

「えっ……そんな……もうだめ……」

「まだまだ。オーガズムを感じるほど綺麗になれるんだよ。もっとたくさん感じるといい」

龍我は余裕の表情で、腰をゆるく回す。

ぐちゅぐちゅと卑猥《ひわい》な音色を奏でながら、私は愛欲に溺れていった。


暮れなずむ街は煌《きら》めくイルミネーションに溢《あふ》れている。賑やかな大通りのどこからかクリスマスソングが流れてきて、待ち合わせ場所へ駆ける私の耳に届いた。

今日は、クリスマスイヴ——

純白のコートの裾を翻《ひるがえ》した私は、大きなクリスマスツリーの前に辿《たど》り着く。ショッピングセンターの傍にあるここが待ち合わせ場所だ。

ショートブーツのくるぶしについたリボンを巡らせて、周囲を眺める。まだ龍我は来ていないらしい。

道行く恋人たちは仲睦《なかむつ》まじく腕を組みながら、笑顔で通り過ぎていく。

クリスマスイヴの夜は、街の至るところに幸せがちりばめられていた。

腕時計を確認すると、待ち合わせの時間まで二十分もある。早々に髪を巻いて化粧したため、予定より早くマンションを出てしまったのだ。

ポイントカードをすべて貯めた私は、龍我の提案どおり、クリスマスに一緒に出かける約束をした。

初めての、デート。しかもクリスマスイヴにだなんて、本当の恋人みたいで何だか気恥ずかしい。

私が着ている服や靴はすべて、龍我に買い揃えてもらったものだ。

白いコートは汚れが目立つと思い、自分で購入したことはないので新鮮だった。コートの下に着ているワンピースは繊細なレースに彩《いろど》られた純白で、龍我が手がけているブランドの品である。

若干の緊張を滲《にじ》ませつつ通りを眺めて、龍我がやって来るのを待つ。

今日は仕事が忙しく迎えに行く暇がないとのことで、外で待ち合わせようと言われた。そんな状況は初めてのことだった。

何度もスマホを取り出しては、連絡が来ていないかチェックしてしまう。

「まだ待ち合わせの時間には早いものね……。六時を回ったら、電話してみようかな」

もし仕事で遅くなるなら、こちらが電話する前にきっと連絡をくれるはず。

私は沈黙しているスマホの液晶画面をじっと見つめた。

「お待たせ」

はっとして顔を上げると、そこには見知らぬ男の人が笑顔で立っていた。

思わず後ろを振り返るが、近くには誰もいない。彼は私に声をかけたようだ。

「あの、人違いです」

きっと自分の恋人と見間違えてしまったのだろう。

ところが男性は、にやついた顔で私を覗《のぞ》き込んできた。

「彼氏にフラれちゃったの？　クリスマスなのに寂しいね。俺といいところに行こう」

どういう理屈なのか咄嗟《とっさ》に理解できず、目を瞬《しばた》かせる。

どうやらこれは、ナンパらしい。こんな経験がないので戸惑ってしまう。

私は内心で怯《おび》えながらもはっきりと言う。

「けっこうです。もうすぐ迎えが来ますから」

「でもさ、さっきからあんたずっとここで待ってるよね。クリスマスに恋人からすっぽかされるとか、よくあるんだよ」

彼は離れたところから私を観察していたのだろうか。そのことに、ぞっと怖気《おぞけ》立《だ》つ。

龍我が私との約束をすっぽかすなんてあるわけないと、わかってはいるけれど……

急に不安になって下を向いていると、彼は突然、私の腕を掴《つか》んで引いた。

強い力で引っ張られたので、たたらを踏んでしまう。

「きゃ……！」

どこかに連れていかれてしまう。

恐怖心が迫り上がったそのとき、腕を掴《つか》んでいた男の手がふいに離れた。

「痛《いて》ぇっ」

「触るな。俺の恋人だ」

低い声音が響き、驚いて振《ふ》り仰《あお》ぐ。

男の手首を捻《ひね》り上げているのは、龍我だった。

「失せろ」

手首を解放された男は、睨《にら》みつける龍我の視線を避けるように背を向けて、雑踏の中を走り去った。

私に向き直った龍我は顔を覗《のぞ》き込むと、安堵の表情を浮かべる。

「遅れてごめん。怖かっただろ」

「ううん。私が早く来すぎただけだから。……助けてくれて、ありがとう」

『俺の恋人』と言われて、どきりとしてしまった。

龍我がそのように称したのは言葉のあやだろう。男に絡まれていた私を目にして咄嗟《とっさ》に助けようとした拍子に、口を衝いて出たのだ。

両腕を回した龍我は、純白のコートごと私の体を、ぎゅっと抱き込む。

頼もしい腕の中に包まれて当惑する私に、龍我は笑みを向ける。

「今夜は素敵なクリスマスを過ごそう。まだディナーの予約時間には早いから、まずはプレゼントを選びに行こうか」

「え……クリスマスのプレゼント？」

「そうだよ。いろいろ計画してるから、今夜は俺に任せて、悠愛はエスコートされていればいい」

龍我は私の体を抱きしめていた腕を解くと、すっと恭《うやうや》しい仕草で掌《てのひら》を差し出す。

「お手をどうぞ、お姫様」

大仰な言動に微苦笑が零《こぼ》れる。

「……大げさなんだから」

彼はこの日のためにいろいろと準備してくれたらしい。本物の恋人のように振る舞うのはどうかと思うけれど、水を差すのも悪いので、龍我の気持ちを尊重しようと思う。

私は彼の掌《てのひら》に、自《みずか》らの手を重ね合わせた。

熱くて硬い掌《てのひら》の感触は、私の心までをも包み込む。

「悠愛はいつでも俺のお姫様だよ。俺は姫の騎士《ナイト》。そうだろう？」

往来で堂々と告げられ、頬が朱に染まる。

そんなふうにたとえられるのは恥ずかしいけれど、『お姫様』と呼ばれることに小さい頃は憧れていたので、夢が叶ったような気持ちになる。

私は曖昧《あいまい》に頷き、手をつないだまま聖夜に彩《いろど》られた街を歩く。私を気遣ってか、龍我は私の歩幅に合わせて、ゆっくりと石畳の路を進む。

やがて、一軒の宝飾店に辿《たど》り着いた。

この通りには有名ブランドのショップが軒《のき》を連《つら》ねており、煌《きら》びやかな商品が各店舗のショーウィンドゥに展示されている。

黒服のドアマンが開けてくれた宝飾店の店内は、カップルで混雑していた。

クリスマスイヴなので、ふたりで店舗を訪れてプレゼントを決めようという人が多いのだろう。明るい店内に設置されたショーケースには、美しい輝きを放つ宝飾品が整然と並べられている。

すぐさま店の奥から駆けつけてきたマネージャーらしき男性が、私たちに慇懃《いんぎん》な礼をした。

「お待ちしておりました、池上社長。ご用意はできております」

「忙しい日なのに悪いね」

「とんでもございません。さあ、どうぞこちらへ」

どうやらここは龍我が懇意にしている店舗のようだ。事前に来店を伝えていたらしい。

男性に案内されて、店舗の奥にある階段から二階へ上がる。

室内へ入ると、そこには階下の喧噪《けんそう》とはかけ離れた落ち着きのある空間が広がっていた。

グレーを基調としたソファは品が良く、アンティーク調のテーブルやチェストは趣《おもむき》がある。

龍我は私の背後からコートの襟《えり》に手を回し、そつのない所作で脱がせてくれた。

「ありがとう」

「礼はいいんだよ。今夜の俺は、悠愛を守る騎士《ナイト》──つまり下僕なんだから、すげなく扱ってもいい。それがお姫様の特権だ」

「もう。冗談ばっかり」

姫と騎士《ナイト》という役割は、龍我が考えた今夜限りの設定なのだ。

私たちは本物の恋人ではないのだから、そういった役割を演じようということなのだと私は察した。

そんなふうに考えていると、自分のコートを脱いだ龍我は、私のものとまとめて控えていたスタッフに手渡した。

そして、また恭《うやうや》しく手を取られてソファに導《みちび》かれる。

「さあ、悠愛。好きなものを選んでくれ。それがクリスマスプレゼントだ」

ソファに腰を下ろすと、龍我は隣に寄り添うように腰かけた。彼は、握った私の手を離そうとしない。

重厚なテーブルには様々な宝飾品が飾られたケースが置かれていた。

プラチナのリングに輝く大粒のダイヤモンド。流線を描いた黄金のブローチには大きなルビーが鎮座している。馬蹄《ばてい》のペンダントヘッドは、目も眩《くら》むような小粒のダイヤで埋め尽くされていた。どれもが高価な宝石を使用した一級品だとわかる。きっと、とてつもない価格に違いない。

龍我は空いたほうの手で、ひょいと手近にあった指輪を摘まんだ。

指輪の爪に飾られた大粒のダイヤモンドが、きらりと光り輝く。まるで婚約指輪のようだ。

「これなんか、いいんじゃないか」

私の左手の薬指に、すいとダイヤの指輪が嵌《は》められた。サイズはぴったりだ。

龍我は指輪を嵌《は》めた私の手を掲げて、嬉しそうに眺めている。

「悠愛は肌が白いから、ダイヤが映えるな」

傍《かたわ》らに付き添っていたマネージャーも「お似合いでございます」と、龍我の意見に賛同した。

私の手から視線を外さない龍我は、さらりと告げる。

「じゃあ、これ頂戴」

「ちょっ……ちょっと待って、龍我！」

慌てて止めた私に、龍我は不思議そうな顔を向けた。

貴石は私の小指の爪くらいはある。素人《しろうと》の私にも、この指輪が家が買えるほど高額なのはわかる。

いくらクリスマスプレゼントでも、こんなにも高価なものは受け取れない。

私は冷や汗を掻きながら、そっと龍我に耳打ちした。

「ねえ……この指輪、すごく高いんじゃない？」

「高いって、値段が？　それともデザインが？　まあ、爪の位置は高いかなと思うけど」

そう答える龍我を見て、値段について頓着《とんちゃく》していないことに驚かされる。

彼にとっては指輪の価格よりもデザインのほうが気になるらしい。

「もちろん、値段のほう。こんなに高価なものを買ってもらうわけにいかないわ」

「遠慮するな。この指輪は悠愛にとても似合っているよ。クリスマスプレゼントに相応《ふさわ》しいだろう？」

そう言って龍我は、にこやかな笑みを浮かべているマネージャーを振り返った。

「高いといっても、まさか億はしないよね。億となると、少々無理しないといけなくなるかな」

「お求めやすい価格になっております」

マネージャーはそう述べたあと、龍我だけに見えるように電卓を斜めにして金額を提示した。お求めやすい価格とは、億はしないけれどそれに準ずる値段であるという意味だ。

「それなら――」

「あ、あの！　やっぱりこの指輪はちょっとデザインが……彼の言うとおり爪が高いかなと思うので、別のものにします」

購入しようとする龍我を遮《さえぎ》り、そっと薬指から指輪を引き抜く。

控えていたスタッフがベルベットに覆われたトレイを差し出したので、そこに指輪を置いた。ダイヤモンドはもとの台座に戻される。

龍我は不満そうに、片眉を跳ね上げた。

「そうか？　悠愛に似合ってるのに」

「だって、婚約指輪みたいだから……こういうデザインのリングは大切なときにプレゼントしてもらいたいのが乙女心なの」

それらしい理由を付けて龍我を説得する。

本当に婚約するわけではないのだから、こんなに高価な品物は買わなくていい。それに、龍我に無理をさせたくなかった。

「それもそうか。じゃあ、悠愛はどれがいい？　全部をつけてみようか」

ダイヤモンドの指輪どころか、龍我はすべてを購入しそうな勢いである。

かといって、遠慮して何も買わずに手ぶらで店を出たら、龍我が恥を掻いてしまうかもしれない。

何かを選ばないと、この場は収まらなさそうだ。

だけど宝飾品はたくさんあり、どれもが高価そうな代物なので臆してしまう。

焦《あせ》りを感じたそのとき、ふと私の目に留まった品があった。

ハート型のペンダントトップが、ふたつ連《つら》なるネックレス。ピンク色の貴石がちりばめられているハートがとても可愛らしい。

私の目線の先を追った龍我は、すいとネックレスの入ったケースを掬《すく》い上げた。

「これが気に入ったのか？　つけてあげるよ」

龍我はネックレスを手に取ると、私の首元に回してつけてくれた。

お姫様のような純白のワンピースを纏《まと》った私の胸元に、ピンク色の貴石が輝く。

「わあ……素敵」

するとマネージャーが鏡を用意し、商品を説明してくれた。

「こちらの品は、ファンシービビッドの天然ピンクダイヤモンドを使用したネックレスでございます。ハート型の揺れるチャームが可愛らしいと、好評を得ております」

連《つら》なるハートは、チャームのように揺れる仕様になっている。

ハートが揺れるたびにピンクダイヤが光を反射して輝き、繊細な美しさを生み出した。

ネックレスを身につけた私を、龍我は美術品を愛《め》でるように目を細めて丹念に眺める。

「こういうのも悪くないな。何より、悠愛が笑顔になってくれたのが嬉しいね。これを購入しよう」

「ありがとうございます。ダイヤモンドの石言葉は『永遠の絆《きずな》』ですので、女性への贈り物として人気があるのですよ」

永遠の絆《きずな》――

なんて素敵な石言葉なのだろう。私たちがそれに見合う関係かどうかという問題が頭を掠《かす》めたけれど、貴石に罪はない。

マネージャーから差し出された書類にサインした龍我は、ネックレスをつけたままの私の手を取り、優雅に立ち上がった。

「よく似合っているよ。今夜はずっとそのネックレスをつけた悠愛を見せてくれ」

「クリスマスプレゼント、ありがとう。龍我」

「どういたしまして。さて、このあとは三つ星レストランでクリスマスディナーを予約してある。そろそろ行こうか」

龍我はクロークに預けていたコートをスタッフから受け取り、私に着せかけてくれる。

クリスマスプレゼントに喜んでばかりいた私は、ふと気づいた。

どうしよう。彼へのプレゼントを何も用意していない。

こんなに高価なプレゼントをいただいて、何も返さないのは不義理ではないだろうか。義兄妹になったときから龍我はクリスマスや私の誕生日を盛大にお祝いしてくれたけれど、毎回「返してほしいから悠愛にプレゼントしてるわけじゃない」と言うので、プレゼントをしたことがなかったのだ。

スタッフに見送られて店外へ出ると、一陣の寒風が吹きすさぶ。思わず首を竦《すく》めた私の手を龍我が掬《すく》い上げて、しっかりと握る。

予約しているレストランはすぐ近くにあった。石造りの簡素な門構えで、照明で浮かび上がった店名のプレートが、金色に光り輝いている。三つ星なんていう高級レストランに出入りしたことがないので、私は密かに緊張した。

扉を開ければ、そこには上質な空間が広がっていた。

店内には橙色《だいだいいろ》の仄《ほの》かな明かりが灯され、芳《かぐわ》しい香りが漂《ただよ》っている。オープンキッチンのカウンターでは着飾った人々がグラスを傾けながら歓談し、料理を楽しんでいた。

音もなく現れたウェイターに案内され、奥の個室に通される。

「今夜は特別なディナーだから個室を予約したんだ。悠愛とのひとときを、誰にも邪魔されたくないから」

そう言って龍我はまた私のコートを脱がせ、室内に備え付けられたハンガーにかけた。そして椅子を引いて、私に座るよう促《うなが》す。彼自身はコートを脱ぐのも椅子に腰かけるのもすべて自分でやるのに、まるで私が接待されているみたいだ。

「私をもてなしてくれなくていいのに。だって龍我は社長で、私は会社の社員でしょ？　本来なら私が――」

そこまで言いかけたとき、龍我は伸ばした人差し指を、そっと私の唇に押し当てる。テーブルに置かれたキャンドルライトの灯火《ともしび》が、楽しげに弧を描く彼の唇を蠱惑的《こわくてき》に見せていた。

「悠愛はお姫様で、俺は姫の騎士《ナイト》だと言っただろう。今夜はクリスマスイヴだから現実のことは忘れて、ふたりの時間を楽しもう。悠愛は俺だけを見ていればいいんだよ」

恥ずかしい台詞《せりふ》に、顔が熱くなる。

戸惑いながら、私は先程贈ってもらったピンクダイヤのハートに手を添えた。

貴石はキャンドルの仄《ほの》かな明かりを受けて、きらきらと輝いている。

クリスマスイヴという特別な夜に、龍我は猥雑《わいざつ》な日常や仕事を忘れて、夢の世界に浸《ひた》りたいのかもしれない。ピンクダイヤの輝きが、そうと教えてくれた気がした。

「うん……わかった。今夜だけは、そうするわ」

微苦笑を交えて了承すると、龍我は嬉しそうに頷いた。

その後、個室に入室してきたソムリエがシャンパンのボトルを傾けて、細いフルートグラスに黄金色の液体を注ぐ。

私たちはフルートグラスを掲げ、視線を絡ませた。

「メリークリスマス」

ふたりで発し、軽くフルートグラスの縁を合わせる。

口に含んだシャンパンは芳醇《ほうじゅん》な香りで、気品に満ちた味わいがふわりと広がった。

アミューズブーシュは、濃厚なじゃがいものエスプーマ。続く白トリュフとフォアグラのデュオという豪華な前菜が、目も舌も楽しませてくれる。半身の伊勢海老には、ホワイトソースとクレソンを添えて。

どれもが極上の味わいで、今まで私が食べたことのない高級料理ばかりだった。

最高のディナーに舌鼓《したつづみ》を打ちながら、私はクリスマスプレゼントについて正直に龍我に話す。

「あのね……実は、龍我へのクリスマスプレゼントを用意していないの。こんなに素敵なネックレスを贈ってもらったのに、気が利かなくてごめんなさい」

クリスマスにデートするとわかっていたのだから、何かしら用意しておくべきだった。買い物できなければ、手作りのカードでもよかったのだ。

ふっと息を吐いた龍我は、意味ありげな目線を向けながらワイングラスを傾ける。

「気にしなくていいんだよ。悠愛から俺へのクリスマスプレゼントを何にするかは、もう決めてあるから」

「……えっ？　そうなの？」

すでに龍我は、ほしい品物を決めていたらしい。それは私が購入できる金額だろうか。

私の心配を読んだように、龍我は穏やかな口調で述べる。

「あとで教えてあげるよ」

どんな品物なのか気になるけれど、龍我が望むのならぜひとも贈ってあげたい。

プレゼントが決まっていたことに安堵した私は、黒トリュフソースを添えた和牛フィレ肉を口に運んだ。デザートはフランボワーズのムース。食後の紅茶とプティフールを最後にいただく。

こうして高級食材を贅沢《ぜいたく》に堪能して、クリスマスディナーは幕を閉じる。

レストランを出ると、ふわりと天から粉雪が舞い降りてきた。

やがて街路沿いに壮麗なイルミネーションが現れる。

白銀に煌《きら》めく木々が織り成す光の瞬《またた》きのなかを、手をつないだ私たちは歩いていった。


今夜宿泊するホテルに辿《たど》り着き、最上階に通される。

スイートルームに入室した私は息を呑んだ。

広いリビングに巨大なクリスマスツリーが飾られ、その向こうの窓硝子《まどガラス》越しに煌《きら》びやかな夜景が臨める。天井から吊り下げられたシャンデリアは星屑《ほしくず》をちりばめたように、きらきらと輝いていた。

ペントハウスタイプの豪奢《ごうしゃ》なスイートルームは、まるで華麗なイルミネーションの続きを見ているかのよう。

「すごい……こんなに豪華なお部屋だとは思わなかった」

びっくりして室内を見回しながら、あちらこちらの扉を開けてみる。リビングの隣室は広大なダイニングだった。小さなキッチンに、個室のマッサージルームまである。一晩では使い切れないほどの広さだ。二階もあり、リビングの上が吹き抜けになっている。

ベッドルームが見当たらないけれど、二階だろうか。

リビングの端にある階段を見上げたとき、ふいに背後から抱きしめられた。

「きゃ……龍我……！」

「無防備な子羊はベッドに攫《さら》ってしまおうか」

掬《すく》い上げられた体がふわりと浮き、龍我の腕の中に収められる。私は慌てて逞《たくま》しい首に縋《すが》りついた。

私を抱き上げたまま、龍我は二階への階段を上る。

開かれた扉をくぐると、室内にはキングサイズの重厚なベッドが鎮座していた。天蓋《てんがい》から垂れる薄布越しに、純白のシーツと積み上げられたいくつもの枕が見える。

紗布《しゃぎぬ》を掻き分けて私の体をシーツに下ろした龍我は、次々とコートや靴を剥《は》ぎ取っていく。ワンピースも脱がされて、ついに身に纏《まと》うものはキャミソールとショーツだけになった。

自身の上着を脱ぎ捨てながら、龍我は胸に手を当てる私に語りかける。

「ディナーの時間、俺は悠愛をどうやって喰ってやろうかと考えていた。それじゃあ、クリスマスプレゼントをもらおうかな」

タートルネックを潔《いさぎよ》く脱いで上半身を曝《さら》した龍我は、口端を引き上げた。

その仕草と悪いことを企《たくら》んでいそうな表情に、胸がどきりと跳ねる。

「プレゼントって……まさか……」

もしかして、プレゼントは私自身ということだろうか。わざわざプレゼントにしなくても、私たちはもう体を重ねているのに。

それとも、ベッドで何らかの行為を求められるの……？

どきどきと鼓動を弾ませていると、龍我はスラックスのポケットから小さなものを取り出した。

チリン……と玲瓏《れいろう》な音色が寝室に鳴り響く。

「このチョーカーにつけた鈴を振ってほしいんだ」

彼が手にしているのは、リボンのように首に結ぶタイプのチョーカーだった。

ペンダントトップには小さな鈴が三つ連《つら》なっており、それが揺れると音を奏でる。

ベッドに乗り上げてきた龍我は、私の首に鈴付きのチョーカーを巻いた。先程プレゼントしてもらったネックレスと併せて、胸元が華やかに彩《いろど》られる。

「この鈴を……？　でも、どうしてこれを鳴らすことがプレゼントになるの？」

「俺が喜ぶからだな。ただ、この鈴は手で振るわけじゃない。体を揺らさないと鳴らないぞ」

確かに、頭か体を激しく振らないと鈴は鳴らない。

龍我が何を言いたいのかわからず、目を瞬《しばた》かせる。すると私の肩に大きな手がかけられ、ゆっくりとベッドに押し倒された。

艶《つや》やかなキャミソールに包まれた乳房の突端はすでに張り詰めて、布地を押し上げていた。その淫《みだ》らな膨らみを、龍我は指先で押し潰す。

「あっ……ん」

つんと尖った乳首は刺激を受けて、たちまち甘い痺《しび》れを生み出す。

快楽に身を捩《よじ》らせると、首元の鈴が、チリン……と軽い音を立てた。

「こうして俺の愛撫に乱れると、それだけ鈴が鳴るという仕組みさ。この音色をたくさん奏でることが、悠愛からのクリスマスプレゼントになるんだよ」

鈴を鳴らすのは、快楽を享受していることを証明するため――

私が淫《みだ》らに喘《あえ》いで体を揺らすほど、龍我への贈り物になる。

「そんなの……恥ずかしい」

鈴の音の仕掛けに羞恥《しゅうち》を煽《あお》られる。私は義兄に、聴覚までも犯されてしまう。

龍我はいかに私を辱《はずかし》めるか、あの豪勢なディナーを涼しげな顔で食しながら妄想していたのだ。

彼の執着の片鱗《へんりん》を見た私は、贈られたふたつの飾りを外そうと、胸元に手をやる。

ところが素早い動きで手首を取られた。

端麗な容貌に悪辣《あくらつ》な笑みをのせた龍我は、私の体に覆い被さる。

「俺に逆らわないほうがいいんじゃないか？」

「さ、逆らうなんて、そんなつもりじゃないけど……」

「鈴を千回鳴らすまで、おまえはそのチョーカーを外せない。ポイントカードと同じだよ。お姫様の面倒は騎士《ナイト》が見るものだからな。きっちり千回、カウントしてやる」

横暴な私の騎士《ナイト》は本性を現した。

途端に『お姫様』という冠《かんむり》が、ずしりと重みを増して私の体に伸しかかる。

その華麗な肩書きは、私を縛りつける鎖だったのだ。

「そんな……！　千回なんて無理よ」

ポイントカードは十個だったので達成できると思えたが、千回という数字はさすがに無理がある。しかも、一晩で――

戸惑う私の体に覆い被さった龍我は、ぬろりと悪戯《いたずら》な舌で耳朶《じだ》をなぞりあげる。

与えられた快感に、男を知った肌はぞくりと粟立《あわだ》った。

「無理じゃないさ。ほら、こんなふうに」

「んっ」

かり、と耳朶《じだ》を甘噛みされて、ぴくんと肩が跳ね上がる。その動きにより、チリン……と鈴が小さく鳴った。

「これで二回だ。感じればすぐに鳴るから簡単だよ。今夜は騎乗位をしてみよう。俺の上に跨《また》がって体を揺らせば、鈴が鳴り止まないいさ」

「そんなこと……」

「想像じゃない本物の騎乗位をやってみたいだろ？　千回なんてあっという間だ」

非処女だと嘘をついたとき、騎乗位が得意などと自慢したことを思い出す。

恥ずかしい記憶を改めて掘り起こされ、私は唇を引き結んだ。

「優しくするから心配しなくていい。まずは、キスしよう」

龍我は巧みに反論を封じ込め、ちゅ、と甘いくちづけを与える。

触れ合った互いの唇は、次第に深いものへと変わっていく。

上唇と下唇を交互に食《は》まれ、唇の合わせを舌でなぞられる。薄く唇を開けば、ぬるりと獰猛《どうもう》な舌が潜《もぐ》り込んできた。

私は鼻から息を吸い込み、肉厚の熱い舌を口中に迎え入れる。

「ん……ん、ふっ……んくぅ」

滾《たぎ》る情欲に口腔《こうこう》を爆《あば》かれる。

柔らかい頬裏を舐め上げられ、口蓋を舌先で突かれる。敏感な粘膜への刺激に官能が掻き立てられて、びくんと体が弾んだ。

チリリ……と鈴が鳴り、またひとつ龍我への贈り物をしたのだと自覚する。

龍我は口腔《こうこう》を執拗《しつよう》に舐《ねぶ》り、濡れた粘膜を味わい尽くす。ディープキスの深い陶酔《とうすい》を与えられた私の全身を、甘い痺《しび》れが染みていく。

「んっ、んぅ」

唇を重ねながらキャミソールの紐をずらされ、紅い突起が外気に晒《さら》される。硬い指が直に尖りに触れて、淫猥《いんわい》に捏《こ》ね回した。私は睫毛《まつげ》を震わせながら、淫《みだ》らな感覚を全身で受け止める。

龍我は搦《から》め捕《と》った私の舌を堪能するように、ねっとりと擦り合わせた。

互いの唾液が絡まり、ひとつになる。触れる舌の熱さに、溶けてしまいそうになる。

きゅっ、と指先で乳首を摘まれ、鋭い痺《しび》れが背筋を駆け抜けた。

「んっ！　んくぅ」

キスで唇を塞《ふさ》がれているのに、敏感なそこも愛撫されたのではたまらない。快感を得た私の胸元が大きく揺れた。

リン、とまるで喜んだように、鈴が軽《かろ》やかに鳴る。

するとなぜか触れられていない股の間に濡れた感触があり、膝を擦《こす》り合わせた。

「あ……はぁ……っ」

解放された唇から、つうと垂れた銀糸が互いの唇をつなぐ。

龍我はその濡れた唇で、すぐさま硬く尖った乳首を口に含んだ。大きく両の乳房を揉みしだきながら、肉厚の舌でねっとりと舐《ねぶ》る。空いたほうの紅い飾りは指先で弄《いじ》られ続けた。

休む間もなく悦楽を注ぎ込まれ、淫《みだ》らに腰が揺れる。

「あぁ……ん……だめ、もう……」

「まだ始まったばかりだぞ。俺にクリスマスプレゼントを贈ってくれるんじゃないのか？」

むしゃぶりつくように貪《むさぼ》られ、交互に含んだ乳首を乳暈《にゅううん》ごと口中で転がされるたび、腰の奥から熱いものが溢《あふ》れてくる。私は目元を朱に染めて、小さく呟《つぶや》いた。

「感じすぎるの……何か……漏れてるの……」

つと顔を上げた龍我は、にやりと悪人のような笑みを浮かべる。

「へえ……見てやるよ」

彼は体をずらし、腿《もも》で波打っているキャミソールを剥《は》がす。

ずり下げられたショーツには染みができていた。私は直視できずに目を逸らす。

龍我は私の膝裏を持ち上げ大きく足を開くと、じっくりと秘所を覗《のぞ》き込んだ。

「漏れたのは悠愛の愛液だ。体が快感を得ると、すごい量が出ることもあるらしい」

「や、やだ……そんなにはっきり言わないで」

そういえば龍我に愛撫されると、とてつもなく体の芯が疼《うず》いてしまう。

「こんなに漏れたら、啜《すす》らないといけないな。悠愛は自分の足を持っていてくれ」

手を取られて、体につくほど折り畳まれた足を持たされる。

自《みずか》ら膝裏を支えて足を広げる恰好《かっこう》は、まるで秘所を見てくださいと懇願しているかのようで、ひどく羞恥《しゅうち》を覚える。

「あ……こんなの、恥ずかしい……」

「最高に可愛いよ。恥ずかしいポーズが、おまえにはよく似合う」

満悦した龍我は身を沈めた。

その途端、ぬろりとした生温かいもので花襞を塞《ふさ》がれる。

「ひゃあっ……あっ……あぁ……」

龍我の唇が花開いた秘部のすべてを覆ったのだ。

ずちゅる……と淫猥《いんわい》な音を響かせて、花筒から零《こぼ》れた愛蜜を啜《すす》られる。

「あぁ……あん……吸っちゃだめぇ……」

直後、体の芯が引き抜かれるかのような、凄絶《せいぜつ》な快感が突き抜けた。

愛液を飲み下した龍我は尖らせた舌先を蜜口にねじ込み、残滓《ざんし》を掻き出している。

その刺激にもまた感じてしまい、蜜壺は奥からとろとろと蜜を零《こぼ》した。

「こんなに美味《うま》い蜜は俺だけが味わうんだ。もっと感じて、たくさん漏らしてくれ」

恍惚《こうこつ》とした声音で呟《つぶや》いた龍我は、ぐりぐりと獰猛《どうもう》な舌で蜜口を抉《えぐ》る。伸ばされた指先が器用に包皮を剥《む》いて、露《あら》わになった花芯を捏《こ》ね回した。

「あぁっ！　あぁうん……っ」

剥《む》き出しの神経を甘く撫でられるかのような快感に、きつく背を仰《の》け反《ぞ》らせる。膝裏を支えていた手が外れそうになり、両足が乱れた。

「すごく濡れてるな……。俺に愛撫されて、感じるのか？」

じゅるじゅると、花びらに密着した龍我の唇から卑猥《ひわい》な音色が紡がれる。

私の零《こぼ》した愛蜜を啜《すす》り上げている音だ。それを彼はためらいもなく喉を鳴らして飲み干す。

「あぁあ……感じる……かんじ……るぅ……あぁん……」

甘い嬌声《きょうせい》が正直に唇から零《こぼ》れ落ち、男の征服欲を満たしていく。

剥《む》かれた花芽を捏《こ》ね回されるたびに、じゅわりと蜜洞は淫液を滲《にじ》ませる。

そこへ蜜口に挿《さ》し込まれた舌が掬《すく》い取り、また淫《みだ》らに啜《すす》り上げられた。

私の体は淫猥《いんわい》な愛撫にいっそう熱く昂《たか》ぶり、とめどなく蜜液を滴《したた》らせる。

永遠に続くかのような濃厚な淫戯の果てに、大きなうねりが押し寄せるのを感じた。胸元の鈴は絶頂が近いことを伝えるかのように、シャラシャラと鳴り響く。

「あっあ……あぁ……い、いく……」

そう告げた途端、ぐうっと奥まで濡れた舌が挿入される。入り口を優しく塞《ふさ》がれる心地よさと、淫芽を激しく弄《いじ》られる快感が絶妙に混じり合い、至上の法悦を得た肉体が極まる。

「はっ……あぅ……あぁああ……あぁ――……っ」

白い世界に身を投じながら、体をがくがくと震わせる。

達した私の体から力が抜けても、龍我は一滴も零《こぼ》すまいとするかのように、花襞や淫核までも執《しつ》拗《よう》に舐めしゃぶっていた。

ようやく顔を上げた龍我は妖艶《ようえん》に微笑みながら、自《みず》らの濡れた唇を舌で舐め上げる。

「極めたあとの愛液は格別に美味《うま》い。さて、ここからが本番だ」

「え……ここから……？」

ぼんやりしている私の顔を覗《のぞ》き込んだ龍我に、大きな掌《てのひら》で乳房を包まれる。やわやわと揉み込まれただけで、達したばかりの体は容易《たやす》く快楽を燃え立たせた。

まだ触れられていない腰の奥が、きゅうんと疼《うず》いてしまう。

「ここまでの鈴の回数は、たったの三十八回だ。悠愛が寝てる体勢だと、鈴があまり鳴らない」

私は胸元の鈴に手をやる。枕に頭を預けた状態では上半身があまり動かないので、鈴の音は鈍い。

宣言したとおりに回数を数えている龍我の執着心に、背筋が怖気《おぞけ》立つ。

本当に千回に達するまで、今夜は許してくれそうにない。

「それは……私が起きれば、鈴は鳴るってこと……？」

なんとなく『騎乗位』と、はっきり口にするのは憚《はばか》られて、おずおずと申し出る。

龍我はとろりと蕩《とろ》けるような笑みを見せた。

「そのとおり。じゃあやってみようか。俺が寝ているから、悠愛はここに座ってくれ」

スラックスを下着ごと脱ぎ捨てた龍我は、私の腰を取るとベッドに仰臥《ぎょうが》した。

導《みちび》かれるまま、筋肉に覆われた逞《たくま》しい体を、足を広げて跨《また》ぐ。

すると、シャラン……と音高く鈴が鳴り響いた。

下から龍我が微笑みながら私を見ている。腰を支えている大きな掌《てのひら》は、火傷《やけど》しそうなほど熱が籠《こ》もっていた。そこから欲情を感じ、彼に愛撫されて一度達した体が、またずくんと疼《うず》いて熱を帯びていく。

「あっ……」

猛《たけ》った楔《くさび》が開いた足の狭間に当たり、濡れた花襞を舐《ねぶ》る。

龍我の雄芯は硬く勃ち上がり、熱い先端がぬるついた蜜口に押し当てられた。このまま腰を落としたら、挿入されてしまう。

私の腰を両手で掴《つか》み、龍我は傲岸《ごうがん》に命じた。

「そのままゆっくり、座るんだ。俺の一物を咥《くわ》えるところを、よく見せて」

かぁっと頬が朱に染まる。

割れた腹筋に手を置いて、腰を揺らすけれど、逃れる術《すべ》はない。

散々愛撫された蜜口が、じんじんと疼《うず》いてたまらない。その奥の花筒で楔《くさび》を咥《くわ》え、擦《こす》り上げたいという淫《みだ》らな衝動が湧き起こる。

「ん……っ……」

ぬるりと、硬い先端が濡れそぼった蜜口を掠《かす》める。

それだけでもう、甘い痺《しび》れが腰の奥に、じいんと響いた。

「膝の力を抜いてごらん。俺の太いのを、下の唇でしゃぶるんだ。そうしたら、すごく気持ちよくなれる」

狂おしく戦慄《わなな》く空洞の体に、悪魔のような誘惑が囁《ささや》かれる。

甘く掠《かす》れた声音に誘われた私の膝から、すうっと力が抜けていく。

ぐちゅり、と濡れた水音を鳴らし、綻《ほころ》んだ蜜口が硬い先端を食《は》む。

「あぁ……っ、入って……あ、ぁ……」

「いいぞ、上手だ。たっぷり濡れてるから、スムーズに挿入されるよ」

魅了されたようにゆっくり腰を落として、切なくうねる蜜壺に猛々《たけだけ》しい熱杭を収めていった。

ズチュ……ヌチュ、ズッ……ズチュン……

濃密な淫戯でしとどに蜜を滴《したた》らせた花筒は、滑らかに極太の楔《くさび》を呑み込んでいく。

「あ……あぁ……はぁ……ん、すごい、奥まで……」

灼熱《しゃくねつ》の杭にずっぷりと貫《つらぬ》かれた身を反らし、私は顎《あご》を上げて唇を震わせた。

長大な肉槍は信じられないほど体の奥深くまで挿入されている。

「俺のものを、全部呑み込んだね。ぐちゅぐちゅといやらしい音を立てながら美味《うま》そうにしゃぶって……ほら」

卑猥《ひわい》に囁《ささや》いた龍我が、ぐいと腰を突き上げた。すると最奥まで押し込まれた先端が、ぐりっと感じるところを抉《えぐ》る。

途端に鋭い快感が突き抜けて、雄を咥《くわ》えた体は弓なりにしなった。

「ひぃっ、あっ、あ、そこ……っ」

「ここは悠愛の気持ちいいところだ。騎乗位の体勢だと、女性が腰を振って感じるところに当てられるんだよ。さあ、腰をくねらせてごらん」

命じられるままに、ゆるりと腰を回す。

すると龍我は、私の腰を両手で掴《つか》みながら緩《ゆる》やかに腰を突き上げた。

濡れた蜜壺は双方の動きでぐちゃぐちゃに掻き混ぜられ、硬い幹が媚肉を舐《ねぶ》る。もっとも感じる奥に熱い先端が接吻《せっぷん》した。

「あぁあ……あっ……あぁん……」

男根を咥《くわ》えている肉襞が焼けつくように熱い。

ふたりの律動が激しく絡み合う。男の上に乗った体は淫《みだ》らに躍る。

シャンシャンと鈴の音は高らかに鳴り響き、それに合わせて嬌声《きょうせい》も弾んだ。

「あっあっ、あん、あん、ひぁん、あぁ、あ……い、く……」

甘い毒に浸《ひた》された全身が、ぶるぶると痙攣《けいれん》する。

頂点を掴《つか》もうとした瞬間、龍我の指先が、こりこりと花芽を捏《こ》ね回した。

「ひっ……ひぁぁん……！」

ぎゅうっと蜜壺が引き絞られ、肉棒を締め上げる。

恍惚《こうこつ》の息を吐いた龍我はもう片方の手で、胸の頂《いただき》をも摘まむ。

凄絶《せいぜつ》な快感に攫《さら》われて、私は至高の絶頂を極めた。

「あぁああん――っ……あっあっ……あぅん、はぁ……っ」

シャランシャララン……と、鈴は喜悦の音色を奏でる。

快感のみを追う私の体は淫《みだ》らに揺れて、鈴の音を鳴らし続けた。

やがて頂点から舞い降りて、頑強な胸に倒れ込む。龍我は逞《たくま》しい腕で、しっかりと抱き留めた。

「最高に綺麗だよ。俺に抱かれて感じてくれることが、極上のクリスマスプレゼントだ」

「ふぁ……あぁ……」

強靭《きょうじん》な胸の上で喘《あえ》いでいる私の尻が大きな掌《てのひら》に包み込まれる。龍我は、ゆっくりと腰を使い、抽挿し始めた。

じんと甘く痺《しび》れている体に律動を刻みつけられながら、耳元に低い声音で囁《ささや》かれる。

「わかってると思うけど、千回にはまだまだ足りないぞ」

「あぁ……そんな……あと、何回なの……？」

「聞かないほうがいいんじゃないかな。何も気にしないで快感だけを追っていればいい。俺とのセックス、気持ちいいだろう？」

達したばかりの体が彼の腹の上で揺すられる。ずぶ濡れの蜜口は呑み込んだ剛直を出し挿《い》れして、ジュプジュプと淫《みだ》らな水音を立てた。

到達した頂点が高いほど、そのあとの緩《ゆる》やかな交わりは甘美な毒に感じる。

喘《あえ》ぎ声と鈴の音色を発して、私は至上の愉悦を享受した。

「あっあっ、きもちいぃ……また、いっちゃう……」

「いっていいよ。どんどん淫《みだ》らな体になるんだ。俺なしじゃ満足できなくなるほどに……」

龍我から与えられる快楽に溺れ、底なし沼のごとく沈んでいく。

そこは心地よい泥の中で、どんなにもがいても抜け出せない。

私はもう、彼なしではいられない体に作り替えられるのだ。

「あぅ、あぁ、龍我……あぁん……あぁあ……」

「もっと啼《な》いてごらん。俺のお姫様」

ぐっちゅぐっちゅと淫《みだ》らな律動をふたりで生み出す。

淫靡《いんび》な聖夜は終わらない。

一晩中龍我に抱かれ続けた私は、音高く鈴を鳴らし続けた。


クリスマスイヴにホテルのスイートルームで濃密な時間を過ごしてから、私たちは昼夜を問わず抱き合うようになった。

年末年始の休暇に入ってからは、龍我は私を片時も離そうとしない。キスを浴びせられ、逞《たくま》しい雄芯で貫《つらぬ》かれると、快楽を知った体はぐずぐずに蕩《とろ》けていった。

「あ……あぁ、ん……」

湯気が立ち上るバスタブの中で、背後から抱きしめられながら胸を弄《いじ》られていた私はあえかな吐息を零《こぼ》す。

お湯にゆらゆらと揺れる乳房を揉み込んでいた大きな掌《てのひら》は、ふいに両の乳首を摘まむ。

きゅっと抓《つね》られただけで甘い痺《しび》れが走り、湯を大きく波打たせた。

「あぁっ、それ、やぁ……っ」

いやと言っているのに龍我は聞く耳を持たず、さらにくりくりと紅い乳首を捏《こ》ね回す。

胸から生じた愉悦が伝播《でんぱ》して、きゅんと蜜壺が引き締まり、奥から花蜜を滴《したた》らせる。

すでにずっぷりと雄芯を咥《くわ》え込んでいる花筒は、濡れた媚肉でそれを舐め上げた。

つい先日まで何も知らない処女だった私は、龍我に濃密な快楽を教え込まれて、いやらしい女の体に変貌していた。

抱かれれば心まで濡れてしまい、いやがるふりをしながらも龍我という雄を求めてしまう。

初めはポイントのために体を重ねたのに、今となってはどうして身を任せているのか、もうわからない。龍我は王者の傲岸《ごうがん》さをもって、私を淫《みだ》らな鎖で縛りつける。甘い囁《ささや》きを耳元に吹き込まれると、彼の言うことはもっともだと納得させられ、抗《あらが》う心が灰のごとく散っていくのだ。

その隙間にふと、もしかしたら龍我は私の体だけが目的なのではと考えが頭に浮かぶ。

龍我は、どんな綺麗な女の人でも選べる立場だ。それなのにわざわざ義妹である私を抱いているのは、手軽に性欲を解消できる相手だからなのだろう。ほかの女性だと、おそらく関係を持ったら結婚を要求されるから困るのだ。

ということは、結婚する条件に足る女性が現れたなら、私は捨てられる……

交際してもいないのに、捨てられると考えるなんて傲慢《ごうまん》かもしれないけれど。

龍我がどんなふうに私のことを考えているのか気になる。

抱かれるたびに彼を男として意識してしまい、秘密の関係として割り切ることが難しくなっていく。

けれど、龍我に直接訊《たず》ねることはできなかった。

訊《たず》ねた途端、この関係が終わってしまうかもしれない。そう思うと怖くて言い出せないのだ。

これからどうしたら最善なのか、私自身わからないのだから、どうしようもなかった。

そのとき、耳朶《じだ》を食《は》まれる感触に、思考の海から引き揚げられる。

「何を考えていた？　喘《あえ》ぎ声が止まったぞ」

鋭い龍我は常に私の様子を観察している。

いつも見られているのを初めはどこか心地悪く感じたけれど、近頃は彼の眼差しを独占しているという優越感のようなものが湧き上がるようになっていた。

仄暗《ほのぐら》い悦《よろこ》びを感じながら、私を搦《から》め捕《と》る絶対的な支配者に小石をぶつけてみる。

「ほかの人のこと……」

「おい。男じゃないだろうな」

ささやかな反抗の小石は、波紋を描いて龍我の心を波立たせた。

苛立《いらだ》つ様子を見せた龍我は、私の乳房を早急な手つきで揉みしだく。

秘密の恋人かもしれない。けれど今、私は龍我の心を手中に収めている。

そのことに一抹《いちまつ》の安堵を覚え、今日話をしようと思っていた件を切り出した。

「男の人じゃないわ。莉乃から新年会のお誘いがきてるの。私はもう外出できるんでしょ？　行ってもいい？」

年末年始なので会社が休みの莉乃から、年明けに会おうという連絡があった。近頃は私の世界のすべてが龍我一色に染め上げられているので、気分転換したいと思っていたところだ。ポイントカードが満了したことで、外出の許可はすでに下りているはずである。

肩を甘噛みしていた龍我は、ふと乳房を揺すっていた手を止めた。

「森本莉乃か。悠愛の同級生だったな。彼女と今も連絡を取り合っていたのか？」

高校を卒業したあとも、莉乃とはずっと友人関係が続いていた。たまに電話して互いの近況や悩みを語る程度だけれど、何度かお茶をして、莉乃の恋人に会わせてもらったこともある。前回莉乃に会ったのはもう半年前のことで、あのときは彼氏と別れたという話を聞いた。

「そうなの。莉乃は親友だから。内輪の新年会として、知り合い四人くらいで開きたいんだって。お喋《しゃべ》りするだけだから、行ってもいいでしょ？」

「心配だな。その知り合いには、男も含まれるんだろ？」

咎《とが》めるような声音で言い、龍我は私の下肢に手を伸ばし、つながったところを確認するように触れる。

ふっくらと綻《ほころ》んだ花芯は、触れられただけですぐに甘い快感を伝える。

「んっ……それは……わからないわ。莉乃の知り合いだから……ぁん……」

「俺も同行する」

「えっ？　……あぁっ」

淫芽を捏《こ》ね回しながら、力強く腰が突き上げられた。

ズンッ……と奥深くまで鋭く抉《えぐ》られ、きつく背を仰《の》け反《ぞ》らせる。

「あ……っ、あっん」

「莉乃に伝えておけ。俺が主催するから、誰も呼ばなくていいとな。悠愛と莉乃、そして俺のほかにもうひとり金持ちのイケメンを連れてきてやる。四人でのダブルデート風なら、問題ないだろう」

「わ、わかった……。はっ……あ……あぁ……あんあぁ……っ」

立て続けに剛直を穿《うが》たれて、甘い喘《あえ》ぎが止まらない。ばしゃりと、音高く湯が跳ねる。

きゅうきゅうに引き絞られた蜜壺が楔《くさび》を食い締め、柔襞は歓喜するように震えた。

ああ……また、いってしまう……

悦楽に身を揺らしながら、喉を反らして強靭《きょうじん》な肩に頭を預けた。

「さあ、また達するんだ。俺に抱かれて感じるおまえは、極上の女だ」

耳元で囁《ささや》いた龍我は、逞《たくま》しい腰使いで激しく私を攻め立てる。

爛《ただ》れた快楽に揺さぶられながら、私は嬌声《きょうせい》をバスルームに響かせて、彼の命令どおりに極めた。


年が明けて、街は仄白《ほのじろ》い空気に包まれていた。

龍我が新年会を主催することを莉乃が快諾したので、本日車で会場であるレストランへ向かう。

お目付役のように龍我が同伴するのは気になるけれど、久しぶりに莉乃と会って話せるので楽しみだ。

龍我が『金持ちのイケメン』を連れてきてくれると知った莉乃は、小躍りしそうな声で喜んでいた。現在は恋人がいない彼女は、龍我が知り合いを紹介してくれるのだと解釈したらしい。今回は、莉乃の新たな出会いを応援する会と考えたほうがよさそうだ。

レストランに向かう車中から、私は新年に沸く街の様子を眺める。

すると、ふいに硬い掌《てのひら》が、膝に置いた手に重ねられた。

その手の熱さに、どきりとして肩が跳ねる。

「りゅ、龍我……ハンドルから手を離したら危ないわよ」

「片手で平気だよ。悠愛から離れているほうが落ち着かないんだ」

平然として言う龍我は運転しながら、薄い笑みを刷《は》いている。

本日の彼の服装は、シックな黒の三つ揃いスーツだ。細身のためか、すらりとした印象を受ける。

ダークスーツに彩《いろど》られた薔薇《ばら》模様が洒落《しゃれ》ており、まるでモデルのような華やかさに目を奪われた。

そのスーツの下の肉体は強靭《きょうじん》であることを知っている私は、握られた手の熱さを意識して体温を上げてしまう。

今日はせっかく外出して莉乃に会えるのだから、淫《みだ》らなことは頭から追いやらないと。

けれど、龍我の手を振り払うなんて、できなくて。

私は掌《てのひら》の熱さに困惑と安堵を覚えながら、革張りのシートに身を預けた。

ほどなくして目的地に車は到着し、龍我とともに閑静な通りにあるレストランに入る。

「この店は騒がしくないし、料理も美味《うま》いんだ。悠愛もきっと気に入ってくれると思うよ」

彼がセレクトしたレストランは、席の間隔がゆったりとしており、アンティーク調の豪奢《ごうしゃ》な内装が素敵だった。まるで貴族が出入りするような気品に溢《あふ》れた店は、乙女心をときめかせてくれる。

「わあ、素敵なお店。……あ、莉乃」

店内にはすでに莉乃が来ていた。彼女は奥の席から、こちらに手を振っている。

「久しぶり、悠愛。それにお義兄《にい》さん。今日はあたしにお金持ちのイケメンを紹介してくれるそうで、張り切って化粧してきたよ」

莉乃の挨拶《あいさつ》に笑いが零《こぼ》れる。

私のコートを脱がせ、椅子を引いて席に座らせるという一連の流れをそつなくこなした龍我は嘆息した。

「やれやれ。莉乃の調子の良さは変わってないな。金持ちのイケメンを紹介してやる代わりに、俺の義妹《いもうと》には男を近づけさせないでくれよ」

「何言ってんの。いつまでも義兄妹《きょうだい》でべったりしてるわけにもいかないでしょ。ねえ、悠愛？」

莉乃の指摘に、私は頬が引きつるのを必死で堪《こら》えながら頷いた。

龍我との秘密の関係は、誰にも知られてはならない。もちろん莉乃にも相談していなかった。

「う、うん。まあ……私は新しい出会いを求めてないから。龍我は心配性だから、私にすごくかまうのよね」

特別な関係ではないことを言い訳したくて、ぎこちなく告げる。

すると莉乃は、たっぷりマスカラを塗った睫毛《まつげ》をぱちぱちとさせた。

「あれ？　悠愛、お義兄《にい》さんのこと名前で呼んでるんだ？」

「えっ……ええと……」

私はつい先日まで、龍我を『お義兄《にい》ちゃん』と呼んでいた。

それが急に名前で呼ぶようになったので、何かあったと考えるのは当然だろう。

まるで肉体関係を持ったゆえに変化したと思われていると感じて、私は言葉に詰まった。

目を細めた龍我は、つと話題に割り込む。

「俺がそう呼ばせたんだ。誰が俺をどう呼ぶかは、すべて俺が指示する」

「うわあ、俺様だね。さすが社長さん」

「唯一、恵さんだけは未だに俺を『坊ちゃま』と不名誉な名称で呼んでいるんだが。なんとかならないのか。もう子どもじゃないと、莉乃から言ってやってくれ」

「ええ？　知らないよ、そんなこと。お母さんは仕事の話は全然しないもの。あたしも忙しいから、家に帰ったら寝るだけだし」

龍我がさりげなく恵さんのことに話題を変える。莉乃に私たちの関係を疑われずにほっとする私の横で、龍我はくいっと眉を上げた。

「何も話さないのか？　昔から？」

「そうだね。お義兄《にい》さんのマンションで働いてるって知ったのも、偶然だったよ。あたしのお客さんの妹がお母さんと同じ事務所の所属でさ、同僚がどこのお屋敷で雇われてるとか、情報が筒抜けなわけ。お母さんは仕事の話をすると嫌がるから、あたしも家では黙ってるけどね」

「なるほどな」

「あたしが小学生の頃に池上家で雇ってもらってた流れで、うちのお母さんを使ってくれてるんだよね？　今さらだけど、ありがとう」

微笑みを浮かべ、莉乃は龍我に礼を述べた。

私が池上家に引っ越してきたときにはもう恵さんはいなかったが、莉乃はほかの人物を介して池上家に世話になっていることを知っていたのだ。

家政婦として雇うのなら、気心の知れた人物のほうがよい。恵さんを再び雇用したのも、龍我が彼女を信頼しているという表れだ。しかも義妹の同級生の母親だから、より信用は増すだろう。

「礼を言う必要はない。そうか……そういうことか」

低く呟《つぶや》いた龍我は、何事かを考えているようだった。

何か気になることでもあるのだろうか。

そのとき、店内にひとりの男性が姿を現した。

金色に近い茶髪を揺らしたその人は、軽快な足取りで近づいてくる。

「やあ、遅れてごめんね。まあ、ヒーローはいつでも待たせるものだからさ」

明るく冗談を述べた男性に、龍我は呆れた目を向けた。

「久保寺。まさか正月から仕事か？」

「いえいえ。女の子が来るっていうんで衣装に迷った結果、仕事着になりました。池上先輩」

久保寺と呼ばれた彼はスーツを着用し、銀色に輝くジュラルミンケースを携《たずさ》えていた。口では違うと言うけれど、どうやら龍我の指摘どおり、新年早々に仕事があったらしい。はねた茶髪は軽薄そうに見えるものの、無駄のない所作にはエリートの雰囲気が滲《にじ》んでいる。

彼は空いている莉乃の隣に腰を下ろすと、さらりと挨拶《あいさつ》した。

「どうも、久保寺空河《くうが》です。池上先輩の大学時代の後輩で、コンサルティング会社を経営してるごく真面目な好青年です。あ、これ名刺ね」

自己紹介しながら笑いを交える久保寺さんは、手慣れた仕草で莉乃に名刺を渡す。

目を輝かせた莉乃は、受け取った名刺越しに彼を見た。

「森本莉乃です。介護関係の営業やってます。久保寺さんは若いのに会社経営者だなんて、すごいですね」

「いやいや。小さな会社だから、それほどでもないよ。今も池上先輩の仕事の手伝いしてるしね」

「悠愛のお義兄《にい》さんは大学生のときに今の会社を設立したそうだけど、もしかしてその頃から？」

「そうそう。会社設立のときに誘われたんだよね。講義そっちのけで海外行って、アパレルのバイヤーやってたよ。その関係で今も世話になってるんだ」

私は龍我が会社を設立した当時のことを詳しく知らなかったので、久保寺さんの話は新鮮だった。

ウェイターが持ってきたボトルワインを開け、みんなで乾杯する。

運ばれてきた料理は魚介のパエリアや雲丹《うに》を絡めたパスタなど、食欲をそそるものばかりでお腹が鳴る。大皿に盛り付けられたそれらを取り分けようとすると、龍我は私を制した。

「悠愛の分は俺が盛る。このくらいでいいか？」

「う、うん。ありがとう」

パスタをよそってくれた龍我に微笑みかける。いつも彼はこういう世話を焼きたがるのだ。

向かいの席では久保寺さんと莉乃が話に花を咲かせていた。

ふたりの話題はやはり恋愛に関することである。莉乃は前の彼氏と別れたことについて、ざっくりと話していた。

「そっかぁ。莉乃ちゃん、その男は既婚者だったんじゃないかな？　別れて正解だと思うよ」

「やっぱり？　家を知られたくないっておかしいですよね。未練はこれっぽっちもないから、もういいんだけど。久保寺さんはもてるでしょ。すごい修羅場くぐってそう」

「恋愛の修羅場はそうでもないかな。ああ、別れたら死ぬ、って言ってナイフを持ち出してきた彼女はいたね」

私が手にしたフォークから、巻いていたパスタがつるりと落ちる。

莉乃はさほど驚いた様子もなく、頬張ったパエリアをスパークリングワインで流し込んでいた。

驚くような恋愛話をさらりと話すふたりに、頬が引きつってしまう。

つい先日まで処女だった私とは雲泥の差だ。

「それ、充分に修羅場だと思うけど。そのあと、どうしたんですか？」

「とりあえず宥《なだ》めてから土下座のコースだね。ああいうのはね、パフォーマンスだから。自分に酔ってるだけ。そのあと彼女は、すぐにほかの男に乗り換えてたよ」

「うわぁ。ひどいですね」

「そんなもんだよ。もう冷めてたから、そんなにショックじゃなかったけどね。莉乃ちゃんの前カレもそうだけど、周りを振り回すタイプの人と付き合うと、しんどいこといろいろあるよねぇ」

恋愛経験値が高すぎるふたりは互いの話に共感できるようで、会話が弾んでいる。

ふと、話が途切れたとき、久保寺さんは龍我に目を向けた。

「池上先輩もすごい恋愛遍歴ありそうですよね」

「俺に話を振るなよ」

龍我は嫌そうに眉をひそめた。

龍我は以前、誰とも交際したことがないと語っていたけれど、それは単に結婚を考えるような本気の相手はいなかったという意味で、遊び相手くらいはいたのではないだろうか。彼に甘い台詞《せりふ》を囁《ささや》かれ、情熱的に抱かれたら、どんな女性でも夢中になってしまうだろう。

そう思うと、胸の奥がつきりと痛んだ。

莉乃はワインで酔ったのか、頬を赤らめて久保寺さんに同調した。

「あたしも聞きたい！　お義兄《にい》さんは平気で社長令嬢や秘書をもてあそんで捨ててそうだよね。まさに周りを振り回す俺様タイプって感じ」

動揺のあまり、手にしていたフォークが、がちゃりと音を立ててしまう。

莉乃の発言は想像だとわかってはいるが、『周りを振り回す俺様』とは、まさしく龍我の性質を言い当てていて驚いた。

すでに私自身が強引な龍我に振り回されている。同居した経緯やポイントカードの件など、まさにそれだ。

「そうそう、あれはどうなったんですか。俺が紹介した社長令嬢」

「ああ……あれか。もちろん断った。紹介なんて頼んでいないのに迷惑だ」

「どうしてです？　ミスコンの優勝者だし、親の会社は東証一部上場ですよ。結婚相手としても充分でしょう」

どきどきと鼓動が嫌なふうに脈打つ。

私が知らないだけで、きっと龍我は様々なところから結婚相手に相応《ふさわ》しい女性を紹介されているのだ。ふたりきりのときには知らずに済んでいたことが、他人を介して聞きたくないことまで露呈する。

龍我は呆れたように溜息を吐くと、ワイングラスをゆるりと回した。

「久保寺に貸しを作ったら、膨大な利子を取られそうだからな」

「俺って信用ないなぁ」

おどけた久保寺さんに釣られて、莉乃が楽しそうに笑う。私も一緒になって、ぎこちなく笑った。

その後、美味《おい》しい料理とデザートに舌鼓《したつづみ》を打ちつつ、和《なご》やかに歓談した。

もっぱら喋《しゃべ》っていたのは久保寺さんと莉乃で、私は時折相づちを打つくらいに留《とど》める。

ふたりのための出会いの場なのだし、恋愛について余計なことを言ったら、龍我との仲がばれてしまのではという恐れがあった。これまで龍我と関わった女性についても興味がないわけではないが、もう聞きたくない。

珈琲《コーヒー》を飲み終えて、そろそろお開きという雰囲気になった。久保寺さんと莉乃はスマホを取り出してアドレスを交換している。

会話が弾んでいたので、もしふたりが交際することになっても、うまくいくだろうと思えた。

そのとき、莉乃がこちらに目を向けて、思わぬことを発する。

「久保寺さん。悠愛と、ほとんど話してないんじゃない？　悠愛とはアドレス交換しなくていいの？」

呼吸を止めた私は、おそるおそる珈琲《コーヒー》カップを傾けている龍我を窺《うかが》う。

莉乃は私と龍我が結んだ秘密の関係を知らないのだから、みんなでアドレスを交換しようという提案は特段おかしいことではない。

おそらく口数の少なかった私への気遣いと思われるが、私と久保寺さんが連絡先を交換すれば、ややこしくなる。

ほかの男性と連絡を取ることを、龍我が許すはずがない。

案の定、龍我から殺気にも似た冷たい空気が滲《にじ》む。

すると久保寺さんはなぜか挑発的な眼差しをこちらに向けた。

「それはグッドアイデアなんだけどね。俺が悠愛ちゃんにかまったら、池上先輩にナイフで刺されそうだしなぁ」

「よくわかってるじゃないか」

ぎろりと龍我は向かいの久保寺さんを睨《にら》みつける。

私と莉乃は乾いた笑いを零《こぼ》すしかなかった。


新年会を終えて、龍我とともに運転代行でマンションに帰宅した私は、ほうと安堵の息を吐く。

「楽しかったね。莉乃と久保寺さんも楽しんでくれたみたいでよかった」

「そうか」

なぜか龍我は車内にいたときから眉を寄せ、無言だった。とても不機嫌そうだが、どうしたのだろう。

不思議に思いながら玄関でパンプスを脱ぐ。その隙に龍我は私が提げたバッグから、するりとスマホを抜き出した。

「あっ……何するの⁉」

素早く確認した龍我は、すぐに私のスマホを返した。画面には、莉乃から届いた新年会のお礼のメッセージが表示されている。

「勝手に見るなんてひどい！」

「久保寺は油断がならない男だからな。莉乃を介しておまえと連絡を取るくらい、あいつには造作もないことだ。今後はスマホをチェックさせてもらう」

勝手な言い分に眉をひそめる。

結局久保寺さんと連絡先は交換していないわけだし、彼にもそんな気はなかったはずなのに、どうしてスマホを勝手にチェックされなくてはならないのか理解に苦しむ。

「久保寺さんから連絡が来るわけないじゃない。彼は莉乃と付き合うことになるんでしょ？」

「いや。あいつの狙いはおまえだ」

「どうしてそんなことわかるの？　私は久保寺さんと、ほとんど話してないのに」

「奴の目線の置き方でわかる。やはり久保寺を呼んだのは失策だったな。俺の義妹《いもうと》だから遠慮しようだなんて、あいつは微塵《みじん》も思わないだろう」

舌打ちをした龍我は拳《こぶし》で壁に手を突いた。

彼の言動から、仕事仲間である久保寺さんを心の裡《うち》では全く信用していないことが窺《うかが》える。仕事と恋愛については別物かもしれないが、久保寺さんは先輩である龍我に終始気遣いを見せていた。

彼が龍我を出し抜こうとするなんて、あるわけがない。

「龍我は私のことだけじゃなく、久保寺さんも全然信用してないのね。どうしてそんなに疑ってばかりいるの？」

「これが俺だ。久保寺の話はもういい。おまえの口からほかの男の名前を出されると虫酸《むしず》が走る」

「自分から久保寺さんのことを話したんじゃない！」

「もういいと言ってるだろ！」

声を荒らげた龍我の双眸《そうぼう》が剣呑《けんのん》な色を帯びる。

私と久保寺さんが密かに連絡を取るのではと勘繰っているようだけれど、見当違いな嫉妬に辟易《へきえき》する。それならば私からも、言いたいことがあった。

「龍我こそ、今までは好きなように女の人と遊んできたんじゃないの？」

「なんだと？」

龍我は眉を跳ね上げた。

「社長令嬢を紹介されたんでしょ？　誰とも付き合ったことないって言ったのに……」

「俺は嘘は言っていない」

「そうよね。社長令嬢や秘書をもてあそんで捨てても、恋人はいないという言葉に嘘はないものね」

莉乃の言葉を借りて詰《なじ》ると、私を見据えた獰猛《どうもう》な眼差しが細められる。

紹介されて断ったというが、それまでに食事などしているに違いない。大会社の社長令嬢となれば、龍我だって無下《むげ》には扱えないだろう。綺麗な女性と龍我が楽しそうに食事している姿を想像しただけで、胸に猛烈な痛みが走る。そして食事のあとに、龍我がいつも私にしているようにほかの女性を抱いたのだとしたら……

眦《まなじり》に涙が滲《にじ》み、憤《いきどお》りで体が震える。私の心はそんな仮定すら受け入れられない。龍我には、私だけを見ていてほしいのに。

これは、嫉妬だった。

私は会ったこともない、龍我を愛した女性たちに嫉妬している。こんなにも醜《みにく》い情念が心の裡《うち》に渦巻くなんて、自分でも信じられなかった。

戸惑う私を見下ろした龍我の表情が、怒りから冷笑へとゆっくり変貌していく。

「嫉妬か。悠愛に嫉妬されるのも気分がいいものだな」

「そ、そんなのじゃないから！　龍我がずるいって言ってるの！」

「ずるくて結構だ。喚《わめ》くおまえを押さえつけながらするのも、悪くないかもな」

突然、体が宙を浮き、私の手からバッグが滑り落ちた。肩に私を担いだ龍我は、奥の寝室へ向かう。

「な、何するの!?」

「セックスに決まってるだろ。もう半日も抱いてないんだ。さあ、たっぷりやるぞ」

そう言って龍我は私を寝室のベッドに下ろす。廊下に中身の散らばったバッグとスマホが目に入ったが、龍我が寝室の扉を閉めると、それも見えなくなった。


新年会のあとに龍我と喧嘩《けんか》をしてから、数日が経過した。

久保寺さんのことで怒りを漲《みなぎ》らせた龍我は、私を何度も抱いてようやく機嫌を直した。喧嘩《けんか》をした日は、いつも以上に激しく責め立てられた。

長い情事が終わり、ベッドから下りようとするとまた腰を掴《つか》まれて褥《しとね》に引きずり戻される。

そして獰猛《どうもう》な楔《くさび》で貫《つらぬ》かれ、揺さぶられる。私の蜜壺は与えられる快感にずぶ濡れのまま、爛《ただ》れた愛欲に溺れた。

けれどそんな陵辱の日々も、ひと区切りつく。

年末年始の休暇が明けて、会社が始まるのだ。

龍我は本日から出社らしく、支度を整えていた。新年を機に、私も出社したいとさりげなく申し出てみたけれど、仕事の電話が来てしまったので返事は聞けなかった。

朝食を終えた私はシャワーを浴びたあと、ひとまず自室へ戻った。

「ふう……。今日の出社は難しいかな」

あれ以来、龍我が私のスマホを見ることはなかった。あのときは機嫌が悪かったので、私が久保寺さんと結託して龍我を裏切るのではと思ったのかもしれない。そんな事態が起こるわけはないと、冷静になってみればわかることだ。

その代わり、龍我が過去の女性と何があったのか、詳しく聞かせてもらえることもなかった。

私の疑念は晴れないままだ。今も胸の奥で、黒い靄《もや》がくすぶり続けている。

そんなとき、ふと私は気づいた。

義兄が私の知らない女性と関係を持つことに、何の問題があるというのか。

いずれ龍我は自《みずか》らが見初《みそ》めた女性と交際して、結婚する……そして、セックスする。私にそうしたように。

本来なら私は龍我の義妹として、それを祝福しなければならないのだ。文句を言えるような立場ではない。

どうして今頃になってそんな当たり前のことに気づいたのだろう。

今の私はもう、龍我の恋愛を応援できるような『義妹』ではなくなっていた。

龍我がほかの女の人と交際するなんて、そんなことは耐えられない。想像しただけで胸が締めつけられ、眦《まなじり》から涙が零《こぼ》れ落ちた。

ずっと私だけを見ていてほしい。私以外の誰にも、渡したくない。

その激しい独占欲の源《みなもと》が何であるのか、ようやくわかった。

龍我のことが、好き――

流されたからじゃない。処女を捨てたかったからでもない。私の胸の奥で密かに、彼に対する恋情が芽吹いていたからなのだ。

だから、龍我に抱かれた。彼の激しい執着を、喜んで受け止める自分がいた。義兄としての尊敬の枠を超えて、彼を男として好きになっていたのだ。

認めてしまえば、その想いはすとんと胸の中心に収まった。

けれど、この想いは許されない。秘密の恋人という関係が知れ渡り、周りから糾弾されることを私は恐れていた。

それに、龍我とは義兄妹なのだから結婚もできない。

結婚を考えるのは時期尚早《じきしょうそう》かもしれないけれど、私はいずれは好きな人と結ばれたいと思っている。

だけど私はどこまでも龍我の義妹であり、秘密の関係を続けても破綻しかなかった。そして龍我自身もこの関係がふたりの最良だと考えているのかもしれない。

考え始めるときりがなく、愛情と罪悪感が胸の裡《うち》でせめぎ合う。

好き。でも、いずれは諦めないといけない。

「どうしよう……どうすればいいの……？」

自室で膝を抱えていた私は、リビングの気配を窺《うかが》った。

龍我はまだ電話で話し中だ。先程、朝食の最中にかかってきた電話は急ぎの用件らしく、龍我が先方に指示を出している声が聞こえる。

私は気を紛《まぎ》らわせるように封筒に入れていた企画書を取り出して、もう一度チェックした。

依頼されていた企画書はついに完成した。

これを龍我に見てもらいたい。仕事として受けた以上、きちんと納品しなくてはいけない。私の気持ちと仕事は別だ。

文字を目で追っていたそのとき、コンコンと部屋の扉が控えめにノックされた。

「お嬢様……いらっしゃいますか？」

恵さんの声だ。龍我の言いつけを忠実に守っていた彼女がなぜ、あえて部屋までやってきて声をかけたのだろう。

特別な用事があるのかと思い、私は扉を開けた。

「恵さん、どうしたんですか？」

そう問いかけると、彼女はちらりとリビングのほうへ目線を向ける。

龍我が電話の相手と話している声は、まだ続いていた。

「今のうちに、外を散歩しませんか？　坊ちゃまにはわたくしから言っておきますから」

「えっ……いいんですか？」

「出かけたいと、以前おっしゃっていたでしょう？　ずっと気になっていたんですよ」

龍我は私が自由に外出するのを依然として許していない。ポイントカードの満了により許されたのは、『龍我の承認を得られれば外出できる』という条件付きのものだった。

これでは何のためのルールなのかわからない。

つまり私は龍我の掌《てのひら》の上で踊らされていたということだ。

そういった彼の横暴な面に反感を抱いていることも確かだった。

好きだからこそ嫌いになりたくないし、私の気持ちをわかってほしいのに、龍我にどう伝えればよいのか考えが纏《まと》まらない。

散歩でもしてきたら、気分転換できるかもしれない。

喜色を浮かべる私を、恵さんは急《せ》かすように玄関へ導《みちび》いた。

「さあ、坊ちゃまのお電話が終わらないうちにどうぞ。足音を立ててはいけませんよ」

「でも……こっそり出たら、恵さんが叱られませんか？」

「大丈夫ですよ。実は坊ちゃまにお話ししたいことがありまして。お給料を上げてほしいというお願いなんですけどね。それをお嬢様に聞かれると恥ずかしいので、散歩に出ていただきたいのです」

恵さんは冗談めかして微笑む。

給料を上げてほしいという話を雇用主にするのなら、繊細な内容なので私がいないほうがいいだろう。

「わかりました。じゃあ、一時間くらいで戻ってきますね」

「ええ、お願いいたします。何も心配いりませんから」

――何も心配ない。

その言葉は、龍我が私に言い聞かせた台詞《せりふ》と同じだった。

それは、何も考えなくていいと言われるのと同義のようで、心に小さな棘《とげ》が引っかかる。

コートを手にした私は振り返ったが、龍我がリビングから出てくる気配はない。

恵さんは頷きを返す。今しかない。散歩に出かけるだけ。一時間で戻ってくるのだから。

ついに私は鳥籠《とりかご》の門をくぐった。

◆

溜息を零《こぼ》した俺は、ようやく通話を切る。

朝からトラブル処理に見舞われてうんざりする。売上金を紛失したという地方の支店長からの電話で、横領か泥棒かと騒ぎになりかけたが、実は事件性など欠片《かけら》もなく、支店長が車に置き忘れただけだった。すでに警察に提出した被害届は即刻取り下げろと命じて、この件は落着した。

「まったく人騒がせだな。あの男は降格だ」

苛々《いらいら》しながらソファに腰を下ろす。

仕事に行くはずだったが、そうもいかなくなった。

電話の最中に俺の目を盗んで、ふたりの足音が玄関先へ向かったことはわかっている。

トラブル処理を優先させるべきと判断したので、あえて声をかけなかったが、俺を欺《あざむ》こうとはどういうつもりだ。

しばらくして唇を引き結んだ恵が、腰を低くしてリビングへ入ってきた。

まずは言い分を聞こうじゃないか。

「……坊ちゃま。お嬢様は散歩に行っております。一時間ほどでお戻りになります」

「それで？　恵さんはその間、給料を上げてほしいという嘆願を俺にするのかな」

会話の内容が漏れていることに、恵は動揺を見せた。

女の高い声は通りやすいので、ほかの音と聞き分けることは容易だ。むしろ聞かれていないと思い込めるほうが不思議である。

「とんでもございません。あれはお嬢様に出かけていただくための方便でして……坊ちゃまからは充分なお給料をいただいております」

「そうだろうね。恵さんの多大な貢献には感謝してるよ。あなたの働きのおかげで、悠愛と同居できたようなものだからな」

その言葉に恵は顔を歪《ゆが》め、きつくエプロンを握りしめる。

「アパートを見張ったり、お嬢様が出したごみを回収したりと、坊ちゃまの命令どおりに犯罪まがいのことをしてきました。わたくしにもお嬢様と同い年の娘がいますから、悪い男にたぶらかされたりしないかと心配する気持ちはよくわかります。……でもまさか、こんなことになるとは思わず……この状態はまるで監禁じゃありませんか。お嬢様が可哀想です」

切々と訴える恵を、冷めた目で見やる。

悠愛がアパートでひとり暮らしをしていたときに、つけていた見張りのひとりが恵だった。俺自身が二十四時間見張っているわけにはいかないので、持ち駒を使って悠愛を監視する必要があった。幸い、恵は悠愛に見つかることはなかったので、彼女はストーカーにならずに済んだ。ストーカーの正体を、悠愛が知ることは今後もない。

俺の計画は完璧だ。

口端を引き上げて、不遜《ふそん》な笑みを形作る。さぞ悪人に見えていることだろう。

「可哀想かどうかは捉《とら》え方によるんじゃないかな。たとえば飼っているインコが閉じ込められて可哀想だからと空に放したら、ひとりで生きていけないだろう？　それと一緒で、か弱い者は保護されていたほうが幸せな生き方と言える」

悠愛が掌《てのひら》の中にいるという確信がないと、不安に苛《さいな》まれる――俺は、自身の心を蝕《むしば》むこの焦燥と長く付き合ってきた。

初めて自覚したのは、義妹となった悠愛が小学校へ向かったときだ。

日中はお互いに学校があるわけだが、悠愛の姿が見えないだけで奇妙な焦《あせ》りに襲われた。

彼女は俺のものなのに、なぜ距離によって隔《へだ》てられてしまうのだろうと。

悠愛は常に俺の傍にいるべきだ。俺の触れられる距離にいなければならない。

歪《いびつ》なのはわかっている。だが、変質的な執着を抱く俺という人間は誰にも理解されなくていい。ただ悠愛を愛し、彼女も俺に好意を抱いてくれさえすれば、俺の狂愛はふたりだけの世界に収まるのだから。

この愛を実現するには、長期的な計画が必要だった。

悠愛を無理やり抑えつけてはいけない。その方法ではすぐに破綻が訪れる。

彼女が俺だけを頼り、ふたりきりの世界が最良だと選択するには、それなりの時間をかけて愛情をたっぷり注ぎ込まなければならない。

つまり、俺が悠愛を幸せにするということだ。

ふたりが納得している幸せに、他人が可哀想だと水を差すのは余計なお世話ではないか。

「ですが、お嬢様はペットではありません。もう成人している女性ですし……」

「恵さん。あなたのそのお節介は、偽善じゃないのか？」

虚を突かれた恵は瞬《まばた》きを繰り返す。

俺はこの無駄な論議を打ち切るべく、切り札を出した。

「あなたがつまらない盗みを働いて解雇されかけたとき、取りなしてあげたよね。それ以来あなたは俺の命令に従ってきた。俺に縛られている自分と悠愛を重ね合わせて、悲観してしまったのかな」

口を噤《つぐ》んだ恵が、ごくりと唾を呑み込む。

マンションのハウスキーパーとして恵を雇う前、彼女は勤め先の屋敷で金券を盗んだ疑いをかけられていた。仲裁に入った俺は、『恵さんがそんなことをするはずがない』と弁護しつつ、相手方に示談金を支払って片をつけた。

金さえもらえば誰でも水に流すものである。被害届は提出されず、家政婦紹介所も不問に付すという判断を下して解雇を取り下げた。

果たして、恵は罪を犯したのか。真相がどうなのか俺は知らない。

恵自身は最後まで誤解だと言っていたが、この場合、恵が金を盗んだかどうかが重要なのではない。彼女に恩を売る絶好の機会だから、俺は飛びついたのだ。

かくして俺の救済に恩を感じた恵は、忠実な部下として任務をこなすことになる。

「あのことは……本当に誤解だったのです。坊ちゃまには示談金まで支払わせてしまって、大変申し訳なく思っています」

「莉乃には何も話していないんだってね。母親が勤め先で盗みを働いた疑惑があるなんて噂が広まったら、莉乃の将来にも差し障るんじゃないか？」

娘の首根を掴《つか》んでいると匂わせれば、恵は目を伏せた。

もはや俺に反論することはないだろう。

そう思ったとき――

「……もう、疲れました。娘には、わたくしから話そうと思っています」

疲弊した様子で呟《つぶや》かれた台詞《せりふ》に、俺は目を瞬《しばた》かせる。

疲れたとは、どういうことだ。

俺の命令に従うのが疲れたと言いたいのか。それとも偽り続けることに疲れたという意味か。

「へえ。まあ、あなたがた母子の問題だからね。好きにしたらいい」

俺は終焉《しゅうえん》を迎える気配を察した。

恵は自《みずか》らの意志で、俺との雇用契約を打ち切るつもりだ。

示談金は借金ではないので返済する義務などない。莉乃の性格なら、母親の盗みの疑いについて聞いたところで、さほど苦にしないだろう。あくまでも疑惑の範疇《はんちゅう》なのだから。

結局は恵の気持ちの問題である。彼女が過去を含めたこの因縁を終わりにしたいと言うなら、俺に止める権利はない。

「それでは……最後にお掃除をさせていただきます」

「ああ、よろしく」

恵は背を丸めて、掃除機を取り出した。やはり辞めるつもりらしい。

もう定期的にハウスキーパーを入れるのはやめにするか……

考えを巡らせながら、俺はソファから立ち上がった。

今日は、悠愛と恵をふたりきりにしておくのはまずい。恵の心情を考えると、悠愛に余計なことを漏らされかねない。

最後という免罪符を手にした人間は、驚くほど箍《たが》が外れるものだ。

「さて、悠愛を迎えに行ってから出社するか」

そう口にしたときには、恵のことなど、もうどうでもよかった。

俺は愛する悠愛を捕まえるべく、玄関へ向かった。

悠愛を連れて出社すると、本社の社員たちは彼女を歓待した。

社長の義妹なのだから、それも当然だろう。悠愛にとっては初めての出社だが、彼女は若干の緊張を見せながらも頬を紅潮させて喜んでいた。

悠愛の行動範囲が広がることは避けたいのだが、あまりにも他人との接触を禁じると、自由を奪う悪人のように疎《うと》まれてしまう。それゆえ、調整は不可欠だ。

悠愛には俺が窮地を救う騎士《ナイト》であるということを、根本に植えつけておかねばならない。

彼女は俺とふたりきりの世界で愛欲に溺れていればそれでいい。

社員として登録してあるが、仕事もしなくてよかった。企画の仕事は悠愛が手持ち無沙汰になっていたので任せたが、毎日出社してほかの社員と笑顔で雑談など交わされた日には、嫉妬で腹の底が焦《こ》げつく。

彼女のもっとも大事な仕事は、俺に抱かれることなのだ。

会議室で悠愛とふたりきりになり、完成した開運アクセサリーの企画書を見せてもらう。

年末年始の休暇中にも暇を見つけて作成していたようだ。数珠《じゅず》型のブレスレットにチャームを付けるという案だった。

俺は悠愛の胸元に飾られているピンクダイヤを眺めつつ、彼女の説明に耳を傾けた。

「チャームの形は恋愛運、金運、健康運という種類ごとに違うものにしたの。そうすれば、お客様がチャームを選ぶ楽しみも増えるかなと思って」

アクセサリーをつなげるという発想は、クリスマスプレゼントのネックレスからヒントを得たのかもしれない。企画書に目を通すと、チャームは猫やクマなどの動物や、ハンドバッグに指輪など、一見何の関連があるのかと不思議に思うものがセレクトされている。

これらが女子の好むアイテムなのだろう。俺が着目するのは売上高や原価などの数字のみなので、売れるデザインが何なのかは全くわからない。ただ、開運を謳《うた》うこの手の商品はどんなデザインだろうと手堅い数字を叩き出せる。

客は商品を通して、幸運を購入しているからだ。

幸運が訪れるという保証はないので、正確には希望を買っている。

「いいんじゃないかな。女性が受け入れやすいデザインだ。よくがんばったね、悠愛」

「ありがとう……。じゃあ、このブレスレットが商品化されるということ？」

「そうだな。早速、試作品を製作する部署に話を通しておこう」

企画書を認められた悠愛は瞳を煌《きら》めかせた。

褒めてあげると素直に喜び、命令すれば困った顔をしながら従う。可愛くて仕方ない。今すぐに体中を舐め尽くしてやりたい衝動に駆られる。

滾《たぎ》る欲望を鎮めた俺は、涼やかな顔をして席を立った。

「そろそろランチにしようか。せっかく悠愛が来てくれたんだ。会社の近くにある美味《おい》しいビストロに案内するよ」

喜ぶ悠愛の肩を抱いて会議室を出る。

悠愛の顔を眺めながら食べるランチは最高に美味だった。

そろそろ悠愛をマンションに帰すか……と思ったが、午後から来客があるので席を外せない。電車で帰すなどもってのほかだが、社内の人間に送らせるわけにもいかない。悠愛があの鳥籠《とりかご》型の門を確かにくぐったか、俺の目で確認しなければ気が休まらないからだ。

時計を確認しながら、珈琲《コーヒー》カップを置いた悠愛に訊《たず》ねた。

「悠愛。午後も会社にいられるか？」

「もちろん。終業時間まで仕事するものでしょ？」

「まあ、そうだけどな」

不思議そうに首を傾げる悠愛を、微苦笑を込めて見返す。

夕方になってから一緒に帰るというのも悪くないだろう。

俺はゆったりと構えていた。

張り巡らせた蜘蛛《くも》の糸がわずかにほつれていることなど、気づかずに。

ランチを終えて会社へ戻り、いくつかの来客に対応する。

その間、悠愛はお茶汲みの仕方を女子社員から習っていたようだ。悠愛がそんなことをしなくてもよいのだが。

悠愛に愛想良く話しかけるのは女性であっても腹立たしい。こちらに注意を向けさせるべく、悠愛に声をかけようとしたそのとき、入り口に人影が現れた。

また来客かと目を向けた先に見知った顔を認め、呼吸を止める。

「お疲れさまです、みなさん。社長、あけましておめでとうございます」

支店に出向させていた鈴木が、にこやかな笑みを浮かべてやってきた。

支店長に任命したが相変わらず垢抜《あかぬ》けない恰好《かっこう》で、太い黒縁眼鏡をかけている。

呼んでもいないのに、何の用だ。

鈴木は手にしていた小さな包みを、俺に差し出した。

「こちら、お届け物です。社長のお母さまが、わざわざ支店に出向いて事務員に言付けてくれたんですよ。大切な物を忘れていったので、ぜひ支店長である僕に届けてほしいということでした」

「……へえ」

言い分は不審な点ばかりだが、純朴な鈴木は何の疑いも持っていないらしい。

手渡された茶封筒を開けると、中には黒の万年筆が一本だけ入っていた。手紙などはない。

俺の大切な物だそうだが、見知らぬ品だった。

これを俺の母親と名乗る者が、鈴木に届けてほしいと頼んだと？

冴子は俺の仕事に関知しないし、関わらせないので、職場を訪れたことは一度もない。会社の住所さえ知らないだろう。それに母親が息子に忘れ物を届けたいのだとしたら、まっすぐに本人の勤める職場へ向かうのが自然だ。なぜ回り道をする必要がある？

俺の母親を騙《かた》る人物は、買い物のついでに寄ったとでも支店の事務員に言ったのだろうが……

何の変哲もない万年筆を眺めつつ、鈴木に訊《たず》ねた。

「鈴木君。俺の母親を名乗るからには五十代くらいの女性だろうけど、どんな人だったか事務員から聞いてないかな？」

「あっ、聞きましたよ。社長とは似ていないけど、とても丁寧で物腰の柔らかい人だったそうです。長い黒髪を後ろに束ねて、ちょっと腰が曲がっていたとか」

——恵か！

朝の会話が脳裏をよぎる。

いったいこれは、何の真似だ。

最後という免罪符を手にした人間は、驚くほど箍《たが》が外れるもの……

わかっていたはずなのに、俺はどこか油断していたらしい。

母親を騙《かた》ったのが恵だと知り、俺は万年筆に込められた意図を察した。

悠愛が可哀想だと言っていたな。俺という悪魔の企《たくら》みを教えてあげようという親切心のつもりか。

はっとした俺は、すぐに鈴木を追い払おうとした。その矢先、給湯室から悠愛が顔を覗《のぞ》かせる。

彼女は鈴木を見て「あっ」と声を上げた。

「この人……私の住んでいたアパートに出没したストーカーだわ！」

くそ。少し遅かったか。

謎の万年筆に気を取られてすぐに鈴木を支店に帰さなかったことが悔やまれる。

悠愛の指摘に、居合わせた社員がざわめく。鈴木は狼狽《ろうばい》して視線をさまよわせていた。

悠愛の周辺をうろついていたストーカーは、鈴木だ。彼ひとりに任せていてはすぐにばれる恐れがあったので、恵と交代で見張らせていた。

悠愛に男がいないか調査するとともに、ストーカーの存在を匂わせて、いずれ俺のマンションに囲い込む目的だった。

すでに目的は達成し、ふたりには充分な報酬を支払っている。

あとは鈴木の顔を知る悠愛が、永遠に彼と顔を合わせなければ、この件が露呈することはなかったはずなのに。

こんなことなら、鈴木を解雇するべきだったな……

柄にもなく後悔するが、もし解雇していれば、事態はより悪い方向に転がっていただろう。俺とのつながりが消えた鈴木は掌《てのひら》を返して、犯罪の片棒を担がされたなどと警察に駆け込みかねないからだ。

気が弱そうな人物だからといって、甘く見てはいけない。

今回の恵の仕返しが、それだ。

万年筆を事務員を介して鈴木に預けたのは、悠愛と鈴木を鉢合わせさせるためなのだ。しかも母親を騙《かた》るという周到ぶり。

鈴木と恵は交代で見張りを行っていたので無論面識がある。恵が鈴木に直接頼めば容易だったわけだが、鈴木は依頼主を偽る芸当などできないので、即座に俺に気づかれるだろうとあの女は察知していた。

散々金の面倒を見てやったのに、最後に飼い犬に手を噛まれるとはな。首輪を解くのは死んだときにするべきという戒《いまし》めか。

俺は滾《たぎ》る怒りを綺麗に押し込めて、手にした万年筆を握りしめた。

まずは、悠愛の誤解を解かなければならない。

そう、ただの、誤解なのだから……

◆

私が声を上げると、居合わせた社員はざわめいていた。

龍我と話していた痩せ形で眼鏡をかけている男は、狼狽《ろうばい》して視線をさまよわせている。

間違いない。彼はアパートに度々現れていたストーカー本人だ。まさか、こんなところで遭遇するなんて。

「あ、あの……義妹《いもうと》さん、いらっしゃってたんですか……」

ストーカーの男は困った顔をして、助けを求めるように龍我を見上げている。

彼は、私が龍我の義妹だと知っているのだ。どういうことなのだろう。

「あなた、私をストーカーしてましたよね？　義兄《あに》の会社と、どういう関わりがあるんですか？」

「いえ、あの、僕はですね……」

彼は私を直視しようとせず、頭を掻きながら龍我の顔色を窺《うかが》っている。

女子社員が小声で囁《ささや》くのを薙《な》ぐように、龍我はフロアにいた社員たちに言い放った。

「誤解があったようだ。みんなは仕事に戻ってくれるかな。悠愛と鈴木君は社長室に来てくれ」

その一声で、社員たちはデスクのパソコンに視線を戻す。

私は龍我のあとに続いて、社長室に入室する。鈴木と呼ばれたストーカー男は項垂《うなだ》れてついてきた。

革張りのチェアに腰を下ろした龍我は、重厚なデスクの前に並んだ私と彼を前に口を開く。

「実はな、悠愛がストーカーだと思っていた彼は、うちの支店長なんだ。俺の指示で、悠愛の身を守るためにアパート周辺を見張らせていたんだよ。鈴木君としては仕事だったんだ。その証拠に、彼は悠愛に何もしていないだろう？」

予想もしていなかった事実を聞かされ、唖然とした。

私がストーカーだと思っていた男は龍我の部下であり、社長命令で私を見張っていたというのだ。

龍我の説明に、鈴木さんは何度も首を縦に振る。

「社長のおっしゃるとおりです。義妹《いもうと》さんが心配だという家族愛に感動した僕は、アパートの近辺をパトロールしていたんです。もちろん業務のうちなので、お給料はいただいております」

ふたりの言い分を聞いた私は眉をひそめた。

確かに彼は私に何も危害を加えなかったし、安全のためパトロールをしていただけだったかもしれない。

ただ、それならば、なぜ今になって私に打ち明けるのだろう。

私と鈴木さんが偶然顔を合わせたから明らかになったけれど、そうでなければ依然として彼がストーカーだと思い込んでいたはずだ。

「それなら、どうして私に黙っていたの？　――鈴木さんは私と目が合ったこともありましたよね。パトロールだったなら、ひとこと挨拶《あいさつ》してくれてもよかったのに、どうして逃げたんですか？」

龍我からの指示であると教えてくれたならば、今まで誤解せずに済んだ。鈴木さんは明らかに、私に発見されたら困るといった態度でこそこそしていたのだ。

質問された鈴木さんは、ずれてもいない眼鏡のブリッジを何度もいじっている。

「ええと……それはですね、社長の指示どおりにしなければいけませんので……そう、あのときは急いでいたんです。森本さんと交代の時間が迫っていましたから。僕の担当は夜間ですので」

「えっ？　森本……恵さん？　恵さんと交代してパトロールをしていたということ？」

「あの……ええと……はい」

鈴木さんは横目で龍我を窺《うかが》う。

龍我がかすかに顎《あご》を引く。おそらく了承の頷きを返したのだろう。

どうやら鈴木さんは、龍我の命令どおりに動かされていたようだ。私に正体を知られてはならないとでも言われていたのだろう。しかも、恵さんまでこの一件に巻き込んでいる。

いくら業務命令とはいえ、義兄が義妹のアパートを見張れと指示するなんて、異常とは思わないのだろうか。ふたりは弱味でも握られているの？

嘆息した龍我は軽く手を振った。

「鈴木君、もう支店に戻っていいよ。今日は忙しいだろう」

「あっ、そ、そうでしたね。失礼いたします」

鈴木さんは逃げるように社長室を退出した。つまずいて扉にぶつかっている。ひどく動揺しているようだ。彼の素朴な雰囲気から察するに、龍我に言われて仕方なくやっただけなのかもしれない。そう考えると、彼が悪い人には思えなかった。

先程、社員たちの前でストーカーと詰《なじ》ったのは彼の名誉を著《いちじる》しく傷つける行為だった。事情があったとはいえ、申し訳ないことをしてしまった。

龍我は安堵した様子で肘掛けに腕をかけ、チェアに背中を預けた。

「鈴木君はよくやってくれたよ。職務質問されたこともあって大変だったらしい。だから悠愛は初めから俺のマンションで一緒に暮らせばよかったんだ」

まるですべて私が原因であるかのような言い分に、腹が立った。唇を引き結んだ私は龍我に向き直る。

「パトロールをしてくれていた事情はわかったわ。でも龍我は、私にはストーカーが出没することを理由に引っ越しさせたのよね。そのストーカーが鈴木さんだとわかっていたのに、どうして何も知らないふりをしたの？」

引っ越しのとき、龍我は鈴木さんのことをひとことも話さなかった。

あらかじめ部下をパトロールさせていると伝えてくれれば、慌てて引っ越すことはなかったはずだ。それなのに龍我はストーカーの件を盾に取り、急《せ》き立てるように私を同居させたのだ。

まるで、ストーカーの存在を仕立て上げ、私を引っ越しさせるのが目的であったかのように。

私がそう問いかけると、腕組みをした龍我は悠然と言い放つ。

「そのことについては、俺の配慮が足りなかった。鈴木君とは別に、本物のストーカーがいるものだと思っていたんだ」

「あのときはそんなこと言ってなかったじゃない。大家さんとも話したのよね？　パトロールのことは大家さんの許可は得ていたの？」

少々の間があった。わずか、二秒ほど。

龍我は腕組みを解いて、デスクに前のめりになる。

「大家は関係ない。彼らにパトロールを依頼して報酬を支払っているのは俺だ。近隣の住民から苦情は出ていなかった。何も問題はない」

ねじ伏せようとするかのような強い口調に、誤魔化そうという思惑が透けて見えた。

パトロールと称しているけれど、それは後付けだ。大家さんときちんと話したのかどうかも怪しい。

ひとり暮らしをするとき、それに反対した龍我は連絡先や住所を教えろとしつこく迫ってきた。

私が拒否したから、彼は自分なりのやり方で私を監視することにしたのだ。

何のために……？

私の心の底にたゆたっていた恐れが、黒い染みのごとく薄《うっす》らと浮き上がってくる。

龍我の真の目的は、私を自分のものにして、監禁することだったのではないか。

私を、自分だけの操《あやつ》り人形にするために。

それは、恋なのだろうか。それとも玩具《おもちゃ》を独り占めしたいという、幼稚な執着なのだろうか。

龍我の気持ちがわからない。

「どうして……何も言ってくれないの？　いつもそう……」

好きなのに。

事情を説明してくれたなら、わかり合えるはずなのに。

いつもいつも龍我は策略を巡らせ、思いどおりに人を動かしてしまう。

初めから私の心をもてあそぶつもりだったのだろうか。

チェスの駒を動かして、ゲームを楽しむのと同じように。

唇を震わせる私を、龍我は冷酷な双眸《そうぼう》で見つめている。次の手を打つために。

「俺は常に適切に説明している。だが、悠愛の誤解を招いたことは悪かったと思っている」

「誤解？　まるで私が思い違いをしたみたいに言うけど、初めから龍我の計画だったんじゃないの？」

誤解とは何という便利な言葉なのだろう。衝撃を通り越して笑いが込み上げてくる。

ストーカーの存在を煽《あお》り、倒産騒ぎをきっかけにマンションで同居した経緯は計画的だった。龍我のマンションには、すでに衣服まで揃えた私の部屋が用意されていたのだから。

もしかして、会社の倒産も龍我が関係しているのかもしれない。

私の指摘を聞いた龍我は、くだらないとでも言いたげに顎《あご》を上げた。

「言いがかりをつけるな。何度も言ってるだろ。俺はおまえが心配だから、方々に手を尽くしたんだぞ」

「その手を尽くすっていうのは、ストーカーを依頼したり、ライバル会社を倒産させるということ?」

龍我は肘掛けを掴《つか》み、珍しく怒りを滲《にじ》ませている。

図星なのかもしれない。証拠はないけれど。

思い返せば、いつでも私は龍我に誘導されてきた。

彼の思惑どおりに同居して、ポイントカードを与えられ、最後まで身を重ねた。

すべて彼の計画に則《のっと》って私は抱かれ、彼を好きになったのかと思うと、やるせない思いが込み上げる。私の恋心は洗脳されていたのだろうか。

しかも、龍我との暮らしは不快ではなかった。蜘蛛《くも》の糸に優しく搦《から》め捕《と》られるような心地よさに、陶然として身を委《ゆだ》ねたのは私だ。

私は心のどこかで、龍我に騙《だま》されていることをわかっていた……

わかっていながら、恋情で蓋をしていたのだ。気づいてはいけないと。

それがストーカーが私の目の前に現れたことにより、すべて晒《さら》されてしまった。

知らないほうがよかったのかもしれない。

でも、今こそ、龍我にぶつけなければならない言葉がある。

私は奥底に押し込めていたものを吐き出した。

「私、あなたの玩具《おもちゃ》じゃない! こんな関係なんて、もうやめるから!」

ずっと不満を抱いていた。秘密の恋人という名で、龍我の掌《てのひら》の上で、いいように転がされているだけなのではないかと。

主導権を握っているのは龍我だ。

結局私は、龍我に見合う女性が現れたら、捨てられる玩具《おもちゃ》。

そのときが来るまでただ待って、恋情や恨めしさに身を焦《こ》がすくらいなら、今ここで終わりにしたほうがいい。

口にしたことを後悔なんてしていない……

荒く息を吐く私は、無表情の龍我と視線を絡めた。

「ふうん」

ゆらりと、龍我が席から立ち上がる。

殺気すら感じさせる冷たい笑みを浮かべ、彼は私の前へやってきた。

怯《おび》える気持ちを必死で抑え込み、龍我と対峙《たいじ》する。口端を引き上げた龍我は、剣呑《けんのん》な表情で私を見下ろした。

「そんなことを言い出すなんて、お仕置きが必要だな」

頤《おとがい》を掴《つか》まれた刹那《せつな》、精悍《せいかん》な顔が傾けられ、熱い唇が押し当てられる。

「やっ……！」

ここは社内で、扉の外には社員がいるのに。

私は逃れようと必死で顔を逸らす。腕を伸ばし、彼の胸を押し戻そうとした。

けれど逞《たくま》しい体躯《たいく》はびくともしない。顔を背《そむ》けても、どこまでも雄々しい唇は追いかけてくる。

貪《むさぼ》るようなキスに、歯がぶつかる。

吸いついてくる唇に、思い切り噛みついた。

「っく……！」

顔を離した龍我が目を眇《すが》める。手の甲で拭《ぬぐ》った彼の口元には血が滲《にじ》んでいた。

その隙に腕から逃れ、私は後ずさりする。

口中に鈍い鉄錆《てつさび》の味が広がる。龍我の血だ。

龍我は凄《すご》みのある笑みを浮かべ、壁際に追い詰められた私の体を血のついた手で囲い込んだ。

「おまえの体も髪も血も、誰のものか教えてやる」

激情の滲《にじ》む低い声が鼓膜に吹き込まれた。

龍我が全身から漲《みなぎ》らせる怒りに、ぶるりと背が震える。

私が悪いのだろうか。

でも、私の気持ちもわかってほしかった。

秘密の関係で居続けることの心苦しさ、そしてまだ見ぬ龍我の恋人への嫉妬にどれほど胸を痛めているのか。それらは龍我への想いが募《つの》るほど、私の心を蝕《むしば》んでいく。

義兄妹なのだから、秘密の関係の先を望むなんて、おこがましいのかもしれないけれど……

そんなことを考えていると、逞《たくま》しい腕に腰を攫《さら》われ、デスクに向かって放られる。たたらを踏んでしまい、重厚な机に縋《すが》るように手をつくと、ばさりと机上の書類が散らばった。

「そのままの姿勢でいるんだ。おまえの恥ずかしいところを、社員たちに見られたくなかったらな」

「え……」

青ざめた私のスカートが背後から捲《まく》り上げられる。

ストッキングを破られる音が室内に大きく響き、息を呑んだ。

「や……やめて……」

弱々しい声で拒絶するけれど、龍我の手が止まる様子はない。

今の私はドアに向かって尻を突き出している恰好《かっこう》だ。

もし誰かが入ってきたら、どうしよう。

緊張に身を強張《こわば》らせていると、ショーツに包まれた淫裂を後ろからなぞり上げられた。

淫靡《いんび》な感触が布越しに伝わり、ひゅっと細い呼吸が漏れる。

「んっ……や……ぁ……」

花芽を探り当てた指先が、くにくにと円を描いて愛撫する。

途端に甘い痺《しび》れが走り、背を仰《の》け反《ぞ》らせた私の腰がもっとというように突き出される。無残にストッキングを剥《む》かれて、ハイヒールを履いているだけの素足はぶるぶると震えた。

「ん、んぅ……ふ、ん……っ」

必死で唇を引き結び、淫《みだ》らな声が漏れないように己《おのれ》を律する。

扉一枚を隔《へだ》てただけのフロアでは、何も知らない社員が黙々と業務を行っているのだ。喘《あえ》ぎ声を聞かれたら、龍我との関係を疑われてしまう。

背後から執拗《しつよう》に秘所を弄《いじ》る龍我は、喉奥で笑いを零《こぼ》した。

「もう濡れてきたぞ。ショーツが、ぐっしょりだ。ほんの少し前は処女だったのに、淫《みだ》らな体になったな」

「うぅ……ん、くっ……」

快楽のすべては龍我に教え込まされたのだ。

そのことを淫蕩《いんとう》な愛撫により、体の奥から蜜液を滲《にじ》ませることで証明してしまう。

私の体は、義兄に弄《いじ》られて悦《よろこ》んでいる。

そして心までも、彼に支配されている。

すべて龍我の計画通りに抱かれて、この束縛から逃れられない。

哀しくて切なくて、涙が込み上げてくる。

ショーツが引き下ろされ、外気に晒《さら》された尻が、ぶるりと震えた。

龍我は長い指で花襞が濡れているのを確かめると、蜜口につぷりと突き立てる。

「あっ……ん、ん……」

思わず高い声が出そうになり、慌てて口元を掌《てのひら》で覆った。

私が快楽に耐えるさまを楽しむかのように、男の指はじゅぷじゅぷと卑猥《ひわい》な音色を奏でながら蜜洞を出し挿《い》れする。

「中はぬるぬるだな。きゅうっと指を食い締めてくる。ほら、わかるだろ？」

くい、と指を折り曲げられ、感じるところを指の腹で押される。

すると強烈な愉悦に襲われて、びくんと腰が跳ねた。

「ひっ……ん……！」

きゅううっ……と蜜壺が引き締まり、節くれ立った指を食《は》んだのが自分でもはっきりわかった。

触れられてもいない胸の頂《いただき》までもが、じんと疼《うず》いている。

弄《いじ》ってほしい、貫《つらぬ》いてほしい、そして思うさま揺さぶってほしい。

私の中の淫《みだ》らな欲が理性を粉々に打ち砕こうとしている。

「あっ……」

そのとき、ずるりと指が引き抜かれた。

縋《すが》りついていた媚肉は咥《くわ》えるものを失い、寂しげにひくつく。

けれどすぐに熱く猛《たけ》ったものが蜜口に押し当てられて、息を呑んだ。

「え……ここで……？」

後ろを振り返って龍我を窺《うかが》うと、彼は口端の傷を舌で舐め上げた。

狂暴な雄の色香が滴《したた》り、ぞくりとする。

「そう。ここで、おまえは俺に抱かれるんだ」

ずくんっと、一息に奥まで貫《つらぬ》かれた。

ひくついていた蜜壺が太いもので満たされた衝撃で、瞼《まぶた》の裏が白く染まる。

「あ……ぁ……あ、はぁ……」

掠《かす》れた声が漏れ、意識を飛ばしながら、弓なりに背をしならせた。

そうすると腰が突き出されて、蜜口がさらに肉槍をずっぷりと咥《くわ》え込む。

根元まで剛直を押し込んだ龍我は、とんと奥を突いた。

「軽く達したか？　こんな場所でいくなんて、卑猥《ひわい》な女だな」

穢《けが》れた台詞《せりふ》を耳元に吹き込まれ、鼓膜まで犯される。

私は、はくはくと覚束《おぼつか》ない呼吸を繰り返しながら、胎内に収められた熱杭の感触だけを拾い上げていた。

「あ……太いの……抜いてぇ……」

「こうか？」

両手で腰を掴《つか》まれ、ぐちゅ……と雄芯が引き抜かれる。

その刺激にも感じてしまい、大きく体が波打つと、ガタリと机が軋《きし》んだ。

龍我はすべてを抜くことはせず、ぎりぎりのところで止めた。太い雁首が蜜口に引っかかり、ぐちぐちと感じる入り口を弄《いじ》る。

「ふぁ……あぁ、いや……」

腰を持ち上げられているので、ヒールを履いた踵《かかと》が浮いてしまう。私はデスクにしがみついて、与えられる快楽を享受するしかなかった。

「こうすると感じるだろ？」

「だめ、だめ……全部抜いてぇ……」

クチ……クチュクチュ……ヌチュ……

蜜口を舐《ねぶ》る淫猥《いんわい》な音色が室内に響き渡る。

甘い焦燥に身を焦《こ》がされ、媚肉が雄芯を求めて蠕動《ぜんどう》する。

口とは裏腹に、体は最奥まで貫《つらぬ》かれることを望んでいた。

執拗《しつよう》に亀頭で弄《いじ》られ、肉壁から溢《あふ》れた愛液が、つうと腿《もも》を伝う。

焦《じ》らして楽しんでいるのか、龍我は殊更《ことさら》先端を駆使して、ぐちゅぐちゅと入り口をもてあそぶ。

「あぅ……んん……あんん……」

「このままじゃ辛いだろう。奥まで挿《い》れてやろう」

「だめ……んっ、ん……」

「ああ……吸い込まれていくな」

ずちゅずちゅと濡れた音を立てて、長大な肉槍が再び蜜壺に挿入されていく。

胎内を満たすその質感に、歓喜した媚肉は奥へ奥へと誘い込んだ。

「あうぅ……やぁ……あぁあ……」

「体は正直だな。俺のを食い締めて離さないじゃないか」

龍我が腰を使えば、突き入れられた雄芯の先端が、ぐっぐっと最奥を抉《えぐ》る。

背後からという角度のせいか、いつもより鋭敏に悦楽を感じた。

強烈な快感が押し寄せ、すぐにまた高みへ上ってしまう。

「んっ……んふぅ……んくっ……」

「声を出していいんだぞ。俺の義妹《いもうと》はこんなにいやらしい女だってことを、社員たちに教えてやればいい」

「そんな……だめぇ……」

男の腕に囚われたこの体勢では逃れようもなく、与えられる律動を受け止めることしかできない。

喘《あえ》ぎ声が漏れないように、掌《てのひら》で口を覆うのが精一杯だった。

「どこまで頑張れるかな？　俺の可愛い義妹《いもうと》は」

私の腰を抱えた龍我は余裕を見せつつ、激しい抽挿を続ける。

グッチュグッチュ、グチュグチュ、ヌチュッ……グチュッ……

硬い熱杭は濡れた媚肉を擦《こす》り上げ、淫猥《いんわい》な水音を響かせながら蜜壺を犯す。

快感に翻弄《ほんろう》される私の体が、机上でがくがくと揺さぶられ、室内には淫蕩《いんとう》な音色が延々と鳴り響いた。

「んぅ、んっ、あ、あふっ、ひ、ぁ、もう……」

「いく？」

「んっんっ」

幾度《いくど》も首を縦に振る。体が熱く悶《もだ》えた私はきつく背を反らした。

ぐりっと感じるところを穿《うが》たれて、甘く痺《しび》れた体は忘我の淵《ふち》に堕ちていった。

「あっ……ふあぁ……っ、あっあ、ん……」

快楽に戦慄《わなな》く蜜壺から、ずるりと雄芯が引き抜かれる。そして曝《さら》されている尻へ、熱い飛沫《ひまつ》がかけられた。

とろりとした白濁が尻から腿《もも》へ伝い落ちる感触に屈辱めいたものを覚え、心が軋《きし》む。

「なかなかいい眺めだな。だが……」

肩を掴《つか》まれ、デスクに縋《すが》りついていた上半身を返される。私の腰を持ち上げて机の上に乗せた龍我は、悪魔のような凄絶《せいぜつ》な笑みを浮かべた。

「まだ足りないだろう？」

ぐいとセーターを捲《まく》り上げられ、キャミソールとブラジャーも一緒くたにされる。

「あ、や……」

抵抗して身を捻《よじ》ると、照明のもとに晒《さら》された白い乳房が揺れる。それを無遠慮に揉まれ、快感に浸《ひた》っていた体がまたすぐに反応してしまう。

きゅっと紅い突起を摘まれて、体の芯を鋭い悦楽が貫《つらぬ》いた。

「ひぅっ……あんっ……んく……っ」

高い嬌声《きょうせい》が零《こぼ》れそうになり、慌てて口に両手を当てる。つい今まで楔《くさび》を咥《くわ》えていた肉筒から、じゅわりと愛液が染みだした。その淫液はとろとろと滴《したた》り落ちて、机を濡らす。

私の痴態を見下ろした龍我は、両の乳首を捏《こ》ね回しながら笑みを刷《は》いた。

「これはいけない。零《こぼ》さないようにしないと……な」

ずぶん、と獰猛《どうもう》な楔《くさび》が濡れた蜜壺に突き入れられる。

もはやずぶ濡れの花筒は喜んで剛直を迎え入れた。雄芯の先端で、ぐりっと最奥を穿《うが》たれ、一気に快感が込み上げる。大きく開かされた素足が絶頂により高く掲げられ、ふるりと赤いハイヒールを揺らした。

「あっ……あぁあ……あん……」

体を震わせながら、白い世界に没入する。感じるのは胎内に挿入された極太の雄芯と、乳首を摘まむ男の熱い指先のみ。

「また、いったか？」

意地悪なその声音は、達したことがわかっているのに、あえて私に言わせたいのだと察した。

「ん……ん……」

達した衝撃で、声も出ない。宙に浮いた私の両足は、ぴんと突っ張り、まだ戻らない。ハイヒールを履いたままの素足を、ぐいと抱えた龍我は自身の両肩に乗せた。

そうして再び力強い抽挿を始める。

グッチュグッチュ、グチュ、ヌチュ……グチュチュ……

両足を高く抱え上げた体勢のためか、龍我が腰を動かすたびに激しい快楽の波が押し寄せる。

「あぁ……あ、ふ……ん……んぅっ」

快楽漬けにされた肉体は極めたまま、降りてこられない。

わずかに残された理性で、零《こぼ》れそうになる喘《あえ》ぎ声を堪《こら》えていると、あろうことか龍我は口を覆っていた私の手首を掴《つか》んでデスクに縫い止めた。

「あっ、やぁ……」

ぐっと体を倒して、精悍《せいかん》な顔を近づけられる。すると彼の肩にかけた私の両足は体につくほど折り畳まれた。

「俺の血を舐めろ」

唇が触れそうな距離から低く命じられる。

陥落した私は命令どおりに、彼の口端の傷を舌で舐めた。私がつけた傷なのだけれど、その行為は隷属《れいぞく》の証《あかし》を思わせた。

凝固しかけた血をすっかり舐め取ると、満足げに微笑んだ龍我は再び腰を動かす。

「いい子だ。ご褒美《ほうび》に中で出してあげような」

「やっ、やだ。そんなの、ご褒美《ほうび》じゃない……もうやめてぇ」

「俺を、全部呑み込むんだ。唾液も淫液も血も、すべてな……」

そう言って深いくちづけを与えた龍我は、思うさま私の唾液を啜《すす》り上げた。

ぐちゅぐちゅと淫猥《いんわい》な音色を響かせながら、律動が刻まれ続けた。


社長室で龍我に抱かれたあと、ストッキングが破れたので買いに行ってくると理由をつけて、私は会社を出た。

俯《うつむ》きながら街路を歩き、近くのコンビニに入った。

ずっと下を向いていたので社員たちの表情は窺《うかが》えなかったけれど、社長室で何が行われていたか知っているのではと思うと、居たたまれなくて泣きたくなる。コンビニでもすれ違う人が、先程まで私が男に抱かれていたことに気づくのではと考えて動揺した。

辺りを窺《うかが》いながらストッキングの置いてある棚へ向かい、商品に手を伸ばす。

そのとき、背後からふと声をかけられた。

「あれ？　悠愛ちゃん」

「ひっ」

びくりとして、商品を取り落としてしまった。

こんなときに知り合いに会うなんて。

おそるおそる振り向くと、そこにいたのは新年会で知り合った久保寺さんだった。屈《かが》んで商品を拾ってくれた彼は私の顔を見て、笑みを消す。

「泣いたの？　何かあった？」

「あ……これは、その……」

慌てて目元を擦《こす》る。少し涙が出たから、目が赤くなっていたのだ。

何かあったと察したのか、久保寺さんは軽い調子で口にする。

「さては、お義兄《にい》ちゃんと喧嘩《けんか》したな？」

「……う」

「出社したんだろ？　会社はすぐそこだからね。池上先輩は悠愛ちゃんを可愛がってるからなぁ。お義兄《にい》ちゃんの言うとおりにしないから怒られたのかな？」

久保寺さんの推測は的を射ていたので、私は頷いた。

けれど、まさか社長室で犯されていたなんて想像すらしないだろう。久保寺さんは仕事上のミスで叱られ、私が泣いたのだと思ったに違いない。

久保寺さんは手にしていたストッキングと一緒に、お茶のペットボトル二本をレジに持っていった。購入を済ませるとビニール袋を提げて、私を手招く。

「じゃあ、おいで」

「えっ？　あの、私、そのストッキング……」

「これはね、俺が被って銀行強盗を……って何でだよ！　泣いちゃった悠愛ちゃんへの奢《おご》りな」

冗談で和《なご》ませてもらい、笑いが零《こぼ》れる。

コンビニを出ると、彼は会社とは逆の方向へ足を向けた。

「俺の事務所はこっちにあるんだ。住居は同じビルね。徒歩圏内だから、ストッキングを穿《は》き替えてすぐ戻れるよ」

「近いんですね」

「電車移動が無駄だと思ってるんだ。池上先輩の会社にも籍を置いてるから、そっちも行かないとだし。まあ、ただの先輩の使いっ走りなんだけどね」

また笑わせてくれる久保寺さんと肩を並べて街路を歩く。ストッキングの入った袋は彼が持っているので、ついていくしかなかった。

事務所のお手洗いを使わせてもらって、ストッキングを穿《は》いたらすぐに会社に戻ろう。

「あそこだよ」

大通りから小道へ入ると、一階に不動産屋が入居している細長いビルが見えた。指差したのは二階で、そこが彼の事務所らしい。

ビルのエレベーターに乗り込むと、久保寺さんは五階のボタンを押した。

「……事務所は二階じゃないんですか？」

「二階だよ。五階は俺の家。今の事務員は怖いオバチャンでさ、俺が若い女性を連れてくると小言を浴びせてくるんだよね。息子扱いだよ、まったく」

そう言いながら、久保寺さんはスマホを操作して時間を確認する。

母親ほどの年齢の事務員がいるので気まずいようだ。恋人と誤解されないためにも、事務所に顔を出すのはやめたほうがいいだろう。

私は久保寺さんとともにエレベーターを降り、五階の住居へ足を踏み入れた。

1ＬＤＫの室内は、いかにも男性のひとり暮らしといった簡素さだけれど、広々としている。

リビングのテーブルに、久保寺さんは購入したお茶を並べて置いた。ゆったりとソファに腰かけ、彼は掌《てのひら》で自分の隣を指し示す。

「どうぞ、座って」

お手洗いだけ借りて、そそくさと出るわけにもいかない雰囲気だ。長居するつもりはないけれど、少しだけ話そう。

ふたり掛けのソファに腰を下ろした私は気になっていたことを訊《たず》ねた。

「そういえば、久保寺さんに聞きたいことがあったんですけど……」

「何かな？　俺の女の好み？」

苦笑した私は首を横に振る。

彼は私が見たことのない、社長としての龍我の顔をよく知っているはずだ。

勤めていた会社が倒産したのは、ライバル社である龍我が関わっていたからなのだろうかという疑念があった。

「私が前に勤めていた会社が倒産して……ニュースにも出たんだけど、社長が空港で『池上社長に嵌《は》められた』と名指ししていたんです。もしかして、倒産した原因は龍我にあったんですか？」

「あー……そのことね。俺も、あのニュースは見たよ。生中継だったんで、どうにもできなかったんだよな。池上先輩には、俺の責任ですって謝っておいたよ。木下元社長には最後にやられちゃったなぁ」

久保寺さんは困ったように眉を下げて、頭を掻いた。

やはり彼には何らかの心当たりがあるようだ。

「最後にやられた……ということは、会社が倒産するまでずっと社長に関わっていた……？」

「まあね。ライバル社の動向を探るのは経営者として当然だよ。でも木下元社長だって散々汚い手を使ってうちの会社を邪魔してきたわけだから、被害者面《づら》されてもね。それに会社が倒産するのは、経営者の責任にほかならないんだし」

「そう……そうですよね」

「あの社長は池上先輩に責任をなすりつけたかったんだよ。人生に失敗したのは何々のせいだとか咆《ほ》えてる負け犬を、俺はたくさん見てきた。池上先輩が不平不満をだらだら言ってるところ、悠愛ちゃんは見たことある？」

私はゆるく首を横に振る。

龍我が愚痴を言う姿なんて、見たことがない。彼はいつも頼もしく、自信に満ち溢《あふ》れていた。

「だろ？　池上先輩は学生の頃からモテたから、言いがかりをつけられるのは日常茶飯事《にちじょうさはんじ》だったよ。池上先輩に惚れた女子が彼氏を振って、そいつから逆恨みされたりだとか。木下元社長の発言もそれと同じだね。自分の人生がうまくいかないからといって、誰かのせいにしちゃいけないよなぁ」

まるで自分の行いを諭《さと》されたようで、私は俯《うつむ》いた。

私は先程、龍我に対して逆恨みに近い思いを抱いた。

淫《みだ》らな体にされて、彼に心まで支配されたのは、すべて彼の誘導によるものだと。

けれどストーカーが原因で同居したことも、そのあとの淫戯も、私の意志は確かにそこにあった。

無理やりじゃない。私自身がそうしてもよいと望んだから事に至った。

それなのに秘密の関係が嫌だからといって龍我に責任をなすりつけるなんて、木下元社長と同じ行為だ。

小学生のとき、龍我に出会い、それから私の人生は変貌を遂げた。あの暗くて狭いアパートから大きな家へ移り住み、優しい義父と義兄が家族になり、青い鳥をプレゼントしてもらえた。

龍我のおかげで、私はお姫様になれた。彼はいつだって私の騎士《ナイト》だった。

それなのに今までの恩を忘れて一方的に詰《なじ》るなんて薄情すぎる。私は龍我に、すべてを与えてもらったのに。

たとえ悪辣《あくらつ》な義兄だとしても、やっぱり龍我のことが好きだ。

誘導されて好きになったわけじゃない。私の胸の奥に芽吹いていた恋心は、自《みず》らの手で育てたのだから。

強引に振り回されても、この人の傍にいてあげなくてはという情愛が湧き起こる。

この恋情を打ち消すことはできない。

わかり合いたいと思うなら、自分の気持ちを正直に打ち明けなくてはいけなかったんだ。

いつまでも秘密の関係でいたくない。好きだから、本当の恋人になりたい……と。

それは義兄妹としての枠を踏み出した願いだとわかっている。

けれど、龍我と喧嘩《けんか》したままではいけない。私の想いを、彼に聞いてもらおう。会社に戻って、龍我に謝ろう。

唇を噛みしめた私は、ソファから腰を上げた。

「話してくれてありがとう、久保寺さん。私、龍我と喧嘩《けんか》したけど、やっぱり謝ります」

「お役に立てたのならよかった。……で、ストッキングは穿《は》いていったほうがいいんじゃない？」

「あ、そうだった」

久保寺さんが差し出してくれたストッキングを受け取ろうと、私は手を伸ばす。

すると、ふいに手首を掴《つか》まれてバランスを崩してしまった。

「きゃ……！」

久保寺さんの膝に抱きつくように倒れ込む。

ストッキングを放った久保寺さんは、私の胴に腕を回してきた。

「ねえ、悠愛ちゃん。俺の講義を聞いて、まさかタダで帰ろうっていうんじゃないよね？」

私はお茶とストッキングの代金を払っていないことを思い出した。彼は奢《おご》りと言っていた気がするけれど、講義代は必要なのか。

慌てて身を起こそうとするが、しっかりと抱き込まれているので足をばたつかせることしかできない。

「あ、あの、お金は払うから、腕を離して……」

「そうじゃなくてさ。ちょっとでいいから、体で払ってほしいな。どうせ池上先輩とは、そういう関係なんだろ？」

私は目を見開いた。久保寺さんに私たちの関係を勘付かれていたなんて。

「そ、そんなことありません……！」

「またまた。見ればわかるって。新年会でのまったりとしたやり取りなんか、傍《はた》から見ててにやけちゃうくらいだったね。あの池上先輩に甲斐甲斐しく世話を焼かせるとか、よっぽど悠愛ちゃんはいい体なんだろうなって羨《うらや》ましく思ったよ」

レストランでは龍我が私に料理をよそってくれたけれど、たったそれだけのことで恋愛経験値の高い久保寺さんには見抜かれてしまったのだ。おそらく普段の龍我の姿と、かけ離れていたためかもしれない。

それでも肯定することなどできず、私は別のことで彼を牽制する。

「莉乃はどうするんですか？　私と関係を持ったら、彼女に筒抜けになりますよ」

「ああいうタイプは、俺の好みじゃないんだよね。だから友達止まりかな。悠愛ちゃんはさ、こっそり食べて愛人にしておきたい系だよね。俺も男だから池上先輩の気持ちがよくわかるんだなぁ」

「そんな……！」

日陰の身が似合うような評価をもらっても全く嬉しくない。彼はこの場で私を抱き、それを龍我に内緒にしておく心積もりなのだ。

そんなことは許容できない。

龍我とは秘密の関係だけれど、私はそういった間柄を好んでいるわけではない。龍我のことが好きだから受け入れたのだ。

「離して、はなしてぇ……っ」

逃れようとして力の限り暴れると、腿《もも》まで捲《まく》られたスカートから素足が覗《のぞ》いた。

膝裏から柔らかい腿《もも》を撫で上げられ、背筋に怖気《おぞけ》が走る。

嫌だ。龍我以外の男の人に、触られたくない。

「やっ……やめて！」

スカートの中に差し込まれた手が、ショーツの端を摘まむ。

社長室での淫靡《いんび》な行為により、ショーツは愛液で濡れているのだ。

ぎゅっと目を閉じたそのとき、玄関から激しくドアが開く音が響いた。

「悠愛……！」

息を切らして駆け込んできたのは、龍我だった。

驚いた久保寺さんが立ち上がると、その拍子に私の体は床に投げ出される。それを龍我は咄嗟《とっさ》に受け止めた。そしてすぐさま彼は久保寺さんの胸倉を掴《つか》み上げた。

「りゅ、龍我……やめて！」

怒りを燃え立たせる龍我は、殺気を漲《みなぎ》らせている。殴りかかろうとするのを、私は腕を押さえて必死に止めた。

つま先立ちになるほど体を持ち上げられた久保寺さんは、弱々しい声を絞り出す。

「ちょ、ちょっと池上先輩……殴るのは勘弁、何もしてないから……」

龍我が胸倉を解放すると、久保寺さんはどさりと尻餅を突いた。

私の肩を引き寄せた龍我は低い声を放った。

「悠愛は俺の女だ。手を出すな。今回だけは見逃してやるが、次はないと思え」

龍我は私を抱えたまま踵《きびす》を返し、部屋を出る。

助けにきてくれた。

しかも龍我は、私のことを義妹ではなく、『俺の女』と憚《はばか》らずに宣言してくれたのだ。

そのことが、たまらなく嬉しい。

少々悪戯《いたずら》されただけなのに、久保寺さんには申し訳ないことをしたと思いながら、私たちはエレベーターに乗り込んだ。龍我はまだ私の肩に回した腕を離さない。

「あの……本当に何もなかったの。久保寺さんとコンビニで偶然会って、私がストッキングを穿《は》き替えるために家に案内してくれただけなの」

説明しながら、ふと首を捻《ひね》る。

龍我はなぜ、このマンションに私がいるとわかったのだろうか。

だがすぐに、私が会社に戻ってこないので方々を探してくれたのだと思い至る。

龍我は眉を寄せながら重い溜息を吐いた。

「……ストッキングとショーツは今から俺が買ってやる。会議室で着替えろ。それから、今日一日は俺以外の男の名前を口にするな」

彼の怒りは継続している。

しゅんと顔を俯《うつむ》かせると、体がぐいと引き寄せられた。

頬に熱い掌《てのひら》が、そっと触れる。龍我の精悍《せいかん》な顔が眼前に広がり、視界を塞《ふさ》いだ。

「……ん」

優しく唇が重ね合わされる。

狭い箱の中で、私たちはしっとりと濃密なくちづけを交わした。

一階に到着したエレベーターの扉が開いても、龍我は私をきつく抱き込み、唇を離さなかった。

やがて、触れたときと同じ優しさで互いの唇は離れる。龍我の真摯《しんし》な双眸《そうぼう》が、まっすぐに向けられていた。

「仲直りのキスだ。……さっきは悪かった」

彼にしては殊勝《しゅしょう》な態度に、私は微苦笑を零《こぼ》して『ごめんなさい』の代わりの言葉を口にした。

「ありがとう……龍我。私を見つけてくれて」

「おまえがどこにいようと、俺は必ず見つけて捕まえる。少々目を離した途端にこれだからな。まったく俺のお姫様は困ったものだ」

お姫様——何度も称してくれたその冠《かんむり》を、脱ぎたいと私は思った。

そして、秘密の関係を解消したい。龍我に私の想いを伝えたかった。

「私……もう、龍我に守られているだけのお姫様でいたくないの」

「俺との関係をやめたいと言っていたな。俺は、悠愛を玩具《おもちゃ》としてもてあそんでいたわけじゃない。さっきの行為のあと、反省したんだ。悠愛がそんなにも思い悩んでいたことに、気づいてやれなかったことを。だから秘密の恋人などと誤魔化すのはやめよう」

瞠目《どうもく》する私を前に、龍我は一旦言葉を切った。

そして私の肩にしっかりと厚い掌《てのひら》をのせる。

「好きだ。俺と本物の恋人になってくれ」

黒曜石《こくようせき》のような深い色をした双眸《そうぼう》に射貫かれる。

思いがけないその告白は、一筋の光となり私の心の底まで射し込んだ。

改めて彼を義兄ではなく、ひとりの男性として愛していることを認識する。

それは世間に刃向かう茨《いばら》の愛かもしれない。

けれど、この愛をもう手放すことはできない。

純粋な想いが、するりと唇から零《こぼ》れ出る。

「私も、龍我が……好き」

ずっとずっと、この言葉を言いたかった。

義兄妹という垣根と愛情の狭間を漂《ただよ》いながら伝えることのできなかった、ひとこと。

私はついに、己《おのれ》の恋心を解放させたのだ。

龍我は一瞬目を見開いたけれど、すぐに細め、その瞳に陰を落とす。

「……それは、義兄《あに》としての『好き』か？」

「龍我を、ひとりの男の人として好きになったの。昔はお義兄《にい》ちゃんとして好きだったけれど、今の私は、龍我に恋をしているわ」

瞠目《どうもく》した龍我は呼吸を止めていた。

こんなに動揺する彼を見るのは、初めてかもしれない。

ややあって息を吸い込んだ龍我は、鼻先が触れるほど顔を近づけた。

「俺も悠愛を、ひとりの女として見ている。実は、初めから家族を超えた愛情を抱いていた。困らせたかったわけじゃない。悩ませたかったわけでもない。俺の行き過ぎた行動はすべて、悠愛を愛しているからだ。それだけはわかってほしい」

「うん……わかってる」

熱く吐露された龍我の想いに、こくりと頷く。

そしてきつく抱き合い、互いの体温を体に刻み込む。

私のすべては初めから、龍我だけのものだったのだ。そして龍我は、私だけのもの……

互いに囚われる悦《よろこ》びとともに、彼の猛《たけ》る気性ごと愛したいという深い情愛もまた湧き上がる。

龍我に、これからもずっと寄り添っていよう。

私たちはもう一度唇を触れ合わせたあと、ようやくエレベーターを降りる。龍我の腕は何者からも守るかのように、しっかりと私の体を抱いていた。

◆

夢じゃないだろうな……

社長室に戻った俺は、先程悠愛とキスを交わした唇に指先で触れる。

あの場で悠愛と想いを交わし合うことは、計画になかった。彼女をつなぎ止めるために正直に自分の想いを打ち明けたのだが、まさか悠愛からも「好き」と告白してくれるなんて、青天の霹靂《へきれき》だ。

「そうか……初めから、好きだと言えばよかったのかもな」

恋愛経験が皆無なためか、妙な回り道をしてしまったようだ。

もちろん悠愛のことは初めから愛している。俺にとって『義兄妹』や『秘密の恋人』という肩書きは、あくまでも彼女との距離を縮めるための手段に過ぎない。次のステップへ進むべく様子見をしているところに、悠愛から別れを切り出すような台詞《せりふ》を言われて頭に血が上り、ここで抱いてしまった。

だが、久保寺に襲われかけたことで、俺への想いを認識してくれたのかもしれない。

両想いになるという状態は、なんと心地よいものなのだろう。

「悠愛が……俺を好き……」

その言葉を何度も口の中で甘く転がす。

嬉しすぎて体が軽い。飛び跳ねたい気分だ。高揚する胸を掌《てのひら》で押さえ、隣の会議室に続くドアを見た。

彼女は今、先程購入したショーツとストッキングをそこで着替えている。

……と、俺の浮ついた心を遮《さえぎ》るようにスマホが鳴る。

相手を確認して電話に出ると、いつもの軽い口調が流れてきた。

『どーも、池上先輩。話しても大丈夫ですか？』

「ああ、いいぞ」

声の主《ぬし》は久保寺だ。悠愛は隣室なので、久保寺の声が漏れ聞こえることはない。

『俺の迫真の演技、どうでした？　ああいった場面は慣れてるんですけどねぇ。先輩にマジで殴られるかとビビりましたよ』

「さすがだな。上々だ」

俺が久保寺のマンションに踏み込んだのは、無論偶然ではない。

彼のスマホからメッセージが来たからだ。証拠を残さないため、定型文以外のメッセージを送らない久保寺にしては異例のことだった。

『ゆあ　うちくる　むかえこい』

電報かと思うような辿々《たどたど》しい文章はおそらく、隣にいる悠愛に見られないよう最速で打ったからだ。俺は即座にメッセージを消去すると会社を出て、ふたりのいるビルへ向かったというわけである。

悠愛が久保寺とコンビニで会ったというのも、偶然ではないだろう。あのコンビニは、二階の事務所から見える位置にある。事務所の窓から悠愛を見かけた久保寺はコンビニへ駆けつけて、さも偶然出会ったかのように装《よそお》ったのだ。

久保寺は俺に貸しを作るために、わざと悠愛を家へ誘った。

だからメッセージを送りつけ、襲う真似をして、間男の役を演じる。

俺が来なかったらそのまま悠愛を抱いたかもしれないが、それでも俺を裏切ったことにはならない。久保寺は俺への忠誠を示した証《あかし》として、堂々とメッセージの履歴を見せるだろう。

どちらにしろ、久保寺は損をしない。

あいつは学生のときから鼻の利く、要領の良い男だった。

だからこそ会社に誘ったのだが、策略に乗せられる側になるのは腹が立つものだな。

『上々ってことはうまくいったんですね。俺って恋のキューピッドだなぁ。礼はいつものでお願いしますね』

「わかっている。もう切るぞ」

さっさと通話を切る。

久保寺には今度、大口の客を紹介してやるとしよう。

一息ついた俺はスマホをデスクに置いた。悠愛の様子を見るべく、隣室へ向かう。

会議室の扉を開けると、悠愛はストッキングを穿《は》き終えて衣服を整えているところだった。

「あ、待って、まだ……」

「いいよ。どうせまた、乱れることになる」

腕に囲い込み、キスの雨を降らせる。

両想いになったあとのくちづけは格別な味がするな。

「あん、だめ。まだ仕事中でしょ」

「恋人を啼《な》かせて、ぐちゃぐちゃに濡らすのが俺の今日の仕事だ」

悠愛は嫌がる素振りを見せながらも、俺のキスを微笑みつつ受け止めた。

「もう。ひどい男なんだから」

まったくだ。

口端を引き上げつつ、悠愛のスカートを捲《まく》り上げて、穿《は》いたばかりのストッキングに手をかけた。

◆

龍我に想いを告白した後日、恵さんがマンションのハウスキーパーを辞めるという話を聞いた。

いくつもの仕事を請け負っているので、手が回らなくなったそうだ。

けれど後任を雇うつもりは龍我にはないようで、彼は自動掃除機を購入していた。

リビングを回る自動掃除機を、寂しげに龍我が見つめていたのは気のせいだろうか。

私は恵さんがいない分、積極的に家事をしようと、洗濯物を畳みながら声をかける。

「恵さんがいないと寂しいわね」

「……そういうわけじゃないけどな。潮時だったんじゃないか」

「潮時……？」

その言葉の意味を考えていると、畳んでいた龍我のシャツからぽろりと万年筆が零《こぼ》れ落ちる。

「あ、ごめんなさい。一緒に洗濯しちゃったみたい」

漆黒に輝く万年筆は見覚えのない品だった。龍我はそれを拾い上げ、ゴミ箱に投げ捨てる。

洗濯してしまい、使えなくなったからだろう。

くるりと振り向いた龍我は、シャツを手にしていた私に向かい合う。猫のように身を屈《かが》め、視線を合わせてきた。

「悠愛。俺たちは恋人になったんだよな」

「え……う、うん。そうね」

急に確認されて、どきどきしてしまう。

私たちは本物の恋人になったけれど、生活に何か変化があったわけでもない。

すでに一緒に暮らしていて、同じベッドで体を重ねているのだから。

「父さんと冴子さんに言って、俺たちのことを認めてもらおう」

力強いひとことに、私の手からシャツがぱさりと落ちた。

秘密の関係でなくなった私たちが、まずするべきことは、両親に話して許しを得ることである。

わかってはいたけれど、やはり躊躇《ちゅうちょ》してしまう。

「そ……そうね。でも……反対されないかしら」

龍我は空になった私の手を、ぎゅっと両手で握りしめた。

「そんなことはさせない。俺は、父さんたちに悠愛との結婚を認めてもらうつもりだ」

「え……結婚⁉ そんなこと急に……」

「悠愛の人生の一切に責任を持つ。これまでだってそうだった。俺は何があろうと、おまえを愛することを貫《つらぬ》く。だから、俺を信じてついてきてくれ」

龍我の切々とした心情に息を呑んだ。

龍我は、私との結婚まで考えていてくれたのだ。

義兄妹なのに。結婚できないはずなのに。

それほどの決意を持っていることを両親に訴える、ということなのだろう。

彼の真剣な眼差しを懸命に見返した私は、静かに頷いた。

「わかった……。お義父《とう》さんとお母さんに、私たちのこと、話そう」

龍我が傍にいる今、何も恐れることはないのだ。

もう、秘密の関係ではないのだから。

空を見上げると、雲ひとつない蒼穹《そうきゅう》が広がっていた。

『大事な話がある』と両親に伝えた私たちは、次の日曜日、実家へ向かうべくマンションを出た。

清楚なワンピースを纏《まと》った私の胸元には、龍我にプレゼントしてもらったハート型のネックレスを提げている。お守りとして身につけたピンクダイヤに、私はそっと指先で触れた。

ほどなくして、車は実家へ到着する。

カーポートに入庫した車から降り、私は久しぶりに訪れる実家を見つめる。

この辺りは高級住宅街で、高い塀に囲まれた豪邸が建ち並んでいるのだけど、この家は近隣の家々と比べても一際《ひときわ》壮麗だ。

小学生のときに、初めてここを訪れた思い出がよみがえる。

「おいで、悠愛」

龍我の声に頷いた私は、差し出された大きな手に自《みずか》らの掌《てのひら》を重ねた。

今は、龍我がいてくれる。

すでに緊張している私とは対照的に、明るい色味のスーツを纏《まと》った龍我は平然としていた。

私たちは庭木に囲まれた石畳を通り、玄関ポーチへ辿《たど》り着く。

重厚な玄関扉を開けた龍我は、室内に向けて声をかける。

「ただいま。父さん、いる？」

奥のリビングから、「ああ」という義父の返事があった。

靴を脱いで上がった龍我に続き、私もリビングへ向かう。

義父は三十畳ほどあるリビングのソファに腰を下ろし、新聞を広げていた。

やや新聞紙を下げ、眼鏡の奥の双眸《そうぼう》を私たちに向ける。

怜悧《れいり》なその眼差しは、龍我によく似ていた。いつも優しくて穏やかな義父だけれど、時折瞳は冷たい色を見せる。

「冴子は出かけているんだ。おまえたちが来ることは知っているから、じきに戻ってくるだろう」

義父の言葉に頷き、龍我は向かいのソファに腰を下ろす。私も隣に腰かけた。

「へえ。また新しい男かな？」

「よしなさい。悠愛ちゃんの前で」

「いいじゃないか。反面教師だよ。悠愛は冴子さんみたいにならないよう、俺がしっかり掴《つか》まえておくから。今日はその話をするために来たんだ」

父親の前だからか、昔と同じように龍我は遠慮のない発言をする。

母の男関係がだらしないことを、私は両親の再婚前から知っている。当時は離婚されないよう隠していたようだが、母の悪癖は未だに収まっていないのだ。

しかも、とうに義父には男遊びのことを知られていた。ふたりきりで暮らしていれば、わからないはずがない。

私は居たたまれず、ソファで小さくなる。

そのとき、玄関から慌ただしい物音が響く。母が帰宅したようだ。

「あっ……おかえりなさい、悠愛。それに龍我。久しぶりじゃない。お母さんねぇ……ちょっと買い物に行ってたのよ」

母は相変わらず派手な化粧を施《ほどこ》し、スパンコールのついたミニスカートを穿《は》いている。金髪に染めた巻き髪はやけに解けていた。買い物に行っていたというわりには紙袋もなく、ハンドバッグひとつを手にしているだけだ。

母のセンスは再婚しても変わることがなく、まるで時代錯誤のホステスである。とても高級住宅地に住む奥様とは思えない。近所の人も母の姿を見て、眉をひそめているのではないだろうか。

母は義父の隣に座ると、灰皿を引き寄せた。

「ねえ、タバコ吸っていい？　さっきから吸う暇なかったのよ」

「お母さんったら、またタバコ吸い始めたの？　再婚したときはやめてたじゃない」

「いいの、いいの。柊司さんが吸っていいって言ってくれるんだもの」

咥《くわ》えたタバコに安物のライターで火を点けた母は、笑いながら高々と足を組んだ。再婚した当初は良妻を装《よそお》っていた母だけれど、もう隠すつもりもないらしい。

母の代わりに義父に謝罪しようとした私を、龍我が掌《てのひら》で制した。彼はすかさず口を開く。

「冴子さん。彼氏とは長話にならなかったんだね。タバコを吸う時間もなかったってことは、別れ話は早々に決着したんだ？」

驚いて口を開けた母はタバコを取り落としそうになり、慌てて指で摘まむ。

「ちょっ……や、やだ、そんなんじゃないのよ。友達よ、男友達！　あたしが愛してるのは柊司さんだけなんだから！　ねえ、そうでしょう？」

タバコの火を灰皿に押しつけて消した母は、媚《こ》びた眼差しを義父に送る。

龍我の誘導に乗ってしまったことに母は気づかず、男性と会っていたことを正直に話してしまった。

義父は口元にゆったりとした笑みを刷《は》く。

「冴子は私にとって最高の妻だ。周囲には妻らしくないなどという声があるが、それはあくまでも外野の見解だよ。愛し合う当人たちにしかわからない美点があるからこそ、ずっと一緒にいるのだからね」

「そう、そうよね！　柊司さんの言うとおりだわ」

母は少女のような甘える仕草で、義父の腕に絡みついた。

娘ほども年の離れた母を、義父が温かい目で見守ってくれているのがわかる。この男性と再婚できたことは、母にとって僥倖《ぎょうこう》だった。もちろん私にとっても、最高のお義父《とう》さんだ。

嘆息した龍我は、居住まいを正した。

「俺も父さんの意見に同意だ。人の隠された美点は、愛し合う者にしかわからない」

龍我の台詞《せりふ》に、私は身を硬直させた。

おそるおそる両親に目を向けると、母は不思議そうに首を捻《ひね》っている。黙している義父は、龍我の次の言葉を待っていた。

「実は俺たちは男女の関係にある。俺はずっと昔から、悠愛が好きだったんだ。彼女を義妹《いもうと》としてではなく、ひとりの女性として愛している。冴子さん、悠愛を俺にください。結婚して、必ず幸せにします」

母は唖然として睫毛《まつげ》を何度もぱちぱちと動かしていた。

両親にとっては青天の霹靂《へきれき》だったに違いない。

私も勇気を振り絞り、小さな声ながらも正直な気持ちを伝える。

「あの……私、龍我のことが好きなの。私たち、いろいろあったけど、本当の恋人になろうって約束したの。だから、お義父《とう》さんとお母さんに、私たちの仲を認めてほしい」

結婚なんて、義兄妹なのだからできるわけない。

多くは望まない。龍我の傍にいられるだけでいい。

たとえ罵倒されても、ふたりの愛は揺るがないと自信を持っている。

膝に置いた震える手を、龍我は守るように握りしめてくれた。

ようやく事態を呑み込んだ母は腰を浮かせる。

「あなたたち、いつの間にそんな関係になっちゃってるの!? しかも結婚だなんて、何言ってんのよ！ 籍が入ってるんだから結婚できないでしょ!?」

激昂した母の当然の疑問に、義父が冷静に答えた。

「ふたりは婚姻関係を結べるね」

「え……柊司さん、どういうこと？ あたしたちは入籍しているから、その子どもたちは義理でも兄妹でしょう？ 家族だから結婚できないわよね」

「親同士が入籍したとしても、お互いの連れ子が戸籍上で兄妹となるわけではないよ。血のつながりがないから近親婚にも当たらない。つまり、ふたりが義兄妹《きょうだい》という肩書きは見せかけであり、実質は同居している赤の他人というわけだ」

淡々と述べられた義父の説明に、私は驚いた。

私と龍我は、法律上は赤の他人だったのだ……

結婚を考えれば喜ぶべきことだけれど、複雑な思いが渦巻く。

私たち家族の絆《きずな》はそれだけ希薄なものであったと言われているような気がして、寂しくなってしまう。

義父は神妙な面持《おもも》ちで両手を組み、重く告げた。

「ふたりとも成人しているのだから、結婚するのに親の許可は必要ない。先程述べたように、愛し合っていれば周囲の意見なぞ気にすることはないと私は思う。……いずれこの日が来るのではないかと思っていたよ。悠愛ちゃんさえよければ、結婚して龍我の面倒を見てやってほしい」

「ありがとう……お義父《とう》さん」

義父は応援してくれるのだ。

ひどく反対されるかもしれないと思っていた分、私の胸が喜びで溢《あふ》れた。

私は義父の隣で憮然として唇を尖らせている母に向き合う。

「お母さん……いいかな？　私、本当に龍我のことが大好きなの。結婚できるなら、龍我のお嫁さんになりたい」

唇を引き結んだ母は、龍我に敵意を含んだ眼差しを向けた。

「……うまくたぶらかしたわね。あんたがどんな男か、あたしは知ってるわよ」

「冴子さん。あなたから見れば俺は、ろくでもない男かもしれない。だけど悠愛を愛する気持ちは揺るがない。あなたが産み育てた悠愛を、生涯大切にすると誓う」

母は昔から龍我と仲が悪かったので反対なのだ。

はらはらする私を、龍我は守るように抱き寄せた。

その様子を目にした母は、やがて諦めたように溜息を吐く。

「考えてみれば、あたしに反対する資格なんてなかったわね……。もう勝手にしなさいよ。やっぱり別れるなんて言って、泣きついてきても知らないからね！」

投げやりに認めてくれた母に、義父は微笑みかけた。

「ふたりを応援してあげようじゃないか、冴子」

「ええ。柊司さんが許すなら、それでいいわ」

両親から認めてもらえた喜びに、私と龍我は笑みを交わす。

龍我は深く頭を下げた。

「ありがとう、冴子さん。それに父さん。俺たちは必ず幸せな家庭を作るよ」

「……それを願っているよ」

なぜか寂しげな義父の声が、室内に溶けて消えた。

◆

両親へ結婚の報告を行った俺は、安堵してソファに凭《もた》れる。

悠愛と冴子はお祝いにケーキを買ってくると言って外出したので、リビングには父とふたりきりだ。父は何事もなかったかのように、再び新聞に目を通している。彼は穏やかだが豪胆で、そして冷酷な男である。俺と悠愛の結婚を告げても、父が動揺しないことはわかっていた。快諾するとも思っていなかったが……

俺たちが婚姻関係を結ぶのに、法律上の問題がないことは初めから知っていた。

『義兄妹』は到達点ではなく、結婚への単なる踏み台である。

俺にとって名称は問題にならない。その肩書きが、ふたりをつなぐ枷《かせ》になればよいだけのことだ。もとより悠愛と入籍するのに両親の許可なぞ必要ないわけだが、悠愛が安心して俺と結婚するためにこの席を設《もう》けただけだ。

悠愛の口から俺への想いを吐露されて、感動が胸に染みる。

ここに辿《たど》り着くまでは長い道のりだったが、今は悠愛を生涯大切にしようという穏やかな愛情で満たされている。

ふと、新聞を捲《めく》る乾いた音が大きく鳴った。

俺はそういえばと、先程気になっていたことを父へ訊《たず》ねる。

「父さん。いずれこの日が来ると思っていた……と言ったけど、父さんは予想できていたのか？」

「見ていればわかる。すべて、おまえの計画どおりだろう」

父は新聞から顔を上げない。

俺が悠愛と愛し合い、彼女と結婚することは、出会ったときから決まっていたことだった。

それを『計画』と一括りにするのは、何とも味気ないものだ。

「まあね。父さんは見抜いていたんだな」

ちらりと新聞から目を上げた父は、淡々と語り出した。

「私の息子がいつ人の道を踏み外してしまうか、長年恐れていたよ。結婚すると聞いて、ようやく安心できた。この、どうしようもない悪人の手綱《たづな》を握れるのは、悠愛ちゃんしかいないからな」

「俺を悪人扱いか。ひどいもんだな」

軽い調子で呟《つぶや》き、肩を竦《すく》めてみせる。

さすがは父親だ。俺の本性は見透《みす》かされている。

この質問の答えを聞く機会は今しかないので、俺は訊《たず》ねた。

「いつ、気づいたんだ……？」

何を、とは言わなくても父にはわかるはずだ。

父は過去に思いを馳せるように、皺《しわ》の刻まれた手で規則的に新聞を捲《めく》る。

「そうだな……。おまえが電話で、『素敵なことが起こる』と言ったときだ」

十年以上前に己《おのれ》が吐いた台詞《せりふ》を言われ、俺は瞠目《どうもく》した。

あのときから父が気づいていたはずはない。後付けだ。

だが、それは論じなくていい――もはや俺は目的を達成したのだから。

「よく覚えてるね。そんなこと言ったかな」

「……まるで悪魔の囁《ささや》きのようだった。だが、その悪魔のおかげで私たちは生贄《いけにえ》の子羊を手に入れたのだからな。感謝しているよ」

「なんて言い方だよ。父さんは悪辣《あくらつ》な男だな」

「おまえほどじゃないさ」

親子なので似たもの同士というわけか。血は争えないものだ。

俺は皮肉げに唇を歪《ゆが》める。

そのとき玄関の扉が開閉する音が響き、華やいだ声が聞こえてきた。

無垢《むく》な子羊たちの帰宅により、悪人たちの談合は幕を閉じた。

◆

実家での話し合いを終えた私たちはマンションに帰宅した。リビングへ入ろうとすると、つながれた龍我の手により、主寝室へ連れていかれる。

まさか……という期待がよぎり、私の胸はどきどきと高鳴る。

「父さんと冴子さんが許してくれてよかったな」

「そうね……。まさか本当に結婚のことを話すなんて思わなかったから、驚いたわ」

「悠愛の人生の一切に責任を持つと言ったろう？　俺たちは結婚して夫婦になって、ずっと一緒に暮らすんだよ。今日から悠愛は、俺のお嫁さんだ」

龍我のお嫁さん……

その響きが、じんと胸に染み渡る。

扉を開けて主寝室に入ると、龍我は私の体を抱き上げた。ベッドはすぐそこなのに、わざわざ横抱きにして運ばれ、優しく純白のシーツに下ろされる。

腰を下ろした私の眼前に、天鵞絨《ビロード》の小さな箱が差し出された。

「これは……？」

受け取って蓋を開けてみると、そこには大粒のダイヤモンドを冠した指輪が台座に収められている。

煌々《こうこう》とした極上の輝きは永遠を誓い合う、愛のしるし。

そのリングには見覚えがあった。クリスマスに訪れた宝飾店で、爪の高さが気に入らないからという理由で断った品だ。あのときと比べて、爪の高さは程良い位置に調整してあった。

「もしかして、これ……クリスマスのときの指輪……？」

「そう。大切なときにプレゼントしてもらいたいって、言ってただろ。今が、この婚約指輪を受け取るときだよ」

婚約指輪と告げられ、はっとして見上げれば、力強く深みのある声音が降ってきた。

「俺と、結婚してくれ」

小箱を手にしたまま呆然として、龍我からプロポーズを受ける。

まさか、きちんと求婚してくれるなんて、思いもしなかったから。

動揺して言葉を紡げない私の左手を取った龍我は、指輪を薬指に嵌《は》めた。

彼は寄り添うように隣に腰を下ろすと、私の手をしっかりと握り、真剣な眼差しを向ける。

「必ず幸せにする。俺は悠愛のすべてを、生涯をかけて愛し抜く。だからずっと俺の傍にいてほしい」

真摯《しんし》な告白に、それまで私の心に微《かす》かに残っていた迷いは霧散《むさん》する。

龍我はずっと昔から、私を好きでいてくれた。義妹としてではなく、ひとりの女性として愛しているると両親の前で明言してくれた。

意地悪で強引なところもあるけれど、そんな龍我の誠実な面に惹かれている。たとえこの先、どんな困難に遭遇したとしても、変わらず傍にいたい。

一途《いちず》に愛してくれる龍我と同じ分、私も愛したいから。

目に感激の涙を溜めながら、小さく頷く。

「私を、龍我のお嫁さんにして……。この愛を生涯、貫《つらぬ》きます」

喜びに打ち震えながら、愛しい人に告げる。

すると、ランプの薄明かりに浮かんだ端整な顔が近づき、そっと唇が重ねられる。

誓いのキスは濃厚な甘い香りがした。

ややあって、少し唇が離される。向けられた穏やかな双眸《そうぼう》には欲の色が滲《にじ》んでいた。

「抱くよ。体の奥深くに俺の精を注いで、満たしたい」

低く囁《ささや》かれた官能をくすぐる声に、体の芯がぞくりとする。

愛し合った結果として、その結晶を残せるのなら、こんなに嬉しいことはない。

私は応《こた》えるように彼の首に手を回し、きつく抱き合った。

「龍我の……赤ちゃんがほしい」

恥ずかしいけれど、小さく願いを呟《つぶや》く。

いつか結婚して、赤ちゃんを産みたいという願いはずっと心の奥底に秘めていたから。

「悠愛の望みは、何でも叶えてあげるよ。もうお腹いっぱいというくらい濃厚なのを注ぐから、覚悟してくれ」

艶《つや》やかに笑んだ龍我はジャケットを脱ぎ捨て、ネクタイのノットに指をかける。

捕食者の気配を滲《にじ》ませて唇を舐める仕草に、どきりとしてしまう。

下穿《したば》きのみを残し、彼は裸身を露《あら》わにする。

橙色《だいだいいろ》の灯火《ともしび》に照らされて、強靭《きょうじん》な筋肉の陰影がくっきりと薄闇の中に浮かび上がった。

もう何度も目にした肉体なのに、今夜は格別に雄の獰猛《どうもう》さを感じる。

今からこの体に抱かれるのだと思うと、それだけで胸が高鳴り、肌は熱を帯びていく。

龍我は顔を赤らめている私に裸の胸を寄せながら、にやりと口端を引き上げた。

「どうした。惚れ直したか？」

自信たっぷりなところが小憎らしいけれど、事実なのだから仕方ない。

こくりと頷いて、視線を逸らす。

これ以上じっくり見ていたら、淫《みだ》らな女だと思われてしまう。

ところが龍我はそんな私を煽《あお》るかのように、蠱惑的《こわくてき》な言葉を耳元に吹き込んだ。

「どうして目を逸らすんだ？　俺の体を見ただけで濡れるからか？」

淫靡《いんび》な台詞《せりふ》とともにねっとりと耳朶《じだ》に舌を這わせられ、ずくりと体の奥が疼《うず》いた。

「そ、そんなわけ……濡れてないもの」

すでに濡れているのでは……という恐れが脳裏をよぎるけれど、平然を装《よそお》って否定する。

「へえ。本当に？」

「もちろん」

「じゃあ、俺の目を見て」

言われるままに、龍我と目を合わせる。

嘘じゃない……濡れてなんかいない……

そう念じながら、漆黒の瞳の奥を覗《のぞ》き込む。

懸命に見つめている間に、龍我の手により、私のワンピースが脱がされる。

キャミソールとブラジャーも剥《は》ぎ取られ、身を纏《まと》うものはショーツのみになった。

けれど龍我から視線を逸らせないので、私はそのままベッドの上にいるしかない。

龍我は滑らかな動作で、私の足首からショーツを抜き取った。彼も見えていないはずなのに器用に剥《む》かれてしまい、私の肌を羞恥《しゅうち》が纏《まと》う。

「あ……龍我……」

「そのまま。俺から目を逸らさないで」

胸の膨らみが大きな掌《てのひら》に覆われる。掌《てのひら》の感触とその熱さが伝わり、愛撫の始まりを意識した。

一糸纏《まと》わぬ体を彩《いろど》るのは、胸元のネックレスと左の薬指に嵌《は》められたダイヤモンドリングのみ。

愛する人から贈られた宝石だけを身につけて、私は抱かれるのだ。

大きく円を描いて乳房を揉み込まれ、掌《てのひら》に尖りが擦《こす》れるたびに、ずきずきとした疼《うず》きが広がっていく。龍我の瞳を見つめているだけで、媚薬を注ぎ込まれているかのように体が昂《たか》ぶる。

「あっ……ん」

きゅ、と両の乳首を摘まれて、びくんと体が波打つ。

愛撫されている箇所を見ることができないせいか、いつも以上に感度が高まっている気がした。

「今、びくんとしたね。まるで人魚姫みたいに跳ねたよ」

低い声音で囁《ささや》いた龍我の視線が、濃密に絡みつく。

きゅっ、きゅう……と引き絞られるように頂《いただき》を甘く抓《つね》られる。鋭い快感が走った体は、びくりびくりと陸に打ち上げられた魚のように跳ね上がった。

「あ、あぁ……あっ……そんなにしちゃ、いや……」

じゅわりと足の間が濡れるのを感じた。

私は龍我の視線と、胸への愛撫だけで、濡らされてしまったのだ。

思わず目線を下に向けようとしたとき、噛みつくようなキスで唇を塞《ふさ》がれる。

「あっ、あ、ふぅ……」

「目を閉じるな」

傲岸《ごうがん》な命令に、私の体は素直に従う。

目を見開いたまま、ぬるりと歯列を割った獰猛《どうもう》な舌を受け入れた。

舌を掬《すく》い取られて、吐息ごと奪われる。ふたりの舌が濃密に絡み合い、溢《あふ》れる唾液を呑み込んだ。

チュ、チュク……チュウ……

雄の視線で犯されながら、淫猥《いんわい》に舌根を啜《すす》られる。

高められていく官能に、ひどく息が上がってしまい、激しいキスの合間に呼吸を継ぐ。

「ん……んく、ふ……んぅ……んっ」

乳房を揉み込んでいた手の片方が、するりと下肢を辿《たど》る。

ベッドに座り込んで無防備な足の間を探る指が、くちゅりと水音を立てて撫で上げる。

「ん、あ……あぁ……」

何度も指は、ぬるぬると淫裂を滑る。

見なくてもわかる濡れた感触は、私が愛撫ですっかり快感を得たことを示していた。

じゅうっと一際《ひときわ》強く舌を啜《すす》られたあと、ようやく唇が解放される。

龍我は銀糸を滴《したた》らせながら荒い息を吐いてもなお、私の目を捉《とら》えて離さない。

「濡れてるな。もう、ぐちゃぐちゃだ」

「あ、あ……だって……」

「このまま、一回いこうか。気持ちいいことだけ考えて」

「そんな……このままなんて……あ、あん、あぅんん……」

指先で花芯を捏《こ》ねられ、胸の突起も指先で挟まれて、こりこりと弄《いじ》られる。

熱い目線に射貫かれながら、悦楽の頂点へと駆け上がった。

「あっあっ、はぁあ……あん、あぁん、い、いく……ぅ……あっあ……ぁ――……」

嬌声《きょうせい》を迸《ほとばし》らせて、凄絶《せいぜつ》な快楽に呑み込まれる。

がくがくと腰を前後させると、さらに濡れた淫芯が指に擦《こす》りつけられた。

じいん、とした甘い痺《しび》れに、力を失った体が、ベッドに沈む。

枕に顔を伏せて、はあはあと呼気を吐いた。

座った姿勢のまま、指の愛撫で達してしまうなんて。

龍我と目を合わせながらの淫戯は、想像を超えた快感を得られた。今になって羞恥《しゅうち》が湧き起こり、恥ずかしくてたまらない。

そのとき熱を帯びた私の肌に、龍我がそっと触れた。

「可愛かった。俺だけを見て、感じてくれたのは、すごく嬉しいよ」

ちゅ、ちゅっと肩甲骨《けんこうこつ》にいくつものキスを落とされる。

達した余韻で感じやすくなった肌は、与えられる淡い快感を容易に掬《すく》い上げた。

「あっ……あん」

体が浮いたその隙に、差し入れられた掌《てのひら》が胸を揉みしだく。

シーツに挟まれた手が大胆に円を描き、長い指が胸の尖りを幾度《いくど》も掠《かす》めた。乳首はさらなる刺激を与えられ、紅く腫《は》れたように勃ち上がってしまう。

背中には唇が何度も押し当てられて、ちゅう……と軽く吸い上げられる。甘い痛みは首の後ろから腰まで、至るところに生じていた。所有の証《あかし》である紅い徴《しるし》が万遍《まんべん》なくつけられていく。

前と後ろから快楽に挟まれて、濡れた喘《あえ》ぎが唇から漏れた。

「あっ……あぁ……は、ぁ、あ……あはぁん！」

ふいに、こりっと両の乳首を抓まれて軽く捻《ひね》られる。じゅくっと胸の真後ろに位置する皮膚を吸い上げられ、鋭い快感が走った。

腰の奥から生じた愛蜜がとろとろと溢《あふ》れて、腿《もも》を伝い落ちていく。

龍我は切迫した声で私を求めた。

「ああ、悠愛……舐めさせてくれ。おまえのいやらしい蜜を」

両手が尻に滑り下り、くちゅりと音を立てて割り開かれる。

濡れた花襞に龍我の舌が、後ろからぬろりと這わされた。

「あん……そんな……後ろからなんて恥ずかしい……」

官能に背が仰《の》け反《ぞ》ると、もっとというように腰が突き出されて、花びらが開いてしまう。

ぐい、と腰を抱え持った龍我は、蜜口に舌先を突き入れた。

「見えない体勢だと、より感じるだろう？　ほら、俺の舌が、中に入るよ……」

ヌチュ……クチュ……

顔を伏せて枕を掴《つか》んだ私は淫靡《いんび》な感触と音にいっそう昂《たか》ぶり、さらにとろりと蜜を滴《したた》らせて、挿入された舌をしとどに濡らした。

「たくさん濡れてきたな。啜《すす》るよ」

「あっ……」

だめ、と言う余裕もなく、ずちゅる……と卑猥《ひわい》な水音を響かせて、花蜜を啜《すす》り上げられた。

あまりの快感に、まるで魂を引き抜かれるかのように気が遠くなる。

「あぁん……やぁ……」

「おまえの体液はすべて俺のものだ。最後の一滴まで零《こぼ》さずに味わって、俺の体内に取り込む。そうすると、ひとつになれる」

龍我の激しい執着を、触れ合う粘膜を通して感じた私の体が震える。

彼にならい、囚われてもいい。

深い独占欲で淫《みだ》らな体をつなぎ、どこにも行けないよう束縛してほしい。

私のすべては、髪の一筋に至るまで龍我のものだから。

そして龍我は、私だけのもの……

「あ……はぁっ……まって……」

体を捻《ひね》り、仰向《あおむ》けになると、龍我の掌《てのひら》が優しく這わされる。

胸の膨らみを揉み込み、鳩尾《みぞおち》を下りて脇腹へ。

それから腕をなぞり上げて、また乳房を揉みしだく。

「どうした?」

「……龍我のを、舐めたい」

勇気を出して口にすると、フッと龍我は笑った。

「急にハードルを上げないほうがいいぞ。フェラしたことないだろ」

そう言うと、龍我は胸の紅い突起に、ちゅっとくちづけた。

ちゅくちゅくと肉厚の舌がいやらしく蠢《うごめ》き、紅い実を転がす。

まろやかな温《ぬく》もりに胸を喘《あえ》がせながら、私は頼み込んだ。

「だって、龍我が私のをしてくれたように、私も愛してるから同じように気持ちよくしてあげたいんだもの」

すると濡れた舌を押し当てられ、ぬるぬると突起を捏《こ》ね回される。口中で育てられた乳首は、つんと硬く張り詰めた。その弾力を確かめるかのように舌先で突かれ、またねっとりと舐めしゃぶられる。

「そう言われると、やらせてみたくなるな」

「あ、ん……じゃあ……」

「一緒に互いの性器を舐めてみよう。俺は一方的に奉仕されるのは好きじゃないから、悠愛のもしてあげたい」

乳首から唇を離した龍我は、仰臥《ぎょうが》している私の横に寝そべり、足をこちらに向ける。ちょうど彼の腰が私の顔の横にきて、猛々《たけだけ》しい中心が差し出された。

反対に私の下肢に顔を近づけた龍我は、柔らかい腿《もも》を堪能するように鼻先を擦《こす》りつけている。

「触ってみても、いい……？」

「いいよ。ゆっくりな。いきなり擦《こす》って全部呑み込もうとしなくていい」

「ん……わかった」

私は伸ばした手で、そっと楔《くさび》を包み込む。

硬い雄芯は火傷《やけど》しそうなほどの熱を滾《たぎ》らせていた。充満する雄の匂いに情欲が刺激される。

包んだ掌《てのひら》で優しく肉棒を擦《こす》り上げながら、先端にちろりと舌先を這わせてみる。

「つく……」

その途端、びくんと楔《くさび》が脈動した。

龍我の低い呻《うめ》き声が下方から漏れる。

「きもちいいの……？」

「ああ、すごく、いいよ。先だけでいいから、しゃぶってくれると嬉しい」

気持ちよくなってくれることが嬉しくて、口を大きく開け、言われたとおりに亀頭を含む。

極太の切っ先は弾力に満ちていて、口腔《こうこう》の粘膜を柔らかく刺激した。

ちゅぷちゅぷと夢中になって頬張っていると、私の腿《もも》が広げられ、花びらが生温かい感触に包まれる。

「んっ……んく……ふ、ぅん……」

ぬるぬると、散々弄《いじ》られてすでに濡れている花襞をさらに舐《ねぶ》られる。

内股に龍我の髪が触れて、くすぐったい。今はそれすらも快感になる。

淫靡《いんび》な体勢にいっそう高まり、楔《くさび》を愛《め》でる口淫にも熱が入る。

唇を窄《すぼ》めて舌を絡め、粘膜に擦《こす》りつけるように太い雁首を出し挿《い》れした。じゅぷじゅぷと淫猥《いんわい》な水音が鳴り響き、私の鼓膜を犯す。

「うっ……悠愛……く……っ」

呻《うめ》きながらも龍我は花芯を舌先で弾く。

男の頭部を腿《もも》で挟んでいる体勢のためか、蠢《うごめ》く舌の動きを鋭敏に感じ取ってしまう。

たっぷりと唾液を塗り込まれ、ぬるぬると舌に弄《いじ》られて、官能の熱に灼《や》かれる。

チュ……チュクチュク……チュウッ……

甘美な愉悦に浸《ひた》った体は、とろりと蕩《とろ》けていく。

濃密な愛撫を施《ほどこ》されて、体の奥からじわりと蜜液が滲《にじ》むのを感じた。

「んっんっ、んうぅ……」

ジュウッ……と強く淫核を啜《すす》られ、びくびくと身を震わせた私は、無意識に深く雄芯を咥《くわ》え込む。

ぐっと先端が喉奥を突く感触に酔いしれた。

「うっ、悠愛、まて……」

焦《あせ》った龍我の声が、どこか遠くから聞こえる。

極めた快感とともに、まったりとした液体が喉奥に流し込まれ、私の体を満たした。

こくんと嚥下《えんげ》して、愛しい楔《くさび》を唇から引き出す。自《みずか》らの唾液でしとどに濡れた雄芯は、艶《つや》やかに輝いていた。

「私、龍我のを呑めたのね……」

ほう、と淡い吐息を零《こぼ》して恍惚《こうこつ》に浸《ひた》る。

愛しい人の体液を体内に取り込む行為は、こんなにも心が満たされるのだ。自分が経験してみて初めて、龍我が味わいたいと望む理由がわかった。

ところが体を起こした龍我は眉根を寄せている。

「どうしたの、龍我……。もしかして、嫌だった？」

「まさか。あまりにも悠愛が俺を惑わせてくれるから、動揺したんだ」

私の背を抱き寄せた龍我は、ちゅ、と唇に吸いつく。

つい今まで楔《くさび》をしゃぶっていたというのに、彼はためらいもなく私の唇を啄《ついば》んだ。

「ぁん……んん……」

互いの性器を愛撫して淫液を啜《すす》るという濃厚な愛撫から一転して、初心《うぶ》な恋人のようにバードキスを繰り返す。

「愛してるよ。俺のを呑んでくれて嬉しい。でも悠愛の口に出すつもりはなかったから、ちょっとやられたな」

「そんな、遠慮しなくていいのに」

「俺はいつでも悠愛を蕩《とろ》かせて、可愛く啼《な》かせたい。それなのに俺をあんなに慌てさせるなんて、おまえは悪い女だ」

私の下唇を薄い唇で挟んだ龍我は意地悪く、ちゅう……と吸いついて引っ張る。

さらに彼の両手は愛撫されてすっかり蕩《とろ》けた乳房を、やわやわと撫でさすった。

情熱的な囁《ささや》きと熱い掌《てのひら》、そして唇に、私は喘《あえ》ぎ声を漏らす。

「だから、今度は俺の好きにさせてくれ」

「え……？」

間近から、悪辣《あくらつ》な双眸《そうぼう》に射貫かれる。

どうするのだろうと目を瞬《しばた》かせていると、体をずらした龍我は私の膝裏に手をかけて、ぐいと割り開いた。

龍我は、幾度《いくど》も濡れた舌で舐め上げた秘所を凝視した。

「綺麗だ……。俺に舐められて感じて、ぐちゃぐちゃに濡れているね。襞がひくついて、奥からとろとろ愛液が零《こぼ》れてくるよ。最高にいやらしい眺めだ」

そんなふうに細かく説明されるのは恥ずかしい。

頬を朱に染めつつ咎《とが》めるような眼差しを向けると、情欲に濡れた瞳とぶつかる。

「愛液をすべて啜《すす》り尽くすよ」

そう告げられた刹那《せつな》、全身に淫《みだ》らな熱が走る。

顔を伏せた龍我は、ずぶ濡れの秘所にむしゃぶりついた。

「ひぁっ……あっ、あっあっ、そんな……あぁん……」

分厚い舌が花びら全体を大きく舐め上げ、濡れた蜜口を唇で覆う。すでに溢《あふ》れていた愛液が、じゅるじゅると淫猥《いんわい》な水音を奏でながら啜《すす》られていった。

体の芯が甘く痺《しび》れる感覚に、恍惚《こうこつ》として意識が遠のく。

「もっと蜜を啜《すす》らせてくれ。もっとだ……」

尖らせた熱い舌先が、ぬぐと蜜口に挿《さ》し入れられた。まるで男根で擦《こす》り上げるかのように出し挿《い》れされ、壺口がとろりと蕩《とろ》けて綻《ほころ》ぶ。

蜜口を舌で舐《ねぶ》りながら、龍我は指先を淫芽に這わせる。

弄《いじ》られて達したばかりの花芯は、じいんと疼《うず》いていた。指先で捏《こ》ねられただけで、甘い愉悦が腰の奥に広がっていく。

「はぁっ……あぁ……っ、そんなことしたら、また……あぁ……」

すでに達した体は容易に快感を拾い上げ、貪欲に極めようとする。

きゅん、と蜜壺が疼《うず》き、入り口で咥《くわ》え込んだ舌を食い締めた。

「ああ、締まった。最高の柔肉だ……。そして愛蜜は、俺を酔わせる極上の美酒だよ」

花筒の奥から滲《にじ》む蜜を、龍我は一滴も零《こぼ》さず美味《おい》しそうに啜《すす》り上げる。

いくら吸われても渇くことを知らない泉は、とろとろと愛液を滴《したた》らせていく。

さらに舌はクチュクチュと襞を舐《ねぶ》り、愛液を掬《すく》い上げながらも自《みずか》らの唾液を塗り込め、蜜口をしとどに濡らす。

花筒の奥が切なくうねり、舌を咥《くわ》えたまま再びひくんと収縮した。

「あぁあ……あ、あ……はぁ……やぁ……いく……いっちゃう……っ」

「いっていいよ」

がくがくと腰を震わせる私の体は、真っ白な恍惚《こうこつ》に呑み込まれながら、絶頂を深く味わった。甘く痺《しび》れる四肢が芯を通したように、ぴんと伸びる。

「ぁ——……っ、あっあっ……はぁ……っ」

とぷりと体の奥から濃密な愛蜜が溢《あふ》れる。

それでもまだ淫《みだ》らな舌技は終わらない。

龍我の舌は極めた淫芽を宥《なだ》めるかのように、優しく舐め上げた。達したばかりで敏感になっている花芯は小さな刺激ですら感じてしまい、びくびくと腰が震える。

けれど甘い悦楽を与えられるほどに、身の内を焦《こ》がす熱が解放を求めて暴れ出す。私はもどかしげに身を捻《よじ》り、願いを口にした。

「あぁ……ん、お願い、龍我の……挿《い》れて……。一緒にいきたいの……」

ひとりで達するのは寂しい。

淫《みだ》らなお願いをするのは恥ずかしいけれど、共に同じ快楽を味わいたかった。

その言葉に花芽から舌を引いた龍我は身を起こす。

すると、彼の中心にそびえる猛々《たけだけ》しい肉槍が、霞《かす》む視界に映った。

愛しい雄の徴《しるし》を目にした私は、こくんと喉を鳴らす。

「俺がほしい？」

艶《つや》めいた漆黒の双眸《そうぼう》に射貫かれながら、ずぶ濡れの蜜口に硬い先端が押し当てられる。

「ん……ほし……ぃ……」

小さく口にすると、龍我が切っ先をゆるゆると擦《こす》りつける。まるで迎え入れるかのように、蜜口はぬるりと雁首を呑み込んだ。

くちゅん……と水音を立てて、亀頭が濡れた壺口を押し広げながら挿入される。

「あっ、入って……、あっ、ぁ……あぁ、おっきいのが……あぁんん……」

「俺のもので優しく擦《こす》って、もっと感じさせてあげるよ。さあ、奥まで咥《くわ》えて」

押し入ってきた亀頭が、ねっとりと媚肉を舐め上げていく。

楔《くさび》を待ち焦《こ》がれていた肉襞はひくついて蠕動《ぜんどう》し、楔《くさび》に絡みついた。

ズチュ……ヌチュ……クチュ……

やがて淫《みだ》らな水音とともに、ずん、と重い衝撃が腰の奥に響く。

長大な杭がすべて、私の胎内に収められた証《あかし》だった。

それまで空虚さに切なく戦慄《わなな》いていた蜜壺は、硬い楔《くさび》を咥《くわ》え込み喜んでいる。

「根元まで全部、入ったぞ……。きゅうきゅうに締まって、俺を包み込んでいるよ」

感極まったように呟《つぶや》いた龍我は腰を動かし、とんとんと最奥を突く。

そこを穿《うが》たれると、目が眩《くら》むほどの甘美な痺《しび》れが走った。

「ひぁっ……あ、そこ……すごく、感じる……」

「今度はこれで奥を舐めるよ。たっぷり蕩《とろ》かしてあげるから、また達してごらん」

小刻みに律動を刻まれ、最奥の感じるところを立て続けに抉《えぐ》られる。

肉棒を咥《くわ》えた花筒は極上の悦楽を感じて、きゅうん……と引き締まった。

「あぁう……あぁあ……ぁん……」

「感じるか？　次は入り口から、たっぷり舐めてあげような」

ずるりと引き抜かれた雄芯の先端が、蜜口に引っかけられた。ヌプヌプと太い切っ先が出し挿《い》れされ、濡れた柔襞が舐《ねぶ》られる。

感じやすい蜜口を極太のもので擦《こす》られて、ぶわっと官能が噴き出した。灼《や》かれるような快感が生まれ、腰をがくがくと震わせる。

「あぁ、あ……っ、感じるぅ……はぁ……」

「いいのか？」

「んっ、いい……きもちいい……」

「じゃあ、ふたりでもっと気持ちよくなろう」

両手で腰を持ち上げた龍我は、ずぷう……と深く剛直を突き入れる。

一息に蜜路を貫《つらぬ》くと、ずんと奥を抉《えぐ》り、また腰を引いて力強く穿《うが》つ。

何度も擦《こす》り上げられ喜悦に震える体に、龍我は激しく抽挿し続ける。

グッチュ、グッチュ、グチュグチュ、ズッ……グチュッ、グチュ……

淫猥《いんわい》な水音が響くたびに、腰骨が痺《しび》れるような悦楽に襲われる。

濡れた媚肉は熱い幹に絡みつき、美味《おい》しそうにしゃぶっていた。

「あっあっ、はぁ、あ、あん……いい、いい……あっ、あんん……」

甘い嬌声《きょうせい》がひっきりなしに唇から零《こぼ》れ落ちる。

足をしどけなく開いて、がつがつと獰猛《どうもう》に穿《うが》たれる雄芯を受け止める。

私は感じるままに腰を揺らし、快楽を貪《むさぼ》り続けた。

「すごい……俺のを締めつけてくる。最高だよ……一緒にいこう。中で出すよ」

ジュプジュプと媚肉を擦《こす》り上げていた楔《くさび》が、ぐうっと奥まで押し込まれる。

胎内を満たし、最奥を舐め上げて、男根の先端はぴたりと子宮口にくちづけられる。

ぐっぐっと小刻みに穿《うが》たれ、狂おしいまでの快楽はついに極まる。

「あぁあんっ、あっあ、あぅん、あん、ひぃあぁ――……っ」

逞《たくま》しい腕に縋《すが》りつきながら、純白の煉獄《れんごく》に囚われる。

最奥で爆《は》ぜた雄芯の先端から熱い飛沫《ひまつ》が迸《ほとばし》った。

強烈な絶頂に支配されながら、欲の証《あかし》を体の奥深くで受け止める。

最高の極みを味わっていると、きつく抱きしめられた。

龍我は私の胎内から出ていかなかった。愛しい人を快楽の檻《おり》に閉じ込めて愛《め》でるのは、なんて心地よいのだろう。

腕を回して、しっとりと汗を纏《まと》う大きな背を慈《いつく》しむ。

呼吸を整えた龍我は、私の頬にくちづけを落とすと、微笑みを向けてきた。

「好きだよ」

「私も……大好き」

素晴らしい陶酔《とうすい》を分かち合える幸福に、笑みを交わす。

私は愛する人の楔《くさび》を胎内に収めたまま、まったりとした快楽の余韻を味わった。龍我の長い指先が、労《いたわ》るように私の乱れた前髪を掻き上げる。

「悠愛は俺の最初で最後の女だ。悠愛が抱かれる男も、生涯俺だけだからな」

「……え。最初で最後って……龍我は遊び相手がいたんじゃないの？」

「誰もいないよ。俺は悠愛を抱くまでずっと、童貞だったから」

「えっ……そうだったの!?」

艶《つや》めいた笑みを見せた龍我は、私の鼻先にくちづける。

「ちょっと恥ずかしくて言えなかったな」

私が処女だと告白したときと同じような台詞《せりふ》を言われたので、唇を尖らせてみせる。

「龍我ったら、ずるい男なんだから」

「知ってるだろ。ほら、もう一回啼《な》かせるぞ」

龍我の力強い腰使いで、再び濡れた蜜壺を掻き混ぜられる。

それから淫《みだ》らな肉体は幾度《いくど》も濃厚な精を呑み込んだ。

甘い檻《おり》に囚われ、愛に溺れる。

感じるままに喘《あえ》ぎを零《こぼ》した私の声はまるで、小鳥のさえずりのようだった。

◆

その少女は、この近辺で度々見かけていた。

コンビニで立ち読みしている俺は密かに、隣の母子の会話に聞き耳を立てる。

「ねえ、お母さん。私、そこのペットショップに行きたい」

「ええ？　悠愛ったら、鳥なんて飼わないって何度も言ってるでしょ……あ、電話」

母親は安物のハンドバッグから携帯電話を取り出し、甲高い声で話し始めた。

「あ、ケンちゃん？　……え、今日？　ダメよ、日曜だから家に娘がいるのよね。……ホントだってば。旦那とはとっくに別れたのよぉ。だからお店に来てちょうだい」

派手な化粧と服で身を固めた少女の母親は、様々な情報を俺に提供してくれる。

母親の職業は場末のホステスで、電話の相手は母親の客といったところだろう。どうやら母子家庭のようだ。少女の名前は、『悠愛』か……

電話が終わるのをじっと待っている悠愛の気配を、雑誌に目を落としつつ全身で感じ取る。

年頃は十二歳くらいだろうか。中三の俺とは三、四歳差ほどである。

さらさらと絹糸のように流れる黒髪は艶《つや》めき、ふっくらとした白い頬は淡雪のごとく瑞々《みずみず》しい輝きを放っていた。ちらりと見ただけだが、煌《きら》めく瞳は極上の宝石のようだ。彼女の心根が純真であることは、目つきでわかる。性格も従順で優しいのだろう。

彼女が着用しているワンピースは古着らしく毛玉だらけだが、高価な服を着せてあげれば、お姫様のように美しく変身するに違いない。

このコンビニで頻繁《ひんぱん》に立ち読みしているのは、密かに恋心を抱いた彼女に会うためである。

悠愛に一目惚れした俺は、週に何度かこの店を訪れる彼女との接点を作るべく、こうして地道に張り込んでいるのだ。

問題なのは、悠愛が常に母親と来店することである。

さすがに見知らぬ中学生男子に、用もないのに話しかけられたら母親は警戒するだろう。コンビニから家まで尾行するのも通報される恐れがある。

俺と悠愛との距離はわずか一メートルなのだが、海に隔《へだ》てられたように遠い。

彼女にとって俺はまだ、見知らぬ他人なのだ。どうにか親密な関係になれないものか。

「お母さん。私、先にペットショップに行ってるね。見るだけだから」

「わかった。お母さんもあとで行くから。……え、何でもない。それでさぁ……」

母親の長電話は終わらない。悠愛は自動ドアを通り、ひとりで隣のペットショップへ歩いていった。

さりげなく雑誌を閉じた俺は本棚へ戻す。まるでこれから塾の予定があるとでもいったふうに、腕時計を確認しながら店の出口へ向かう。

母親は電話に夢中で、全くこちらに目を向けない。携帯電話を持った左の手首に、安っぽいブレスレットが巻かれているのを確認した。

にやりと口端を引き上げた俺は店を出ると、ポケットから取り出した携帯電話で、とある人物へ電話をかける。

「もしもし、父さん？　あのさ、俺、ペットショップにいるんだ。……そう、コンビニの隣の。そこまで迎えに来てくれないかな？　……いいから来てよ。素敵なことが起こるんだよ」

通話を終えた俺は、ペットショップへ入店する。

明るい店内にはガラスケースに入れられた犬猫や、ペット用のフードなどが所狭しと陳列されていた。合法的な生体販売所を、冷めた目で眺める。

悠愛の姿を見つけると、籠《かご》の中の青い鳥を見つめている彼女の横にさりげなく並んだ。

「鳥が好きなの？」

ついに悠愛に声をかけられた興奮を抑えつつ、眼差しは鳥に注ぐ。

彼女は驚いて振《ふ》り仰《あお》いだ。やや身を引き、知らない男に警戒しているようだ。

俺は彼女が安堵する台詞《せりふ》を言う。

「俺もね、鳥が好きなんだ。きみは、家で飼ってるの？」

この時点で俺たちは、鳥好きという共通点ができた。

すでに悠愛の名前も、鳥を飼っていないことも知っているが、そんなことはおくびにも出さない。

安堵したように笑顔を見せた悠愛は、また青い鳥を見て、ゆるく首を横に振る。

「ううん。飼ってないの。この子を飼いたいけど……」

「お母さんに反対されてるの？」

「そうなの。どうしてわかったの？」

「うちもそうだからさ。ただ、父子家庭だから、父親からだけどね」

「偶然ね。私のうちは母子家庭なの」

俺は偶然だという演技をして、目を見開く。

「へえ、そうなんだ。俺たちは似たような境遇かもしれないね。きみの名前を聞いてもいいかな？

俺は池上龍我」

「私は菅原悠愛。小学六年生なの」

「悠愛か。可愛い名前だね」

彼女の名を初めて発した俺は、抑えきれない昂《たか》ぶりを感じる。

たまらなくなり、優しい声音で愛しい少女に誘いかけた。

「この鳥、俺が悠愛にプレゼントしてあげようか？」

「……えっ？　でも……」

突然の提案に彼女は戸惑っている。それはそうだろう。贈られたところで、飼えない環境なのだ。

今はまだ。

俺は悠愛の肩に、そっと手を置いた。

「俺が、悠愛のほしいものをすべてあげるよ」

俺の瞳の奥に情熱の焔《ほむら》が宿る。

そのとき、店の入り口から悠愛の母親が呼ぶ声が届いた。

「悠愛、どこ？」

「あっ……お母さん！」

俺はさりげなく悠愛から離れ、立ち位置を調整する。

「いつまで見てるのよ。ほら、もう帰り……きゃあっ⁉」

母親が俺の前を通り過ぎる瞬間、手首に向けて鋭く指を引っかける。

衝撃で紐が千切《ちぎ》れて、数珠《じゅず》のようなブレスレットの玉が、ばらりと床に散らばった。

「あぁ……どうしよう……。恋愛運のブレスなのに……高かったのに……」

母親は泣きそうに顔を歪《ゆが》めている。俺は慌てたように身を屈《かが》めて、方々に散らばる玉を拾い集めた。

「すみませんでした！　振り向いた拍子にぶつかってしまったんです。わざとじゃありません」

玉は安物のプラスチックだ。恋愛運ということは、開運を謳《うた》うアクセサリーなのだろう。単なるプラスチックに恋愛を成就させる力があるとは思えないが、人はそういうものに頼りたがるのだ。

そのとき、視界の端に父の姿を認めた。彼は通路に佇《たたず》んでいる俺たちを見て、早足でこちらへ向かってくる。

「龍我、ここにいたのか。どうしたんだ？　――あの、私は彼の父親ですが、息子が何か？」

父親の登場に、母親と悠愛はどうしたものか戸惑っていた。代わりに俺が答える。

「お姉さんのブレスレットを誤って壊してしまったんだ。通るときに指が引っかかって……」

「なんてことを！　息子が大変な失礼をしました。弁償いたします」

項垂《うなだ》れる俺を父は叱りつけ、母親に頭を下げた。

彼女たちは俺がコンビニで隣にいたことにはまるで気づいていないようだ。

母親は、俺が『お姉さん』と称したことについて照れながら訂正する。

「いえ、いいんですよ。それに、お姉さんだなんて……あたしはこの子の母親なんです。もういい年なのよ」

思い通りに自己紹介してくれたので、俺はさらに誘導する。

「若いお母さんなんですね。これは恋愛運のブレスレットだと言ってましたけど……出会いを求めているということは、もしかして独身なんですか？」

「こら、龍我！　失礼なことを言うんじゃない。申し訳ありません。母親を亡くしたせいか、性格がねじ曲がってしまったようでお恥ずかしい」

母親の目の色が変わった。

まるで恋する少女のように、煌《きら》めいた瞳で父を見る。

「息子さんの言うとおり、シングルマザーなんです。……でも、そちら様も奥様を亡くされたのね。お気の毒に」

「いえいえ……家内は一年前、急に倒れましてね。私が至らなかったせいでしょう。……ということは息子の不始末のお詫《わ》びに、あなたとお嬢さんをお食事にお誘いしても、怒られないということですか？」

「えっ……」

ふたりは新しい出会いに頬を染めている。

成功だ。

洒落《しゃれ》たレストランが近くにあると相談を始めたふたりから、俺は目線を悠愛に移す。

つい先程まで赤の他人だった俺と悠愛は、これで未来の義兄妹になった。堂々と悠愛を部屋に連れ込み、愛《め》でることができるのだ。

他人なら犯罪だが、家族ならば何も問題がない。この生体販売所と同じく、合法である。

「もしかしたら、父さんたちは再婚するかもしれないね。そうしたら、俺は悠愛のお義兄《にい》ちゃんだ」

悠愛はきらきらした瞳で、俺を見た。小鳥のような可愛らしい声でさえずる。

「お義兄《にい》ちゃん……そうなったらいいな。私、龍我くんにお義兄《にい》ちゃんになってほしい」

「俺も。悠愛が義妹《いもうと》になったらいいな」

この世に偶然なんて存在しない。世界は作為に満ちている。

彼女の柔らかい掌《てのひら》を掬《すく》い、そっと握りしめた。

もう離さないよ。じっくりと時間をかけて、愛してあげよう。

俺の、愛しい、籠《かご》の鳥——

「好きな人ができたんだ。だから結婚をやめたい」婚約破棄されてから数ヶ月後、星乃《ほしの》は同じ境遇の北村《きたむら》と出会う。お互いの傷を知ったふたりは、一夜限り…と、慰めあって別れたけれど、なんと、ひと月半後に再会！　北村は、星乃が応募したシェアハウスの運営関係者だった。しかも彼は、自分も一緒に住むと言い出し、始まった同居生活は甘々で…!?

B6判　定価：本体640円+税　ISBN 978-4-434-27874-7

この作品に対する皆様のご意見・ご感想をお待ちしております。

おハガキ・お手紙は以下の宛先にお送りください。

【宛先】

〒150-6008 東京都渋谷区恵比寿 4-20-3 恵比寿ｶﾞｰﾃﾞﾝﾌﾟﾚｲｽﾀﾜｰ 8F
（株）アルファポリス　書籍感想係

メールフォームでのご意見・ご感想は右のＱＲコードから、
あるいは以下のワードで検索をかけてください。

アルファポリス　書籍の感想　検索

ご感想はこちらから

愛《あい》に溺《おぼ》れる籠《かご》の鳥《とり》～悪辣《あくらつ》な義兄《ぎけい》の執愛《しゅうあい》～

沖田弥子（おきた やこ）

2020年 9月 30日初版発行

編集－羽藤瞳
編集長－太田鉄平
発行者－梶本雄介
発行所－株式会社アルファポリス
〒150-6008 東京都渋谷区恵比寿4-20-3 恵比寿ｶﾞｰﾃﾞﾝﾌﾟﾚｲｽﾀﾜｰ8F
TEL 03-6277-1601（営業） 03-6277-1602（編集）
URL https://www.alphapolis.co.jp/
発売元－株式会社星雲社（共同出版社・流通責任出版社）
〒112-0005 東京都文京区水道1-3-30
TEL 03-3868-3275
装丁イラスト－森原八鹿
装丁デザイン－ansyyqdesign
印刷－株式会社暁印刷

価格はカバーに表示されてあります。

落丁乱丁の場合はアルファポリスまでご連絡ください。

送料は小社負担でお取り替えします。


ISBN978-4-434-27877-8 C0093